Iris Johansen

Américaine, Iris Johansen a décidé d'écrire pour se divertir, lorsque ses enfants sont entrés au lycée. Ses premiers livres, des romans d'aventures, ont immédiatement connu un grand succès. Depuis, Iris Johansen a écrit des thrillers dont les ventes se comptent en million d'exemplaires dans le monde. Ses romans, *Bien après minuit* et *Mort sur objectif*, publiés chez Pocket en 1999 et 2001, sont ainsi restés plusieurs mois sur la liste des best-sellers du *New York Times*.
Iris Johansen, que ses éditeurs comparent volontiers à une conteuse, pour sa capacité à imaginer des histoires nouvelles, parfois dans des genres littéraires extrêmement différents, vit près d'Atlanta, en Géorgie.

MORT SUR OBJECTIF

IRIS JOHANSEN

MORT SUR OBJECTIF

L'ARCHIPEL

Titre original :
And then you die...

Traduit de l'anglais
par François Vidonne

ISBN : 2-266-10773-9

Prologue

Danzar, Croatie
19 septembre

Les chiens hurlaient.

Bess aurait tant voulu qu'ils cessent.

Mets au point.

Déclenche.

Va plus loin. Continue.

Trop sombre. Règle l'exposition.

Les bébés...

Mon Dieu ! mais pourquoi ?

N'y pense pas. Prends cette photo !

Mets au point.

Déclenche.

Plus de film.

Bess ouvrit l'appareil, ôta la pellicule, en installa une nouvelle. Ses mains tremblaient.

— Il faut partir, madame Grady.

Le sergent Brock se tenait sur le seuil, derrière elle. Ses propos étaient polis mais son visage, tandis qu'il la regardait, exprimait un profond dégoût.

— Ils sont juste à la sortie du village. Vous ne devriez pas rester ici.

Mets au point.

Déclenche.

Le sang. Tellement de sang...

— Il faut partir.

Une autre salle.

Dans un geste violent, le sergent Brock lui arracha l'appareil des mains et le fit tomber à terre. L'homme lui faisait face, le visage blême.

— Mais vous êtes qui ? Un vampire ? Comment pouvez-vous faire une chose pareille ?

Elle ne pouvait pas. Non, elle ne pouvait plus. Elle sentait son cerveau prêt à exploser.

Il le fallait, pourtant. Bess se pencha et ramassa l'appareil.

— Attendez-moi dans la Jeep. Ce ne sera pas long.

Elle entendit à peine le juron du sergent, qui tourna les talons et s'éloigna, la laissant seule.

Non. Pas seule.

Les bébés.

Mets au point.

Déclenche.

Il fallait y arriver, elle le pouvait.

Non, impossible.

Elle s'appuya contre le mur et ferma les yeux.

Ne plus voir les bébés.

Les chiens continuaient à hurler.

Impossible de les faire taire.

Des monstres. Le monde était plein de monstres.

Alors fais ton boulot. Montre-leur les monstres.

Elle ouvrit les yeux et tituba en direction de la dernière salle.

Ne pense pas. N'écoute pas les chiens.

Mets au point.

Déclenche.

Plus loin encore, continue.

1

Mexique
21 janvier, 16 h 50

Bess aurait voulu l'étrangler.

— Tu vois ? Je te l'avais bien dit, exulta Emily, rayonnante. Tout marche parfaitement bien.

Bess se cramponna tandis que la Jeep passait une fois de plus sur un nid-de-poule.

— Je déteste que l'on me répète sans arrêt « Je te l'avais bien dit ! » Et puis, tu pourrais modérer un peu ton enthousiasme ?

— Non, je suis trop heureuse. Et toi aussi, tu le seras, quand tu admettras que j'avais raison d'insister pour t'accompagner. Emily se tourna vers le chauffeur assis à côté d'elle. C'est encore loin, Rico ?

Un sourire joyeux illumina le visage brun du jeune homme.

— Six heures, peut-être sept. Mais il faudrait s'arrêter et installer le camp pour la nuit. J'aurai besoin de bien voir la route pour continuer. À partir d'ici, elle devient assez mauvaise.

Un cahot à briser les vertèbres vint ponctuer sa phrase.

— Je pensais qu'elle l'était déjà, répondit sèchement Bess.

Rico secoua la tête.

— Le gouvernement prend soin de cette route. Personne ne s'occupe de celle de Tenajo. Pas assez d'habitants.

— Combien de gens vivent à Tenajo ?

— Peut-être une centaine. Lorsque je suis parti, il y a quelques années, ils étaient plus nombreux. Mais la plupart des jeunes sont partis, maintenant, comme moi. Qui a envie d'habiter un village où il n'y a même pas de cinéma ? Il jeta un regard par-dessus son épaule vers Bess, qui était à l'arrière. Je ne pense pas que vous trouverez grand-chose d'intéressant à photographier à Tenajo. Il n'y a rien, là-bas. Pas de monuments. Pas de gens importants. Pourquoi se donner la peine d'y aller ?

— C'est pour une série d'articles sur les destinations inconnues du Mexique que je prépare pour le magazine *Traveler.* Et il vaudrait mieux que je trouve quelque chose à Tenajo, sinon mes employeurs risquent de ne pas être contents.

— On trouvera quelque chose pour toi, dit Emily. Toutes les petites villes mexicaines ont une place et une église. Nous partirons de là.

— Vraiment ? C'est toi qui diriges mon travail, maintenant ?

Emily sourit.

— Celui-là seulement. Je suis contente que tu aies obtenu ce contrat. Je préfère que tu photographies des paysages charmants et tranquilles plutôt que de te faire canarder par des cinglés.

— J'aime mon travail.

— Pour l'amour du ciel, n'oublie pas que tu as atterri dans un hôpital, après Danzar. Ce boulot ne te vaut rien. Tu aurais dû terminer tes études de médecine et faire de la chirurgie pédiatrique avec moi.

— Je ne suis pas assez endurcie. J'ai compris la nuit où ce gamin est mort dans la salle d'urgence. Je ne sais pas comment tu y arrives.

— Je suppose que la Somalie était une partie de

plaisir et Sarajevo une soirée de gala ? Quand me raconteras-tu enfin ce qui s'est passé à Danzar ?

— Reste en dehors de mon boulot, Emily. Je parle sérieusement. Je ne veux pas d'un chaperon. J'ai presque trente ans.

— Tu es vidée, épuisée, et pourtant tu es toujours aussi obsédée par ton appareil photo. Tu ne l'as pas décroché de ton cou depuis que nous sommes parties.

La main de Bess se posa instinctivement sur l'appareil. Elle avait besoin de lui. C'était comme une partie d'elle-même. Après toutes ces années, elle se serait sentie aveugle si elle avait dû s'en passer. Inutile de se tuer à l'expliquer à Emily.

Emily avait toujours vu le monde en noir et blanc et elle était tant persuadée de pouvoir distinguer à coup sûr le bien du mal qu'elle ne cessait d'encourager sa sœur à se conformer à sa vision. La plupart du temps, Bess s'en accommodait mais Danzar l'avait secouée, réveillant de surcroît les instincts protecteurs d'Emily. Bess aurait dû se tenir à l'écart mais elle n'avait pas vu Emily depuis si longtemps.

Et elle adorait cette sœur insupportable et autoritaire.

Emily ne s'était jamais fait prier pour endosser le rôle d'aînée. Il était temps de changer de sujet avant qu'elle ne devienne tyrannique.

— Emily, pourquoi n'essaies-tu pas de joindre Tom sur ton portable ? Rico dit qu'on sera bientôt trop loin d'un relais pour appeler.

Comme Bess l'avait prévu, le visage d'Emily prit aussitôt une expression d'affolement. Son mari, Tom, et leur fille de dix ans, Julie, représentaient tout pour elle.

— Bonne idée, dit-elle en sortant de son sac un téléphone portable.

Elle composa le numéro.

— C'est peut-être ma dernière chance, poursuivit-elle. Ils décollent à l'aube pour aller se perdre en pleine nature au Canada. Pas de téléphone, pas de radio, pas de télévision, rien. Tom veut à tout prix transmettre à son héritière son expérience de l'art de la survie...

L'appareil pressé contre son oreille, elle écouta d'un air concentré, puis se renfrogna.

— Trop tard. Rien que des parasites. Tu n'aurais pas pu choisir de m'emmener dans un village civilisé ?

— Je n'ai pas choisi, on m'a envoyée ici. Et tu n'étais *pas* invitée.

Ignorant la remarque, Emily se tourna vers Rico qui feignait par politesse de ne pas entendre la discussion entre les deux sœurs.

— Nous pouvons nous arrêter, maintenant. Il commence à faire sombre.

— Dès que je pourrai trouver un peu de terrain plat pour installer le camp, répondit Rico.

Emily approuva d'un signe de tête puis se tourna vers Bess.

— Ne pense pas que j'ai dit tout ce que j'avais à dire. Cette conversation n'est pas terminée.

Bess ferma les yeux.

— Oh ! Mon Dieu !

Kaldak abaissa sa paire de jumelles.

— Elles se sont arrêtées pour la nuit. Elles installent leur campement. Mais elles se dirigent vers Tenajo, il n'y a aucun doute. Qu'as-tu l'intention de faire ?

Le colonel Rafel Esteban fronça les sourcils.

— C'est tout à fait regrettable. Cela pourrait bien nous causer des soucis. Quand penses-tu recevoir le rapport de Mexico ?

— D'ici une heure ou deux. J'ai envoyé des ordres dès que nous les avons aperçues ce matin. Nous savons déjà que les plaques d'immatriculation sont enregistrées au nom des Voyages Laropez. Ce qui prend du temps, c'est justement d'arriver à savoir qui elles sont et ce qu'elles viennent faire par ici.

— Regrettable, répéta Esteban. J'ai horreur des complications. Tout se passait tellement bien.

— Il suffit de supprimer les complications. C'est pour ça que tu m'as fait venir, non ?

— En effet, rétorqua Esteban en souriant. Tu m'as été chaudement recommandé par ceux de là-bas. Qu'est-ce que tu suggères ?

— Tu n'as qu'à t'en débarrasser. Il ne devrait pas être bien difficile de les faire disparaître dans le coin. Une heure devrait suffire...

— Et si ce n'était pas seulement d'innocentes touristes ? On ne sait pas avec qui elles peuvent être en rapport.

Kaldak haussa les épaules.

— C'est le problème avec des types comme toi, reprit Esteban. Trop assoiffés de sang. Cela ne m'étonne pas que Habin ait accepté de te laisser filer.

— Je ne suis pas assoiffé de sang. Tu voulais une solution, je te l'ai donnée. Habin n'a d'ailleurs rien contre ce genre de procédé. Il m'a envoyé vers toi parce que ma présence le mettait mal à l'aise.

— Pourquoi ?

— Son astrologue lui a prédit que je serais la cause de sa mort.

Esteban éclata de rire.

— Quel abruti !

Son rire se figea tandis qu'il regardait Kaldak. Ce visage... Si le démon en personne devait prendre figure humaine, il ressemblerait à Kaldak. Esteban comprenait fort bien qu'un imbécile superstitieux comme Habin ait pu se sentir menacé.

— Je ne fais pas appel aux astrologues, Kaldak, et j'ai maté des types meilleurs que toi.

— Si tu le dis... Kaldak ajusta de nouveau ses jumelles. Elles sortent leurs sacs de couchage. Le moment serait bien choisi.

— J'ai dit que nous attendrions.

Esteban n'avait pas forcément opté pour cette solution mais il ne voulait pas laisser Kaldak prendre le contrôle des opérations.

— Retourne au camp, Kaldak, et donne-moi ce rapport dès qu'il arrivera.

Kaldak obtempéra et se dirigea aussitôt vers la Jeep garée à quelques mètres de là. Sa rapidité à obéir aurait dû rassurer Esteban : il n'en était rien. Si Kaldak se montrait docile, c'était par indifférence, pas par peur. Et Esteban n'avait guère l'habitude de susciter l'indifférence. Il tenta de réaffirmer sa supériorité.

— Si tu dois tuer quelqu'un... Galvez m'a offensé. Cela ne me déplairait pas de le voir mort à mon retour au camp.

— C'est ton lieutenant, il peut encore t'être utile. Kaldak fit démarrer la Jeep. Tu es sûr de le vouloir ?

— Absolument.

— Je vais m'en occuper.

— Tu ne veux pas savoir pourquoi il m'a froissé ?

— Non.

— Je vais tout de même te le dire, siffla Esteban. C'est un homme stupide. Il m'a demandé ce qui allait se passer à Tenajo. Il s'est montré beaucoup trop curieux. Ne commets pas la même erreur.

Leurs regards se croisèrent.

— Pourquoi le ferais-je, puisque je m'en fiche ? répondit Kaldak.

Esteban se sentit envahi par la frustration tandis que la Jeep dévalait la colline. *L'enfant de putain.* Voir Kaldak accepter de tuer Galvez aurait dû lui procurer ce sentiment de triomphe qui lui était si familier. Ce n'était pas le cas.

Le moment venu, la peau de Kaldak ne vaudrait guère plus cher que celle de Galvez mais, pour l'instant, il lui fallait une équipe au complet pour mener à bien cette phase de l'opération.

On verrait après Tenajo...

— Tu dors ? murmura Emily.

Bess fut tentée de ne pas répondre, même si elle savait que c'était inutile. Elle se retourna dans son sac de couchage pour faire face à Emily.

— Non, je suis réveillée.

Emily garda le silence un instant.

— Est-ce que je n'ai pas toujours agi pour ton bien ? reprit-elle enfin.

Bess soupira.

— Si. Mais il s'agit de ma vie. Je veux faire mes propres erreurs. Tu n'as jamais réussi à le comprendre.

— Et je ne comprendrai jamais.

— C'est parce que nous sommes différentes. Il m'a fallu longtemps pour savoir vraiment ce que je voulais faire. Tu as toujours su que tu voulais être médecin et tu n'as jamais changé d'avis.

— Aucun travail ne justifie ce que tu as enduré. Pourquoi as-tu fait ça ?

Bess demeura silencieuse.

— Tu ne vois pas que je m'inquiète pour toi ? poursuivit Emily. Je ne t'ai jamais vue dans cet état. Pourquoi ne m'en parles-tu pas ?

Emily n'avait pas l'intention d'abandonner la partie et Bess était trop épuisée pour se défendre.

— C'est à cause... des monstres.

— Quoi ?

— Il y a tant de monstres dans le monde. Quand j'étais petite, je pensais qu'ils n'existaient qu'au cinéma mais ils sont partout, partout autour de nous. Parfois, ils se cachent, mais donne-leur la moindre chance, ils sortent en rampant de leur repaire pour te réduire en...

Le sang. Tellement de sang.

Les bébés.

— Bess ?

Bess commençait à trembler.

N'y pense pas.

— On peut empêcher les monstres de nuire, reprit-elle d'une voix peu assurée. Mais la plupart d'entre nous se lassent, trop paresseux ou occupés ailleurs. Alors, quand les monstres surgissent, il faut bien que quelqu'un les démasque.

— Mon Dieu ! murmura Emily. Qui t'a demandé de jouer les Jeanne d'Arc ?

Bess se sentit rougir. Elle voulait que sa sœur la comprenne et en sache un peu plus.

— C'est injuste. Je sais que je dois passer pour une idiote. Et quelle Jeanne d'Arc je fais ! J'ai peur, tout le temps. Et même si je ne cours pas toujours après les monstres, il arrive que, dans mon boulot, on les voie. Lorsque ça se produit, alors je peux vraiment faire quelque chose. Toi, tu sauves des vies humaines tous les jours. Je ne pourrai jamais en faire autant, mais révéler l'existence de ces monstres au reste du monde, si !

— Et moi, je veux essayer de te sauver malgré toi. Parlons-en et voyons un peu...

— Ne me fais pas ça, Emily. S'il te plaît. Pas maintenant. Je suis trop fatiguée.

Emily tendit la main et lui caressa la joue.

— C'est à cause de ton travail. Tu es trop impulsive, tu te précipites et tu finis par te blesser. Ce voyage à Danzar était un désastre, tout comme ton mariage avec ce bon à rien de Kramer.

— Bonne nuit, Emily.

Emily fit une grimace.

— Très bien, il me reste deux semaines pour te convaincre. Elle tourna le dos à Bess et se blottit dans son sac de couchage. Je suis sûre que tout ira pour le mieux après Tenajo.

Bess ferma les yeux et essaya de se relaxer. Elle était si épuisée par le voyage sur les routes défoncées qu'elle n'aurait aucun mal à s'endormir.

Pourtant, elle restait éveillée.

Les nerfs à vif, elle se serait volontiers passée de la pression supplémentaire que lui faisait subir Emily. Elle avait certes commis quelques erreurs : un mariage raté, un faux départ dans la vie professionnelle. Sa vie personnelle était peut-être un échec, mais elle exerçait un métier qu'elle adorait ; elle gagnait bien sa vie ; elle était respectée par ses pairs. Prendre des coups de temps à autre, il fallait bien l'accepter. Danzar était l'exception. Elle n'aurait peut-être jamais plus à être confrontée à une telle horreur.

Deux semaines de tranquillité à photographier d'ennuyeuses places de village et des *cantinas* et elle serait à nouveau d'attaque.

Lorsque Kaldak parvint au camp, les camions étaient déjà là. Galvez supervisait la distribution du matériel.

Kaldak contemplait la scène en silence et, quand les hommes furent équipés, Galvez se tourna vers lui.

— Tu ferais bien de prendre aussi ce qui te revient, à moins que tu sois sûr de pouvoir t'en passer. Tu sais marcher sur l'eau, Kaldak ?

— Je me servirai plus tard.

— Tu sais ce que c'est ?

— J'ai déjà vu ce genre de choses, avant.

— Mais tu ne savais pas que tu en aurais l'usage ici. Esteban a bien essayé d'en faire un secret d'État, mais je savais que ce matériel allait arriver.

Esteban avait raison, pensa Kaldak. Galvez était trop stupide pour savoir se taire.

— Esteban m'envoie chercher le rapport de Mexico.

Galvez secoua la tête.

— Rien. J'ai vérifié le fax il y a un quart d'heure. Un message de Habin et un de Morissey, c'est tout.

— Morissey ?

Galvez parut surpris.

— Esteban reçoit régulièrement des nouvelles de

Morissey. Tu ne connais pas Morissey ? Ils ne te tiennent peut-être pas en si haute estime, après tout.

— Peut-être pas. Esteban a besoin de ce rapport. Vérifie encore une fois.

Galvez haussa les épaules et pénétra sous la tente. Kaldak le suivit vers le télécopieur.

— Rien, dit Galvez.

— Tu es sûr ? Il reste encore du papier ? Vérifie la mémoire.

Galvez se pencha sur l'appareil.

— Je te l'ai dit, il n'y a rien. Maintenant laisse-moi...

Le bras de Kaldak vint serrer la gorge de Galvez. Une simple torsion suffit à lui briser le cou.

22 janvier, 12 h 30

Esteban se dirigea à grands pas vers la Jeep.

— Tu l'as eu ? Tu en as mis du temps !

Kaldak lui tendit le fax.

— Elles ne sont liées à aucune agence gouvernementale. Ce sont deux touristes : le Dr Emily Corelli, trente-six ans, un cabinet de chirurgie pédiatrique prospère à Detroit. Tom, son mari, est entrepreneur en bâtiment. Une fille de dix ans, Julie.

— Et l'autre ?

— Sa sœur, Elizabeth Grady, vingt-neuf ans, divorcée. Profession : photo-reporter.

Esteban fronça les sourcils.

— Journaliste ? J'aime pas ça.

— Elle travaille en free-lance.

— Cela ne me plaît toujours pas. Et pourquoi Tenajo ?

— Un contrat pour un magazine de voyages.

— Mais pourquoi maintenant ?

Kaldak haussa les épaules.

Esteban dirigea le faisceau de sa lampe sur les photographies des passeports transmises par télécopie. Les deux femmes ne se ressemblaient pas. Les traits d'Emily Corelli étaient fins et réguliers et ses cheveux bruns bien tirés en arrière. Le visage d'Elizabeth Grady était plus carré : grande bouche et yeux noisette enfoncés. Ses cheveux courts, frisés et décolorés par le soleil étaient plus clairs que ceux de sa sœur.

— Elles restent combien de temps dans le coin ?

— Deux à trois semaines. Kaldak se tut un instant. Personne ne s'inquiétera de leur sort avant au moins une semaine, poursuivit-il. Elles ont un téléphone mobile, mais elles sont déjà loin des bornes les plus proches. Le téléphone fonctionne quand il veut à Tenajo, la compagnie mettra du temps à comprendre que les lignes ont été coupées. Il faut compter une semaine de plus avant qu'ils n'envoient une équipe d'entretien.

— C'est ce que tu crois.

— Supprime les complications. Pourquoi les laisser arriver jusqu'à Tenajo ? Quand on commencera à s'inquiéter pour elles, je m'en serai déjà débarrassé dans un endroit où personne n'ira jamais les chercher.

— Tu y tiens...

— Laisse-moi m'en occuper cette nuit. C'est ce qu'il y a de mieux à faire.

— Je déciderai de la meilleure chose à faire, rétorqua Esteban. Tu n'as aucune idée de ce qui est en jeu. Pauvre paysan prétentieux, pensa-t-il...

— Et je n'ai pas l'intention d'y fourrer mon nez, dit Kaldak. Je ne tiens pas à finir comme Galvez.

Esteban scruta le visage de son interlocuteur.

— C'est fait ? Déjà ?

Kaldak eut l'air surpris.

— Bien entendu.

Un frisson de plaisir traversa l'esprit d'Esteban. Il venait d'affirmer sa force et son autorité, mais cette fabuleuse sensation de pouvoir était gâchée par l'attitude effrontée de Kaldak. Esteban prit le message de Mexico et le froissa.

— Tu n'y toucheras pas. Laissons-les aller à Tenajo.

Kaldak ne répondit pas.

Esteban constatait avec satisfaction que Kaldak ne semblait pas content. C'est vrai, il aurait peut-être dû laisser Kaldak agir à sa guise, mais son manque de complaisance le piquait au vif. Cela n'avait d'ailleurs que peu d'importance.

— Tu reviens au camp ? demanda Kaldak.

— Non, je vais rester ici un moment.

Esteban tourna le dos aux collines, tandis que Kaldak s'éloignait avec la Jeep. Il ne voulait pas se laisser distraire par les hommes du camp et, par prudence, il avait décidé de ne pas se rendre à Tenajo. Le sentiment d'anticipation était presque aussi jouissif... Il avait mis ce projet sur pied et il méritait maintenant de prendre un peu de temps pour en savourer la beauté. Avec tout son fatras d'idées politiques, Habin ne pouvait comprendre le véritable sens de ce qu'il accomplissait.

Il sentit l'excitation monter en lui ; en ce moment même, ses plans étaient en voie d'exécution.

La nuit était claire, aucun nuage de tempête ne venait rôder au sommet de ces collines, au loin. Pourtant, il pouvait presque voir planer l'ombre de la Bête des Ténèbres qui s'apprêtait à jouer avec Tenajo.

Tenajo, 3 h 35

— Sainte Vierge Marie, venez-leur en aide. Leurs âmes immortelles se tordent dans les flammes du bûcher de Satan.

Le père Juan s'agenouilla devant l'autel, le regard désespéré et rivé sur le crucifix, au-dessus de lui.

Il était à Tenajo depuis quarante-quatre ans et ses fidèles l'avaient toujours écouté. Mais l'écouteraient-ils encore maintenant, au moment de l'épreuve suprême ?

Il les avait entendus crier, chanter et rire à l'extérieur de l'église. Il était sorti et leur avait dit que, à cette heure de la nuit, leur place était chez eux. Cela n'avait servi à rien : ils voulaient tous l'inviter au partage du don du diable...

Lui, ne voulant rien accepter, était resté à l'intérieur de l'église.

Il prierait juste pour que Tenajo survive.

7 h 40

— Tu as bien dormi ? demanda Emily à Bess. Tu as l'air plus reposée.

— Je serai encore plus en forme quand nous partirons d'ici. Le regard de Bess croisa celui de sa sœur. Ça va, laisse-moi.

— Prends ton petit déjeuner, dit Emily en souriant. Rico prépare la Jeep pour le départ.

— Je vais aller l'aider.

— Tout va bien se passer, n'est-ce pas ? Du bon temps en perspective.

— Oui, si tu peux éviter de... *Et puis non, je ne vais pas laisser ces instants se gâcher !* Bien sûr, tu verras, reprit-elle, tout ira très bien...

— Es-tu contente que je sois ici avec toi ? s'empressa d'ajouter Emily.

— Je suis heureuse que tu sois venue.

Emily lui fit un clin d'œil.

— Super !

Bess souriait encore lorsqu'elle arriva vers la Jeep.

— Vous avez l'air très gaie ! Vous avez passé une bonne nuit ?

Bess acquiesça et rangea l'étui en toile de son appareil photo dans la voiture. Son regard se porta vers les collines.

— Depuis combien de temps n'es-tu pas allé à Tenajo ?

— Presque deux ans.

— C'est long ! Ta famille vit-elle là-bas ?

— Seulement ma mère.

— Elle ne te manque pas ?

— Je lui téléphone chaque semaine. Mon frère et moi, nous nous débrouillons très bien. Nous pourrions lui trouver un bel appartement à Mexico, mais elle ne veut pas. Elle dit qu'elle ne se sentirait pas chez elle.

Bess sentit qu'elle avait touché un point sensible.

— Tenajo doit être un endroit merveilleux, sinon, on ne m'y aurait pas envoyée pour faire des photos.

— C'est peut-être très bien si on n'est pas obligé d'y vivre. Ma mère ne possède rien. Même pas une machine à laver. Les gens de Tenajo vivent comme il y a cinquante ans.

Rico jeta le dernier sac à l'arrière de la Jeep.

— C'est la faute du curé, reprit-il. Le père Juan a convaincu ma mère que les grandes villes sont souillées par le vice et la méchanceté et qu'elle devait donc rester à Tenajo. Quel idiot ! Vivre avec un peu de confort n'a jamais fait de mal à personne.

Bess se rendait compte que Rico souffrait de cette situation et elle ne savait pas comment réagir.

— Peut-être pourrais-je persuader ma mère de m'accompagner, cette fois, ajouta Rico.

— Je l'espère. La réponse de Bess sonnait faux, elle s'en rendait compte. *Bravo, Bess...* Désespérée par son manque d'à-propos, elle cherchait quelques paroles de réconfort. Veux-tu que je la photographie, ou vous deux ensemble, peut-être ?

Le visage de Rico s'illumina soudain.

— Ce serait bien. Je n'ai qu'un vieux cliché pris par mon frère, il y a quatre ans, répondit-il. Il marqua une petite pause. Vous pourriez aussi lui dire que je vis bien à Mexico et que tous les clients me demandent... Ce ne serait pas vraiment un mensonge, car j'ai beaucoup de succès.

— J'en suis sûre, répliqua Bess en montant dans la Jeep. Surtout avec les dames...

Un sourire enfantin éclaira le visage de Rico.

— C'est vrai, les dames sont très gentilles avec moi. Mais il vaut mieux ne pas en parler à ma mère. Elle ne comprendrait pas.

— J'essaierai de m'en souvenir.

Emily s'était approchée de la voiture et tendit à Rico la boîte contenant les ustensiles de cuisine.

— Allons-y. Avec un peu de chance, nous serons à Tenajo vers deux heures et je me balancerai dans un hamac à quatre heures. Je bous d'impatience. Je suis sûre que c'est le paradis sur terre.

2

Tenajo n'était pas le paradis.

La ville brûlait sous le soleil de midi. Du haut de la colline qui surplombait la ville, Bess aperçut une jolie fontaine, au centre d'une place pavée, entourée sur trois côtés par des maisons aux murs de torchis. Une petite église fermait le quatrième côté.

— C'est joli, non ? dit Emily, debout dans la Jeep. Où se trouve l'auberge locale, Rico ?

Rico désigna de la main ce qui semblait être la rue principale.

— L'auberge est petite, mais très propre.

Emily poussa un soupir d'aise.

— J'imagine déjà mon hamac, Bess.

— Je doute que tu puisses dormir avec ce vacarme, répondit Bess d'un ton sec. Tu ne m'avais pas parlé des coyotes, Rico. Je ne pense pas que...

Mais non ! Ce n'étaient pas des coyotes.

Des chiens.

Elle avait déjà entendu cela avant.

Mais là, les hurlements lugubres et plaintifs de douzaines de chiens venaient des rues de Tenajo, au pied de la colline.

Bess se mit à trembler.

— Qu'y a-t-il ? demanda Emily. Qu'est-ce qui ne va pas ?

— Rien.

Ce n'était pas possible. Son imagination la trahissait. Combien de fois avait-elle été réveillée au beau milieu de la nuit par des aboiements de chiens fantômes ?

— Si, tu as quelque chose. Tu es malade ? interrogea Emily.

Non, ce n'était pas une illusion.

Elle passa la langue sur ses lèvres sèches.

— Danzar. C'est de la folie, mais... Il faut nous dépêcher. Vite, Rico, insista-t-elle.

Rico écrasa l'accélérateur et la Jeep dévala la route en direction de la petite ville.

Ils ne virent le premier corps qu'une fois arrivés dans le centre. Et c'était celui d'une femme recroquevillée sur elle-même, étendue à l'ombre de la fontaine.

D'un geste vif, Emily saisit le sac qui contenait son matériel médical, bondit hors de la Jeep et se pencha sur le corps.

— Morte...

Ce n'était pas une surprise pour Bess.

— Pourquoi est-elle là ? demanda Emily. Pourquoi personne ne l'a aidée ?

Bess se précipita hors de la Jeep.

— Va chercher ta mère, Rico. Tout de suite. Amène-la ici.

— Que se passe-t-il ? murmura Rico.

— Je ne sais pas. Trouve ta mère, vite.

Bess ne mentait pas. Ce n'était pas comme à Danzar. Ce qui s'était passé là-bas ne pouvait pas se répéter ici, à Tenajo.

Rico mit la voiture en marche et partit sur des chapeaux de roues. Bess se tourna vers Emily.

— Comment elle est morte ?

— Je n'en sais rien. Aucune trace de violence.

— Maladie ?

Emily haussa les épaules.

— Sans examen approfondi, je ne peux rien dire. Et toi, que sais-tu à ce sujet ?

— Rien, répondit Bess, en tentant d'affermir sa

voix. Mais je pense que nous en trouverons d'autres. Ces hurlements...

Elle se dirigea en hâte vers la *cantina,* de l'autre côté de la fontaine.

— Prends ton sac et viens avec moi.

À l'intérieur, elles découvrirent quatre corps : deux jeunes gens effondrés à une table où se trouvaient une assiette de frites et de l'argent ; un vieillard couché derrière le bar ; et une femme en robe violette affalée sur les marches de l'escalier.

Le regard d'Emily allait d'un cadavre à l'autre.

— Tous morts ? interrogea Bess.

Emily ouvrit son sac, sortit un masque et une paire de gants en caoutchouc, et les tendit à Bess.

— Mets le masque et enfile ça.

— Tu penses que c'est contagieux ?

— Il vaut mieux être prudentes. Elle se dirigea vers la porte. Comment savais-tu ?

— Les chiens. Quand j'étais à Danzar, nous les entendions hurler à des kilomètres de distance. Tous les habitants du village avaient été massacrés par les miliciens.

— Tous les habitants, murmura Emily en écho, avant de redresser les épaules. Personne ici n'est mort suite à des blessures et je ne crois pas non plus qu'ils soient morts parce que ces idiots de chiens aboyaient. Viens, essayons de trouver quelqu'un qui pourra nous expliquer ce qui s'est passé.

Elles ne trouvèrent personne dans la première maison et, dans le magasin d'à côté, juste deux cadavres : une femme derrière le comptoir et un petit garçon recroquevillé sur le sol. Des bonbons au chocolat étaient disséminés autour de l'enfant qui en tenait encore une poignée dans la main.

Ses doigts étaient tout tachés de chocolat, remarqua Bess. Les enfants aiment tant les bonbons... Quand sa nièce Julie était plus petite, elle adorait les M&M's et Bess lui en apportait toujours...

— Mais qu'est-ce que tu fais ? s'écria Emily d'un ton horrifié.

Le regard de Bess descendit jusqu'à son appareil. Elle venait de photographier Emily et le petit garçon.

Mets au point.

Déclenche.

Danzar, encore...

Ce n'était pas la peine de prendre des clichés : ici, il n'y aurait pas de secrets, de charniers cachés. Elle fourra l'appareil dans une des poches de son gilet de reporter.

— Arrête de pleurer.

Bess ne s'en était même pas aperçue. Elle sécha ses larmes du revers de la main.

— Je ne sais pas ce qui s'est passé mais tout a dû arriver très vite. La plupart des gens rentrent chez eux lorsqu'ils sont malades.

— Certains d'entre eux l'ont peut-être fait. Je dois vérifier. C'est absurde. Je n'ai jamais entendu parler d'une épidémie mortelle comme celle-ci, sauf peut-être Ebola.

Bess se figea.

— Ebola ? Au Mexique ?

— Je n'ai pas dit qu'il s'agissait de la même chose. De nouveaux virus apparaissent sans cesse et, pour ce que j'en sais, il se peut aussi que l'eau potable ait été contaminée. C'est peut-être le choléra. Cela arrive encore parfois au Mexique. Mais je n'ai jamais entendu dire qu'il frappait de manière aussi rapide et brutale. Je ne vois pas trace de diarrhées ni de vomissements. Vraiment, je ne sais pas.

Emily passa derrière le comptoir et décrocha le combiné du téléphone mural.

— Quoi qu'il en soit, il nous faut de l'aide. Je ne suis pas qualifiée pour...

Elle raccrocha.

— Aucune tonalité. Très bien. Nous allons essayer d'une autre maison.

Dans la maison suivante, il n'y avait pas de cadavre, mais le téléphone était également hors d'usage. Bess se tourna vers Emily.

— Je veux que tu quittes Tenajo.

— Va au diable !

Bess haussa les épaules.

— Je savais que tu n'obéirais pas mais je devais tout de même tenter le coup... Nous sommes sans doute déjà tous les trois contaminés. Bon ! Allons voir si nous trouvons des survivants.

Mais durant les trois heures suivantes, elles découvrirent quarante-trois cadavres, chez eux pour la plupart, dans leur lit, leur cuisine ou encore leur salle de bains.

Puis ce fut la mère de Rico.

Elle était étendue sur un sofa. Rico, agenouillé à côté d'elle, lui tenait la main.

— Seigneur Dieu ! murmura Bess.

— Ça n'aurait servi à rien de vous l'emmener. Elle est morte. Ma mère est morte.

— Tu ne devrais pas la toucher, dit Emily d'une voix douce. Nous ne savons pas ce qui l'a tuée.

— C'est le père Juan qui l'a tuée. Il l'a forcée à rester ici.

Emily ouvrit son sac et en sortit un masque et des gants.

— Mets-les.

Rico l'ignora.

— Rico, il faut...

— Il l'a assassinée. Si elle était venue à Mexico, j'aurais pu l'emmener à l'hôpital. Rico se leva et marcha vers la porte. C'est le prêtre...

Bess tenta de lui barrer le chemin.

— Rico, ce n'est pas...

Il l'écarta d'un geste brutal et sortit en courant de la maison.

Bess s'élança derrière lui.

— Continue à chercher, lança-t-elle à Emily par-dessus son épaule. Je vais le rattraper.

Pour quoi faire ? se demanda-t-elle. Comme tous les habitants de Tenajo, le curé était sans doute mort lui aussi.

Par pitié, si ces chiens pouvaient juste un instant cesser de hurler !

Rico était debout, penché sur le prêtre, lorsque Bess pénétra à son tour dans l'église.

— Rico, éloigne-toi de lui.

Le jeune homme ne fit pas un geste.

Bess l'écarta et s'agenouilla auprès du père Juan. Il suffoquait, mais elle constata avec soulagement qu'il était encore en vie.

— Tu l'as frappé ?

Rico fit un signe négatif.

— Apporte-moi un peu d'eau.

Il ne fit aucun geste.

— Vite ! reprit Bess.

À contrecœur, Rico se dirigea près de l'entrée de l'église, vers le bénitier.

Bess ne pensait pas que l'eau puisse être d'une quelconque utilité, mais elle tenait à éloigner Rico du prêtre.

— Père Juan, pouvez-vous parler ? Nous devons savoir ce qui s'est passé ici. Y a-t-il d'autres survivants ?

Les yeux du prêtre s'ouvrirent.

— La racine... la racine...

Essayait-il de lui faire comprendre que tous avaient été empoisonnés ? Emily avait peut-être eu raison en parlant de contamination.

— Qu'est-il arrivé ? Qui a tué tous ces gens ?

— La racine...

Bess s'aperçut soudain que Rico se tenait derrière elle.

— Laissez-le mourir.
— Où est l'eau ?
Le regard de Rico était rivé sur le visage du prêtre.
— Cela n'a pas d'importance. Il n'en a plus besoin.
Bess regarda de nouveau le curé.
Rico avait raison. Le père Juan était mort.
— Quel est le village le plus proche ?
— Besamaro. À soixante-cinq kilomètres d'ici.
— Je veux que tu ailles à Besamaro et que tu téléphones aux services de santé. Dis-leur qu'il y a eu un gros problème ici. Essaye de t'approcher le moins possible des gens, au cas où tu serais contaminé.
Rico, le visage déformé par la haine, scrutait le prêtre.
— Il a tué ma mère. Lui et ses discours sur la pauvreté et l'humilité. Je suis content qu'il soit mort.
D'un coup de pied brutal, Rico envoya valser le tronc, qui gisait tout à côté du père Juan, jusqu'au banc le plus proche.
— Toi aussi, tu risques de mourir si tu n'es pas soigné. Tu es jeune, Rico, tu as envie de mourir ?
La question de Bess le fit enfin réagir.
— Non. J'irai à Besamaro.
Rico sortit de l'église. Quelques instants plus tard, Bess entendit la Jeep s'éloigner.
Peut-être n'aurait-elle pas dû l'envoyer hors de Tenajo puisqu'il risquait de propager l'épidémie. Mais que faire d'autre ? Emily et elle ne pouvaient guère affronter ce cauchemar sans aide extérieure.
Les yeux du prêtre étaient ouverts et semblaient regarder Bess. La mort... Tant d'horreur et tant de morts... Elle se leva en frissonnant. Il fallait rejoindre Emily. Celle-ci pouvait avoir besoin d'elle.
Chercher des morts. Non ! Elles allaient à la recherche des vivants et Bess devait bien se souvenir de cela. Qui sait ? il existait peut-être une chance de trouver des survivants dans cet endroit atroce.
Elle s'arrêta un instant avant de descendre l'esca-

lier qui menait au parvis de l'église. Le soleil se couchait dans un rouge sang. La couleur de la mort.

Bess s'assit sur une marche et passa les bras autour des épaules. Elle était gelée et ne pouvait s'empêcher de trembler. Dans une minute, elle irait rejoindre Emily mais elle avait besoin de cette minute. Il lui fallait un peu de temps pour se préparer à affronter la nuit. Elle devait se montrer aussi forte que sa sœur.

Pourquoi ces chiens ne cessaient-ils pas de hurler ?

Danzar.

Ce n'était pas comme à Danzar. Et quand bien même, quelle différence ?

La mort... Une ville coupée du reste du monde. À Danzar, les miliciens avaient d'abord coupé les lignes de téléphone.

Tenajo était au Mexique et pas dans un pays déchiré par la guerre comme la Croatie. C'était une petite bourgade perdue. Alors pourquoi s'en prendre à un tel endroit ?

Mais y avait-il eu une vraie raison pour détruire Danzar ?

Cela suffit. Ce ne sont que des suppositions. À quoi bon se torturer l'esprit ?

Mais qui d'autre pouvait y réfléchir ? Et si ses pressentiments se révélaient fondés ? Allait-elle tourner le dos et partir ainsi ? Peut-être quelques photos...

Au cas où...

Elle se remit lentement sur pied et sortit l'appareil photo de son gilet. La confiance revenait en elle et elle réalisait en même temps que ce qu'elle allait faire était juste. Quelques photos et elle irait rejoindre Emily.

Au cas où...

La femme étendue près de la fontaine, ses yeux morts, aveugles, tournés vers le ciel.

Mets au point.

Déclenche.

Plus loin.

Le serveur de la *cantina*.

Mets au point.

Déclenche.

La vieille dame recroquevillée près d'un rosier, dans son jardin.

Des morts. Tant de morts...

Était-elle toujours en train de photographier ? Oui, puisque l'obturateur cliquetait comme mû par sa propre volonté.

Des morts, partout autour d'elle...

Elle voulait s'arrêter. Impossible.

Ces deux gamins couchés côte à côte dans un hamac. Ils avaient l'air de dormir...

Bess tituba jusqu'au coin de la maison et se mit à vomir. Elle appuya sa joue glacée sur le mur chauffé par le soleil. Son corps était secoué de frissons convulsifs.

Comme si le monde entier était mort. Mais elle était bien vivante. Et Emily aussi.

Accroche-toi à cette vérité.

Elle allait retrouver Emily et l'aider et surtout faire semblant d'être aussi forte et courageuse qu'elle.

Emily ne devait pas savoir à quel point elle était terrorisée.

Emily n'était plus dans la maison de la mère de Rico.

Elle n'avait sans doute pas pu attendre le retour de Bess et avait dû partir accomplir son devoir. Sans faiblesse. Sans hésitation.

Bess sortit de nouveau dans la rue. Il commençait à faire sombre.

— Emily ?

Silence.

Elle marcha le long d'un premier pâté de maisons, puis d'un second.

— Emily ?

Les chiens hurlaient. L'un d'entre eux avait-il appartenu au petit garçon du magasin ?

N'y pense pas. C'est plus facile lorsqu'on arrive à ne plus les considérer comme des individus.

Elle s'en était aperçue après Danzar.

— Emily ?

Où était-elle ? Bess se sentit submergée par un flot de panique. Et si Emily était malade ? Et si Emily était couchée, là, à l'intérieur de l'une de ces maisons, incapable d'appeler au secours ?

Emily...

— Je suis là !

Emily sortait d'une maison, un peu plus haut dans la rue.

— J'ai trouvé quelqu'un.

Bess se précipita vers sa sœur, éperdue de soulagement.

— Tout va bien ?

— Bien sûr, répondit Emily avec agacement. J'ai trouvé un bébé. Tous les occupants de la maison sont morts, mais le bébé est vivant. Viens.

Bess la suivit à l'intérieur.

— Comment se fait-il que cet enfant soit vivant ?

— Je ne sais pas, mais je suis si contente de voir quelqu'un en vie !

Elle conduisit Bess jusqu'à une chambre meublée d'un lit d'enfant recouvert d'une moustiquaire.

— Si la maladie est transmise par l'air, elle a peut-être été protégée par le filet antimoustique.

Le bébé était une petite fille potelée de moins de douze mois. Ses cheveux noirs frisés laissaient deviner de minuscules anneaux d'or accrochés à ses oreilles. Ses yeux étaient clos, mais sa respiration était profonde et régulière.

— Tu es sûre qu'elle n'est pas malade ?

— Presque sûre. Elle s'est réveillée il y a à peine une minute et elle m'a souri. Elle est belle, n'est-ce pas ?

— Oui.

Très mignonne, adorable. Et surtout, merveilleusement vivante.

— Je pensais que ça te ferait du bien de la voir, dit Emily d'un air tranquille.

— Oh, oui !

Bess avala sa salive avec peine. Les deux sœurs demeurèrent un moment silencieuses à regarder l'enfant.

— Je suis désolée, Emily. Je n'aurais jamais dû t'emmener ici avec moi. Jamais je n'aurais pensé que...

— Ce n'est pas ta faute. C'est moi qui ai insisté pour t'accompagner.

Bess ne pouvait détacher les yeux de la petite fille.

— Comment allons-nous la garder en vie ?

Emily fronça les sourcils.

— Il faut la faire sortir de cette ville. Je ne veux pas la toucher tant que je n'aurai pas stérilisé mes vêtements. Nous ne savons pas si nous avons attrapé quelque chose.

— Faut-il prendre une douche très chaude ? Faire bouillir nos vêtements ?

— L'eau peut très bien avoir été contaminée, répondit Emily en haussant les épaules. Mais je suppose que nous n'avons pas le choix.

— Rico est parti prévenir les services de santé de la ville la plus proche.

— Il faudra du temps pour rassembler une équipe et l'envoyer ici. Je ne veux pas être bloquée là à attendre.

Bess ne le souhaitait pas non plus. Elle aurait préféré camper dans le cratère d'un volcan plutôt que de rester à Tenajo.

— Combien de temps te faut-il pour stériliser tes vêtements ?

— Environ quarante minutes.

— Essaie de me trouver de quoi me changer et stérilise-le aussi. Je reviens.

— Où vas-tu ?

— Nous n'avons pas terminé nos recherches. Il pourrait y avoir d'autres rescapés.

— Il n'y a plus que trois pâtés de maisons. C'est peu probable.

— Les bébés se moquent des probabilités et c'est sans doute pour ça que celui-là a survécu.

— Ce n'est pas logique, rétorqua Emily en souriant. Sois de retour dans quarante minutes. Je tiens à faire sortir Jessie d'ici.

— Jessie ?

— Il faut bien lui donner un nom. On ne peut pas l'appeler « celle-là » ou « le bébé ».

Emily commença à enlever son chemisier.

Dans un fier élan de volonté, Bess sortit en refermant la porte derrière elle. Elle s'attendait à découvrir l'horreur, encore et toujours plus d'horreur...

À moins de découvrir une autre Jessie.

Alors n'y pense pas. Fais ce que tu dois faire.

Elle serra les poings et se dirigea vers le bas de la rue.

Pas d'autre Jessie.

Seulement la mort. Et le hurlement des chiens.

Bess fit une halte en sortant de la dernière maison. Elle prit une respiration profonde et s'apprêta à descendre les marches du perron.

Elle vit alors des traits lumineux qui venaient de la colline.

Des voitures ? Non, les rayons lumineux étaient trop espacés. Des camions, dans ce cas, qui roulaient vite et qui allaient surgir d'une minute à l'autre.

Dieu merci !

Rico avait certainement réussi à prendre contact

avec quelqu'un. Pourtant, était-il possible de mobiliser une équipe dans un délai aussi bref ?

Trois camions de l'armée passèrent devant la jeune femme et se dirigèrent vers la place. La peur glaça le sang de Bess. À Danzar aussi, elle avait vu des camions militaires.

Elle se sentait devenir paranoïaque. Ce n'étaient que des équipes de secours. Ou alors...

Emily. Il fallait trouver Emily.

Elle dévala les marches, franchit le portail et se mit à courir.

Emily leva les yeux lorsque Bess fit irruption dans la pièce.

Bess s'élança vers le lit de Jessie et écarta d'un geste la moustiquaire. Jessie lui sourit d'un air épanoui.

— Que se passe-t-il ? demanda Emily. J'ai entendu les...

— Viens ! Il faut sortir. Emmène-la.

— Mais enfin, qu'est-ce que tu racontes ?

Bess souleva Jessie et l'enveloppa dans sa couverture.

— Des camions de l'armée viennent d'arriver. Mais il est beaucoup trop tôt. Ils ne devraient pas être là.

— Fais attention de ne pas toucher...

— Alors, prends-la et pars. Ces camions ne devraient pas être là.

— Qu'en sais-tu ? Il se pourrait que...

Ce n'est pas normal.

— Quelque chose ne va pas.

D'un geste empressé, Bess installa Jessie dans les bras d'Emily.

— Pars maintenant. Sors par-derrière et grimpe sur la colline. Je vais voir ce qui se passe sur la place. Si tout va bien, je viendrai te chercher et je te ramènerai.

— Tu es folle ? Je ne veux pas te laisser ici.

— Il le faut. Jessie ne doit pas rester ici. Ce n'est qu'un bébé. Elle est trop vulnérable. Et si... Ils pourraient lui faire du mal, Emily.

Les yeux d'Emily se baissèrent vers l'enfant blottie dans ses bras.

— Personne ne lui ferait de mal.

— Si... Ils le pourraient. Les larmes ruisselaient sur les joues de Bess. Tu n'as pas idée de... Pour l'amour du ciel, fiche le camp !

— Alors viens avec nous.

— Non. Il faut que l'une d'entre nous sache ce qui se passe.

— Dans ce cas, je resterai.

Emily était déjà près de la porte. Bess s'élança vers elle et la saisit par les épaules.

— Non ! Écoute-moi ! Tu es médecin. Tu as toi-même un enfant. J'ignore tout des bébés. C'est toi qui dois... Emily secouait la tête, incrédule. Ne risque pas la vie de Jessie pour me protéger. Je ne la prendrai pas, Emily, poursuivit Bess en franchissant le seuil de la maison. Ne sois pas idiote. Fais ce que je te dis de faire. Je viendrai te rejoindre quand je serai sûre que tout va bien.

— Bess !

— Ne t'avise pas de me suivre ! Pars !

Bess se mit à courir en direction de la place.

Surtout, ne me suis pas ! Cours, Emily, sauve-toi !

Des hommes des équipes de décontamination, vêtus de combinaisons et de casques blancs, sortaient en hâte des camions militaires et projetaient des lueurs fantomatiques dans l'obscurité. Un des soldats se dirigeait vers la fontaine. Les autres se déployaient, pénétraient dans les maisons, tout autour de la place. Un homme se tenait, silencieux, près d'un camion.

Bess reprit son souffle. Rien d'anormal, après tout.

— Vous arrivez trop tard, cria-t-elle en s'approchant des militaires. Ils sont tous morts. Tout le monde est...

Le soldat qu'elle avait vu marcher vers la fontaine versait quelque chose dans l'eau.

— Qu'est-ce que vous faites ? Il est trop tard pour...

L'homme du camion se tourna vers elle. Elle eut le souffle coupé lorsqu'elle aperçut son visage à travers la visière transparente de sa casquette. Son instinct lui dicta de faire volte-face et de prendre la fuite.

Une main gantée s'abattit sur son épaule.

— Trop tard, en effet.

Sa dernière vision fut celle du poing qui se préparait à la frapper.

3

Des murs blancs et une odeur puissante d'antiseptique.

Cette même odeur avait assailli Bess lorsqu'elle s'était réveillée à l'hôpital, après Danzar.

Non !

La panique s'empara soudain de tout son être. Elle ouvrit grand les yeux.

— N'ayez pas peur.

Penché sur elle, un homme d'une quarantaine d'années, peau sombre et traits d'Indien, nez crochu et tempes légèrement grisonnantes, lui souriait. Bess ne le connaissait pas.

Elle tenta de s'asseoir dans le lit mais, prise de vertige, elle s'affaissa aussitôt.

— Ne bougez pas trop vite, dit l'homme d'une voix apaisante. Vous avez été très malade. Nous ignorons encore si la fièvre est vraiment tombée.

— La fièvre ?

Était-ce un médecin ? Il portait un uniforme militaire gris. Des décorations ornaient sa poitrine.

— Qui êtes-vous ?

L'homme s'inclina légèrement.

— Colonel Rafel Esteban. Je suis chargé de gérer cette malheureuse situation à Tenajo.

Tenajo.

Oh ! Tenajo.

« Malheureuse situation ? » Un bel euphémisme...

— Où suis-je ?

— À San Andreas, dans un centre médical de l'armée... Un tout petit dispensaire.

— Depuis combien de temps suis-je ici ?

— Deux jours. L'un de mes hommes vous a trouvée à Tenajo et il vous a tout de suite amenée ici.

Bess se remémora aussitôt la scène : les yeux d'un bleu froid, les pommettes hautes, le visage dur, laid, brutal.

— Il m'a frappée.

— Il a été sanctionné. Vous couriez vers lui et il a eu peur que vous ne le contaminiez.

Il n'avait pas eu peur. Et elle avait couru pour le fuir, non pour aller vers lui.

— Je n'étais pas malade. Il m'a assommée...

— C'est après votre réveil qu'il s'est aperçu que vous étiez malade. Vous hurliez, en pleine crise de nerfs. Il a dû vous frapper avant de vous conduire ici. Vous ne vous en souvenez pas ?

— Bien sûr que non ! Ce n'est pas ainsi que les choses se sont passées. S'il a prétendu que j'étais malade, il vous a menti.

Le colonel Esteban secoua la tête.

— Je vous le répète, il m'a délibérément agressée. Et comment aurais-je pu le contaminer ? Que s'est-il passé à Tenajo ?

— Le choléra. Une souche particulièrement virulente.

— Vous en êtes sûr ? Emily disait que... La panique s'empara soudain de Bess. Elle reprit : Emily ! Où est ma sœur ? Est-elle malade ?

— Oui. Elle ne va pas encore aussi bien que vous, mais soyez sans inquiétude. Elle va se remettre très vite.

— Je veux la voir.

— C'est impossible, répondit Esteban avec calme. Vous êtes encore trop atteinte.

— Je ne suis pas malade, insista-t-elle. Je me sens

très bien. C'était un mensonge : elle se sentait dépourvue de toute énergie et la tête lui tournait. Je veux voir ma sœur, dit-elle.

— Demain ou après-demain. En attendant, poursuivit-il après une pause, j'ai une faveur importante à vous demander. Imaginez un peu la panique ambiante si la nouvelle de ce qui est arrivé à Tenajo était rendue publique avant même que nous ayons terminé notre enquête...

Bess n'en croyait pas ses oreilles.

— Êtes-vous en train de me dire que vous avez l'intention d'étouffer l'affaire ?

Esteban prit un air scandalisé.

— Certainement pas. Il nous faut juste un peu de temps. Nous avons prélevé des échantillons d'eau qui vont arriver sous peu au Centre d'analyse et de dépistage. Dès que nous aurons les résultats, nous prendrons les mesures appropriées.

Cela semblait logique. Une politique de limitation des risques était compréhensible de la part des cercles gouvernementaux et militaires. La demande d'Esteban n'avait rien d'extravagant : peut-être avait-elle été malade. Aucun motif valable pour sombrer dans la paranoïa.

Esteban venait de lui dire que des échantillons d'eau avaient été prélevés et, pourtant, elle avait bien vu quelqu'un verser un produit dans la fontaine... Le gouvernement mexicain avait-il provoqué un désastre écologique qu'il tentait maintenant de passer sous silence ?

— Qu'attendez-vous de moi ?

Esteban sourit.

— Pas grand-chose. Un peu de patience et votre silence pour les quelques jours à venir. Est-ce trop demander ?

— Peut-être. Je veux voir ma sœur.

— Dans quelques jours.

— Maintenant.

— Soyez raisonnable. Vous n'êtes pas guérie, et elle non plus.

Bess luttait pour tenter de réfléchir de façon saine, mais elle se sentait de plus en plus mal à l'aise. Si Esteban l'empêchait de voir Emily, cela ne pouvait s'expliquer que par deux raisons : ou Emily et Jessie avaient réussi à s'enfuir ou Emily était retenue prisonnière.

— J'exige de parler avec un représentant de l'ambassade des États-Unis.

Esteban se manifesta par un petit rire.

— Vous ne semblez pas vous rendre compte de votre situation, dit-il d'une voix où perça alors une nuance de reproche. Vous êtes très malade et pas en état de recevoir des visites.

— Je ne suis pas malade et je veux parler à quelqu'un de mon ambassade.

— Ce sera fait en temps voulu. Il faut vous montrer patiente. Esteban s'approcha de la porte et fit signe à quelqu'un d'entrer dans la pièce. C'est l'heure de votre piqûre.

— Quelle piqûre ?

— Il faut vous reposer. Le sommeil vous fera beaucoup de bien.

Bess tressaillit en voyant l'infirmier s'approcher avec un plateau sur lequel étaient posés un flacon et une seringue hypodermique.

— Je n'ai pas besoin de dormir, je viens de me réveiller.

— Le sommeil apporte la sagesse...

— Je n'ai aucun besoin de...

Bess eut un violent sursaut lorsque l'aiguille lui pénétra dans le bras droit.

Les vingt-quatre heures suivantes s'écoulèrent comme dans un épais brouillard.

Bess s'éveilla, pleura. Elle s'éveilla de nouveau à

heures variables. Esteban était parfois là et la regardait. Quelquefois, elle était seule.

Emily, où était Emily ? Il fallait découvrir...

La seringue.

Les ténèbres.

Esteban se tenait près du lit de Bess. Il n'était pas seul.

Ce visage dur, ces yeux bleus qui la contemplaient avec froideur... Tout cela lui devenait de plus en plus familier. L'homme de Tenajo : Kaldak... Celui qui l'avait frappée. Esteban avait prétendu qu'il avait été sanctionné, mais c'était un mensonge. Il ne semblait pas le genre d'homme à accepter une sanction.

— Il faut prendre une décision, dit Kaldak. C'est un témoin.

— Ne sois pas si pressé. Il nous reste un peu de temps. Habin n'est pas très chaud pour se débarrasser d'une citoyenne américaine. Je peux attendre. Esteban adressa un sourire à Bess. Alors, on se réveille ? Comment vous sentez-vous ?

Bess avait la langue pâteuse, mais elle réussit à articuler un mot.

— Salaud.

Le sourire s'évanouit.

— Vous avez certes raison, mais ce n'est pas très gentil de me le reprocher. Tu n'as peut-être pas tort, Kaldak. J'ai sans doute trop tenu compte de l'avis de Habin.

— Emily... Je dois la voir.

— Impossible. Je vous ai dit qu'elle était encore malade. Elle se montre pourtant beaucoup plus polie et coopérative que vous.

— Menteur. Elle n'est... pas... ici. Elle s'est... enfuie.

Esteban haussa les épaules.

— Pensez ce que vous voulez. Viens, Kaldak.

Ils étaient sortis. L'obscurité se refermait de nouveau sur Bess.

Les paroles d'Esteban et de Kaldak avaient un sens bien précis.

« Se débarrasser d'une citoyenne américaine. »

Ils allaient donc la tuer.

Kaldak avait voulu s'en charger immédiatement. Esteban s'était opposé à ce que...

Qui était Habin ? Aucune importance. Seuls Kaldak et Esteban constituaient une menace directe.

De quoi avait-elle été le témoin ? D'une mise en scène destinée à étouffer les événements de Tenajo ?

Cela non plus n'était pas vraiment important. Rester en vie, voilà ce qui comptait. Et garder Emily en vie.

Si Esteban ne voulait pas lui laisser voir Emily, c'est qu'elle s'était enfuie. Mon Dieu ! Elle espérait de tout son cœur que sa sœur avait réussi à s'échapper.

Mais ils étaient peut-être à sa recherche. Elle devait la retrouver et la prévenir, la protéger...

Elle se sentait si faible qu'elle pouvait à peine soulever le petit doigt.

Mais elle n'était pas malade. Esteban mentait. Elle avait mal à la joue, là où Kaldak l'avait frappée ; au bras, là où un pansement recouvrait l'endroit de son bras piqué par l'aiguille. Elle recouvrerait toutes ses forces en réussissant à chasser les effets des calmants.

Combats les calmants.

Pense. Organise-toi.

Il y avait forcément un moyen de s'en sortir.

Le soleil était presque couché lorsque Esteban entra dans la chambre. Bess ferma les yeux.

— Je crains d'être obligé de vous réveiller, Bess. Cela ne vous dérange pas si je vous appelle Bess, n'est-ce pas ? J'ai beaucoup de sympathie pour vous.

Les yeux de Bess demeurèrent clos.

Esteban lui secoua les épaules.

Elle ouvrit les paupières avec lenteur.

Esteban sourit.

— Voilà qui est mieux. Ces médicaments sont si désagréables, ne trouvez-vous pas ? Je sais à quel point vous devez vous sentir mal. Vous me reconnaissez, vous savez qui je suis ?

— Salaud, murmura Bess.

— Je préfère ignorer l'insulte, car nous allons bientôt devoir nous séparer et je ne voudrais pas que nous nous quittions en mauvais termes. J'ai besoin de renseignements. Il nous a fallu être très prudents en procédant aux écoutes téléphoniques de nos sources habituelles et Kaldak n'a presque rien déniché d'intéressant à votre sujet. J'ai essayé de convaincre mon associé, Habin, qu'il n'était pas nécessaire de recourir à des méthodes aussi pénibles, mais il pense qu'il faut agir en toute sécurité. Je n'aime pas faire de la peine à Habin, conclut Esteban en caressant la joue de Bess.

Elle aurait voulu mordre la main d'Esteban. Un simple mouvement de la tête et elle pourrait y arriver. Non ! Trop futile. Ce n'était pas ce qu'elle avait prévu.

— Ça vous ennuie si je vous pose quelques questions ? Vous pourrez continuer à dormir après.

Bess ne répondit pas.

Esteban fronça les sourcils.

— Bess ?

— Quand... pourrai-je voir ma sœur ?

Le froncement de sourcils disparut.

— Si ce n'est que ça ! Très bien, dès que vous m'aurez dit ce que j'ai besoin de savoir.

Foutaises.

— Vous me le promettez ?

— Bien entendu, répliqua Esteban. Voyons, vous

êtes venue pour prendre des photographies pour un article.

Bess confirma en silence.

— Qui vous a engagée ? continua-t-il.

Esteban était tout près, presque au-dessus d'elle. Aucune chance ; il la maîtriserait sans peine. Recule de quelques pas, pria-t-elle intérieurement.

— John Pindry.

— Vous le connaissiez déjà ?

— J'avais préparé un article sur San Francisco pour lui, il y a quelques années. Bess s'efforçait de bredouiller avec difficulté pour donner le change à Esteban. Puis-je... voir ma sœur ?

— Pas encore. Parlez-moi de votre famille.

— Emily.

— Vos parents.

— Morts.

— Depuis quand ?

— Des années, répondit Bess en feignant d'étouffer un bâillement. Je veux dormir...

— Bientôt. Vous êtes coopérative. C'est très bien.

Il s'éloigna du lit et fit un pas vers la fenêtre.

Oui, va là-bas

— Pas mariée ? D'autre famille ? enchaîna Esteban qui essayait de découvrir si des parents proches de Bess pouvaient être en mesure de lui créer des ennuis.

— Non.

— Pauvre enfant, vous devez vous sentir bien seule. Un colocataire ?

— Non, je ne reste jamais assez longtemps aux États-Unis pour partager les dépenses d'un appartement.

Il fallait avancer avec prudence et tout cela semblait sonner de manière cohérente.

— Vous voyagez beaucoup ?

Esteban lui tournait le dos. Ce salopard arrogant pensait qu'elle était trop faible pour constituer une menace pour lui.

— Cela fait partie de mon boulot.

— Et quel est le...

Le bassin hygiénique en métal vint frapper l'arrière de la tête d'Esteban : il tomba à genoux.

— Salaud !

Bess lui sauta sur le dos et continua de frapper. Il s'effondra sur le sol et Bess s'assit à califourchon, frappant sans discontinuer.

— Et toi, quels sont tes parents proches, espèce de minable...

Deux bras emprisonnèrent soudain sa cage thoracique et l'arrachèrent du dos d'Esteban.

Kaldak.

Bess se débattait comme une furie.

— Cessez de vous débattre.

Il allait voir si elle cesserait de se défendre... Par-derrière, elle trouva le moyen d'envoyer un violent coup sur le tibia de Kaldak.

— Arrêtez !

— Lâchez-moi !

Esteban commençait à remuer. Elle ne l'avait donc pas tué.

Désespérée et prise de panique, elle cherchait à échapper à l'étreinte de Kaldak. Il murmura un juron et une de ses mains s'éleva vers le cou de la jeune femme, juste derrière les oreilles.

Les ténèbres...

Bess s'éveilla quelques minutes plus tard. Elle était au lit, ligotée.

Son cœur battait si fort qu'elle pouvait à peine respirer. Elle tenta de se pencher en avant. Inutile : elle était coincée.

Kaldak aidait Esteban à se lever. Le sang coulait le long de ses tempes et il vacillait sur ses pieds. Il lança au bassin métallique un regard mauvais.

— Viens, dit Kaldak. Je vais te faire un bandage.

Esteban fixait Bess, droit dans les yeux.

— Cette salope m'a frappé avec ce foutu machin...

La peur nouait l'estomac de Bess. Elle n'avait jamais vu une telle expression de haine sur un visage.

— Tu la puniras plus tard, dit Kaldak. Tu saignes.

— Je vais la tuer.

— Pas maintenant. Tu t'es déjà assez fait remarquer, rétorqua Kaldak, en guidant Esteban vers la porte. Je l'ai attachée. Elle n'ira nulle part. Nous nous en occuperons plus tard.

Plus tard...

Esteban la tuerait. Bess en était sûre. Elle l'avait humilié et elle allait mourir pour cela.

Esteban se dégagea du bras de Kaldak et s'approcha du lit en titubant.

— *Puta !* Sale putain ! éructa-t-il deux fois de suite en la frappant au visage. Vous avez pensé que vous pouviez me tuer ? Vous ne connaissez rien de...

— Je sais que vous êtes un faible et un lâche et que vous frappez des femmes sans défense. La tête de Bess avait beau résonner encore du coup porté, les mots jaillissaient de sa bouche comme un torrent indomptable. À quoi bon ? Elle n'avait rien à perdre. Je sais aussi que vous êtes stupide, reprit-elle. Emily est trop intelligente pour vous. Elle prouvera au monde entier quel genre de trou du cul...

Il la frappa à nouveau avec une violence foudroyante.

Bess leva les yeux vers lui.

Il se pencha si près d'elle, qu'elle sentait son souffle sur son visage et voyait l'urine du bassin dégouliner le long de ses joues.

— Vous la croyez donc si forte, votre fameuse sœur ?

— Je sais qu'elle est plus intelligente que...

— Vous pensez vraiment qu'elle a réussi à sortir de Tenajo ?

Bess sentit la terreur l'envahir.

— Nous l'avons capturée juste après vous avoir amenée ici. Votre sœur est donc à San Andreas depuis.

— Vous mentez. Elle s'est enfuie.

Les yeux d'Esteban se rétrécirent. Il jouissait de la peur et de l'anxiété de Bess.

— Elle est ici, poursuivit-elle.

— Impossible !

— Prouvez-le-moi. Laissez-moi la voir. Esteban secoua la tête. Dans ce cas, vous mentez, ajouta-t-elle.

— Ça vous ferait trop de peine de la voir ainsi. C'est pas un endroit très plaisant.

— Où est-ce ?

Les lèvres d'Esteban s'allongèrent dans un sourire plein de malice.

— Quatre étages plus bas. Elle se trouve dans l'un des tiroirs de la morgue. Une de ces boîtes où vous serez vous-même bientôt allongée. Votre sœur est morte.

Esteban quitta la pièce.

La douleur transperça Bess comme un coup de poignard.

Emily. Morte...

Était-ce vrai ? Ce sadique prenait plaisir à la faire souffrir et il avait sans doute menti sur d'autres choses. Pourquoi aurait-il dit la vérité pour Emily ?

Mais cela pouvait aussi être vrai. Emily était peut-être morte.

« Elle se trouve dans l'un des tiroirs de la morgue. »

La monstrueuse image la torturait comme si un couteau s'enfonçait dans sa peau.

Elle pensait que ce n'était pas la vérité. Esteban avait seulement cherché à la faire souffrir.

Emily pouvait tout aussi bien être en vie.

Les ongles de Bess s'enfonçaient dans ses paumes tant elle serrait les poings.

« Quatre étages plus bas. Elle se trouve dans l'un des tiroirs de la morgue. »

— C'était vrai ? interrogea Kaldak en désinfectant les plaies du crâne d'Esteban. La femme Corelli est ici ?

Esteban ignora la question.

— Cette salope de Grady doit mourir. J'en ai assez d'elle. Que Habin aille au diable.

— Comme tu veux.

— Maintenant.

Kaldak approuva en silence.

— Mais pas ici, annonça-t-il. Il ne faut pas que l'on puisse remonter jusqu'à toi. Certains membres du personnel ne t'apprécient guère, et l'infirmier nous a vus sortir de la chambre.

Esteban était fou de douleur, de rage... et d'humiliation. Il se sentait aussi vulnérable que lorsqu'il était enfant, avant de réaliser à quel point il était facile de changer sa vie.

— Je veux qu'elle meure de façon très lente et je veux m'en occuper moi-même.

— Alors, il vaut mieux attendre. À moins que tu puisses quitter San Andreas ?

— Il faut que je reste ici au moins une journée de plus. Je pensais que tout irait plus vite, mais il faut encore procéder à des expériences. Beaucoup de ces gens sont morts à des heures trop différentes. Quelque chose ne fonctionne pas comme à la normale.

Kaldak jeta le linge dans le lavabo.

— Occupons-nous de la femme Grady maintenant, dit-il, et tu pourras te consacrer aux problèmes sérieux. Cela n'a probablement aucune importance si quelqu'un se méfie. Inutile de prendre tant de précautions.

Au contraire, pensa Esteban avec un sentiment de frustration. Les précautions étaient indispensables. Il ne pouvait se permettre de se trouver mêlé à une enquête.

— Si tu veux que je m'en charge, reprit Kaldak, dis-moi comment tu souhaites que je procède. Je connais bien des façons de traiter ce genre de cas. Ce ne sera pas rapide.

Les dernières hésitations d'Esteban s'évanouirent. Kaldak ne ferait pas de cadeaux à cette femme.

— D'accord. Emmène-la. Fais-la disparaître.

Kaldak approuva d'un signe de tête.

— Mais je veux connaître tous les détails, et je veux qu'elle souffre longtemps.

— Oh ! Elle souffrira, l'assura Kaldak en souriant. Ça, je te le promets.

4

Personne ne s'approcha de Bess au cours de la soirée. C'était une réelle torture de rester là, attachée, impuissante, tandis que les paroles d'Esteban tournoyaient dans son esprit.

Bess n'était cependant pas tout à fait impuissante. Elle était vivante et en pleine possession de ses moyens. Il y avait certainement quelque chose à faire. Si elle pouvait convaincre Esteban de la détacher, elle trouverait une arme, même si ce n'était qu'une autre bassine en métal...

Impossible. Esteban ne prendrait pas le risque de desserrer ses liens. Et pourquoi le ferait-il ? Elle était à sa merci, prête à être exécutée. Il prenait juste un peu de temps, pour la faire souffrir.

La porte s'ouvrit. Un homme se tenait dans l'embrasure et son énorme silhouette sombre se détachait sur les lumières crues du couloir. Il portait un sac de toile. Ce n'était pas Esteban. Ni l'infirmier. Bess ne pouvait pas distinguer son visage, mais elle savait qui il était.

Kaldak...

L'homme referma la porte, s'approcha et s'arrêta en face de Bess pour qu'elle puisse le reconnaître. Il n'était pas plus rassurant que lors de leur première rencontre à Tenajo. Il était pourtant fait de chair et de sang, comme n'importe quel autre être humain, alors pourquoi était-il si effrayant ? Bess ne pouvait détacher le regard de cet homme au visage dur comme de la pierre et plus elle le regardait, plus elle sentait la terreur monter en elle.

— Vous savez pourquoi je suis ici ? interrogea Kaldak.

Bess tenta de parler d'une voix ferme.

— Ce n'est pas difficile à deviner. Esteban vous a envoyé terminer le sale boulot.

— Esteban m'a ordonné de vous tuer.

Bess s'apprêta à crier, mais Kaldak lui plaqua sa main sur la bouche.

— Je n'ai pas dit que j'allais lui obéir.

Les dents de Bess s'enfoncèrent dans la paume de Kaldak.

— Nom de Dieu ! jura-t-il en retirant précipitamment son bras.

Le goût cuivré du sang envahissait la bouche de Bess. Elle se prépara de nouveau à hurler. Kaldak la frappa au visage. La chambre tournoya autour d'elle.

— J'aurais pu aussi bien vous assommer, dit-il d'un ton sévère. Mais je n'ai pas la moindre envie de vous porter. Vous m'avez causé assez d'ennuis comme ça.

Bess réalisa que Kaldak dénouait ses liens. Pourquoi...

Il ouvrit le sac de toile et jeta sur le lit un jean, une chemise et des chaussures de tennis.

— Pas d'histoires. Tout doit se passer en douceur. Habillez-vous.

Bess s'assit lentement dans son lit.

— Qu'est-ce que vous faites ?

— Je vais vous faire sortir d'ici.

— Pourquoi ?

— Vous voulez partir ou vous préférez que je vous rattache ?

— Je veux que vous me disiez pourquoi je devrais partir avec un homme qui vient de me frapper.

— Parce que vous n'avez pas le choix. Peu importe

que vous me croyiez ou non. Si vous m'encombrez trop, si vous me causez trop d'ennuis, je vous laisserai tomber.

Rassurant, songea Bess avec amertume. Il avait pourtant raison, elle n'avait pas le choix. Sa situation devenait pourtant plus enviable que quelques minutes auparavant... Elle s'empara alors du jean.

— Retournez-vous.

— Pour que vous me frappiez avec une bassine ?

Kaldak semblait lire dans son esprit. Tant pis. Malgré la lourde fatigue qui lui plombait les jambes, elle enfila à la hâte le pantalon.

— Qu'est-ce qui vous fait croire que vous pourrez m'emmener hors d'ici ?

— Esteban ne veut pas de mort suspecte dans le coin. Je lui ai dit que je m'en occuperais plus loin.

— Et ma sœur ? Il a prétendu l'avoir tuée. Les yeux de Bess s'élevèrent vers ceux de Kaldak. Elle retint son souffle. C'est vrai ?

— Je ne sais pas.

— Vous devez le savoir. Vous travaillez pour Esteban. Vous étiez à Tenajo.

Kaldak haussa les épaules.

— Esteban préfère que sa main droite ignore ce que fait la gauche. Il ne donne que des informations éparses pour que personne ne puisse reconstituer l'ensemble du tableau. Je connaissais votre cas, parce que c'est moi qui vous ai amenée ici. Je n'ai pas vu votre sœur, mais cela ne prouve rien : il a pu s'en emparer plus tard.

Bess se débattait contre la panique et le désespoir. Kaldak pouvait lui mentir. Elle saisit la chemise qu'il avait apportée et l'enfila.

— Et Jessie ?

— Qui ?

— Un bébé, une petite fille. Elle était vivante.

— Elle est ici. Elle est arrivée quelques heures après vous.

Les yeux de Bess se tournèrent aussitôt vers Kaldak.

— Où ? Elle est vivante ?

Kaldak fit un signe de tête affirmatif.

— Trois chambres plus loin. Esteban est allé la voir plusieurs fois.

La joie de Bess céda la place à la peur. Emily n'aurait jamais abandonné Jessie si elle avait pu agir autrement.

— Emily devait se trouver avec elle, certainement.

Kaldak secoua la tête.

— Emily n'aurait pas laissé Jessie, insista Bess.

— Elle n'est pas arrivée avec l'enfant. Allons, dépêchez-vous.

— Qui êtes-vous ?

— Kaldak.

— Je sais cela. Qui... pourquoi voudriez-vous m'aider ?

— Parce que vous me gênez. Il est hors de question que vous restiez en travers de mon chemin, répondit Kaldak, avec une expression de froide indifférence qui fit frissonner Bess.

— Ils vont gentiment nous laisser sortir ? Ils vous font confiance à ce point ?

— Esteban n'a aucune confiance en moi, mais il sait que je suis efficace lorsque j'entreprends quelque chose.

Nul besoin de posséder le cerveau d'Einstein pour deviner la nature des talents de Kaldak. Bess boutonna sa chemise et glissa ses pieds dans les chaussures de tennis.

— Alors, il aurait dû logiquement vous parler d'Emily.

— Il n'y a rien de logique là-dedans.

— Il a dit qu'elle était morte.

— C'est possible.

— Vous devez savoir.

Kaldak fit un pas vers la porte.

— Sortons. Taisez-vous et restez près de moi.

Bess ne bougea pas.

— Vous préférez attendre ici le retour d'Esteban ?

Kaldak avait raison : elle n'avait pas le choix. Elle le suivrait jusqu'à ce qu'elle trouve le moyen de lui fausser compagnie.

Bess cligna les yeux lorsqu'elle sortit dans le couloir trop éclairé.

Il était plus de minuit et les couloirs étaient déserts. Trois infirmières occupaient une permanence de garde près des ascenseurs.

— Pourquoi ne nous arrêtent-elles pas ? chuchota Bess.

— Je leur ai déjà expliqué qu'Esteban voulait vous laisser partir. Elles ne nous créeront pas de problèmes.

Il paraissait impossible à Bess de sortir de cet endroit. Elle jeta un regard le long du couloir. Jessie n'était qu'à trois chambres de là. Quelques mètres, et pourtant Bess était terrorisée à l'idée de parcourir cette minuscule distance.

— Attendez une minute.

— Mais bon Dieu ! Venez, grinça-t-il entre les dents tout en agrippant le bras de Bess.

— Je veux partir, vous pouvez en être sûr, rétorqua Bess d'un air farouche. Mais je n'abandonnerai pas Jessie ici. Emmenez-la et laissez-moi, si vous ne pouvez faire autrement.

— Je ne peux pas risquer...

— Je ne partirai pas sans elle.

Bess repartit le long du couloir et, à sa grande surprise, Kaldak la suivit.

Elle ouvrit la porte de la chambre de Jessie. Il y faisait sombre, mais elle distingua rapidement la silhouette vague d'un lit d'enfant.

Kaldak referma la porte derrière lui et alluma la lumière.

Le cœur de Bess fit un bond dans sa poitrine.

Jessie, très pâle — trop pâle —, était endormie. Elle était sous perfusion.

— Vous m'aviez dit qu'elle allait bien, murmura Bess.

— Elle n'est pas en mauvaise santé. Kaldak débrancha le goutte-à-goutte. Esteban ne voulait pas que le personnel s'en occupe, et il a prétendu qu'elle était contagieuse. Il tenait à ce que personne ne puisse s'attacher à elle.

Aucun danger de ce genre avec Kaldak, pensa Bess.

— Et il a installé tous ces tubes et ces perfusions... Regardez-la. Ce salopard l'a droguée.

— Bien ! reprit Kaldak. Nous avons peut-être une chance de sortir avec elle sans servir de cibles vivantes. Restez ici. Je reviens.

Il quitta la pièce et revint au bout de quelques secondes. Il portait le sac de toile dans lequel il avait apporté les vêtements de Bess.

— Passez-la-moi.

— Je m'en occupe.

Bess installa Jessie avec soin dans le sac, ajouta des couches et une couverture. Il n'y avait déjà plus de place.

— Faut-il boucler la fermeture Éclair ?

Kaldak refermait déjà le sac de toile.

— Oui. Allons-y.

— Si elle n'a pas assez d'air pour...

— Allez !

Kaldak poussa Bess hors de la chambre, le long du couloir. Il portait le sac en le balançant doucement comme s'il s'agissait d'une plume.

— Allez droit vers l'ascenseur. Ne regardez pas les infirmières. Il se passe des choses qui les inquiètent ici et elles se sentent mal à l'aise en ma présence. Elles feindront probablement de m'ignorer.

Kaldak avait raison. Tandis que Kaldak approchait du bureau de la permanence, les infirmières se remirent en effet au travail. Une fois montée dans l'ascenseur avec Kaldak et les portes fermées, Bess entrouvrit le sac de quelques centimètres.

— Il faut qu'elle puisse respirer.

Kaldak fit une moue désapprobatrice, mais ne bougea pas. Il appuya sur le bouton du hall du rez-de-chaussée.

— Il y a une Jeep garée en face. On risque de nous poser quelques questions à l'entrée, mais j'ai un laissez-passer et les gardes de service me connaissent, je m'en suis assuré. Tout devrait se passer en douceur.

« En douceur. »

Kaldak avait déjà utilisé cette expression. Il tenait à ce que tout soit net et sans bavures.

Lorsque les portes s'ouvrirent, Kaldak prit Bess par le bras et la poussa dans le hall désert. Ils arrivèrent devant l'escalier de secours, franchirent la porte et s'installèrent à bord de la Jeep.

« Quatre étages plus bas. »

« Elle est morte. »

Kaldak mit le contact.

Non !

Bess sauta de la Jeep.

— Je ne peux pas partir maintenant. Je dois aller à la morgue. Il a dit que ma sœur y était.

La main de Kaldak se referma sur son poignet.

— Oh non ! Ça suffit. Nous allons vers le portail, nulle part ailleurs.

— Je dois d'abord savoir s'il m'a menti.

— Hors de question. La morgue est un endroit sensible. Elle est gardée.

— Mais vous ne comprenez donc pas ? Il faut que je sache, insista-t-elle.

Bess se dégagea d'un geste, se dirigea dans le hall d'entrée, vers l'escalier de secours.

Elle entendit Kaldak jurer derrière elle tandis qu'elle dévalait les marches de béton. Dans un seul mouvement, elle ouvrit la porte du sous-sol. Près d'un coude, au bout du couloir, un soldat se tenait en faction devant les deux portes de la morgue. Il leva son arme.

Kaldak fit chuter Bess d'une bourrade et plongea vers les genoux du garde.

L'homme s'écroula. Kaldak lui grimpa sur le dos et le frappa du tranchant de la main. Le corps du soldat s'affaissa.

Kaldak leva les yeux vers Bess.

— Allez au diable !

Il était vraiment en colère. Tout ne se passait plus « en douceur » pour lui...

— Je dois savoir.

Bess se releva et se dirigea vers la porte.

— Attendez.

Kaldak se remit sur pied et écarta Bess pour la précéder.

Un employé, maigre et dégingandé, jaillit de derrière le bureau de réception.

— Qui êtes-vous ? Personne n'a le droit de...

— Taisez-vous. Couchez-vous par terre.

— Ce n'est pas...

La main de Kaldak vint le frapper à la base du cou et l'employé plongea en avant.

— Venez, dit Kaldak en s'approchant de la porte située à côté du bureau. Finissons-en et partons d'ici.

Bess le suivit dans la salle d'autopsie. Grâce aux portes de verre des armoires, la jeune femme pouvait découvrir toutes sortes d'instruments. Un frisson lui traversa l'épine dorsale.

— Pas de corps, dit Kaldak. On y va, maintenant ?

Bess déglutit avec peine pour tenter de s'éclaircir la gorge.

— Il a dit... qu'elle était dans un tiroir.

D'un pas hésitant, elle s'avança jusqu'à la porte de métal blanc, tout au fond de la pièce.

Kaldak parvint près de la porte avant elle et l'ouvrit.

Deux tiroirs réfrigérés étaient encastrés dans le mur

qui leur faisait face. Bess prit sa respiration et se dirigea vers eux.

— Seulement deux, dit Kaldak. Bien. Nous allons gagner du temps. Il vaut mieux que je vous le dise : Esteban a reçu ce matin un rapport d'autopsie.

Le regard effaré de Bess se posa sur lui.

— Je croyais que vous ne saviez pas si...

— Je ne sais pas qui est concerné par ce rapport. Je ne pose jamais de questions à Esteban, poursuivit-il, le visage dénué de toute expression. Avez-vous déjà vu un cadavre après une autopsie ? Bess secoua la tête. Eh bien, ce n'est pas un spectacle agréable, ajouta-t-il. Je ne tiens pas à ce que vous tombiez dans les pommes. Il faudrait que je vous porte pour sortir d'ici.

C'est vrai, ça dérangerait ses plans, si nets et si précis.

Il tendit la main pour ouvrir le premier tiroir.

— Je vais regarder moi-même.

Elle l'arrêta d'un geste.

— Je n'ai pas confiance en vous.

Kaldak haussa les épaules et recula d'un pas.

— Comme vous voulez.

Bess prit à nouveau sa respiration et saisit la poignée. Le tiroir s'ouvrit facilement.

Il était vide.

Soulagée, elle ferma le tiroir, puis se prépara à ouvrir le suivant.

Mon Dieu ! Faites que celui-ci soit vide également, pria-t-elle avec la foi du désespoir.

Faites qu'Esteban ait menti.

Par pitié...

Le second tiroir s'ouvrit aussi aisément que le premier.

Mais celui-là n'était pas vide.

L'estomac de Bess se souleva. Elle se détourna et courut tant bien que mal vers un lavabo dans la pièce attenante et se mit à vomir.

Kaldak se tenait près d'elle et, d'une main posée sur sa taille, l'homme la soutenait.

— Je vous avais prévenue : ce n'est pas joli à voir. Si vous m'aviez écouté, vous auriez pu...

— Taisez-vous.

— C'était votre sœur ?

— Non. Rico.

— Votre guide ?

— Je l'avais envoyé prévenir les services de santé de la ville la plus proche. Quand j'ai vu les camions, j'ai cru qu'il avait réussi... Je n'ai jamais pensé qu'il puisse lui arriver quoi que ce soit. Il n'était pas malade lorsqu'il a quitté Tenajo. Bess se tourna soudain vers Kaldak. Que lui est-il arrivé ? Avez-vous...

— Je ne l'ai pas touché. J'ignorais même qu'il avait été intercepté.

— Il n'était pas malade, je peux vous le dire. Pas plus que moi.

— Cela s'est passé il y a deux jours. S'il a été contaminé après avoir quitté Tenajo, il a pu mourir six heures après l'apparition des symptômes.

— Aussi vite ? murmura Bess.

— Plus vite encore s'il n'était pas fort et en bonne santé.

Rico était fort. Jeune, fort et plein de vie. Bess frissonna en pensant à Rico, tel qu'elle l'avait aperçu dans ce tiroir.

— Je ne sais pas si je peux vous croire.

— Peu m'importe, répondit Kaldak d'un ton neutre. Mais la maladie l'a certainement tué. Sinon, pourquoi pratiquer une autopsie ? Son regard se détourna de Bess. Lavez-vous le visage. Vous devez avoir l'air normale lorsque nous franchirons le portail.

Bess fit couler machinalement de l'eau et s'en aspergea la figure.

— Ouvrez la porte.

Kaldak traversa la salle d'autopsie en traînant le garde par les pieds.

— Que faites-vous ?

— Je ne veux pas qu'on le découvre trop vite.

Il ouvrit lui-même la porte et tira l'homme vers les tiroirs réfrigérés.

— Il est mort ? Kaldak fit un signe affirmatif. Vous deviez vraiment le tuer ? dit-elle.

Kaldak ouvrit le tiroir vide, y installa le corps du soldat, et le referma d'un geste.

— Non, mais c'était plus prudent. Les morts ne se mettent pas en travers de votre route.

Froid, calme. Sans expression. Pas de sentiments.

— Et l'employé de la morgue ?

— Vivant. Je l'ai ligoté. Il est dans un placard, dans le couloir.

— Pourquoi ne pas l'avoir tué, lui aussi ?

Kaldak haussa les épaules.

— Ce n'est qu'un trouillard. Aucun risque de ce côté-là.

Il prit une serviette, près du lavabo.

— Restez tranquille.

Kaldak se mit à frotter la joue gauche de Bess avec la serviette.

— Mais qu'est-ce que... Arrêtez ça !

Il lui lança la serviette.

— Frottez l'autre joue. Vous avez besoin de couleurs, vous êtes trop pâle.

Tout devait paraître normal, tout devait se dérouler « en douceur ». Peu importait le corps sans vie fourré à la hâte dans un tiroir. Peu importait Rico, sa vie purement et simplement supprimée.

— Dépêchez-vous. Nous ne devons pas traîner. J'ai laissé votre Jessie dans la Jeep, elle pourrait bien se réveiller et se mettre à hurler.

Jessie. C'est vrai, il fallait penser à Jessie.

Bess se frotta la joue, puis jeta la serviette sur le bureau.

Kaldak la ramassa et la disposa soigneusement sur le porte-serviettes.

— Allons-y.

Quelques minutes plus tard, la Jeep atteignait le poste de garde, à l'entrée du complexe médical.

— Pas un mot.

Kaldak se pencha : la lumière éclairait bien son visage lorsque le garde sortit de sa guérite.

— Ouvrez les portes.

L'homme hésita un instant.

— Qu'attendez-vous ? insista Kaldak. Vous savez qui je suis. Ouvrez les portes.

Le garde jeta un regard hésitant vers Bess, puis vers le sac de toile, à l'arrière.

— Je n'ai reçu aucun ordre autorisant une femme à quitter les lieux.

— Alors, c'est moi qui vous le donne. Ouvrez les portes. Ou alors appelons Esteban, ajouta-t-il en souriant. Bien sûr, si vous le réveillez, il sera très en colère. Et moi aussi, si vous me faites perdre mon temps.

Le garde fit un pas en arrière avec précipitation et actionna la commande d'ouverture des portes.

Kaldak écrasa l'accélérateur et la Jeep bondit en avant.

Bess souleva le sac, à l'arrière du véhicule, l'ouvrit et prit Jessie dans ses bras. La petite dormait encore profondément.

— Vous pensez qu'il va prévenir Esteban ?

Kaldak accélérait de plus en plus.

— Peut-être. Mais Esteban ne sera guère surpris d'apprendre notre départ, il voulait que je m'occupe du problème sans faire de vagues. Mais quand ils découvriront la disparition de la petite et le corps du garde dans le tiroir de la morgue, ce sera une autre affaire.

Bess ne put éviter un long frisson. Rien jusqu'ici ne s'était passé « en douceur », de façon nette et

« sans faire de vagues ». Elle devait être folle de s'enfuir comme ça d'un hôpital en compagnie d'un tueur.

— Où allons-nous ?

Kaldak se tourna vers elle et un sourire découvrit ses dents.

— Vous avez peur ? Tant mieux. Contentez-vous de rester assise et réfléchissez. Rien ne me ferait plus plaisir, en ce moment, que de vous briser la nuque. J'aurais pu éviter de liquider ce garde, mais vous vouliez absolument emmener cette fichue gosse, n'est-ce pas ?

— Oui, c'est vrai.

La peur qu'éprouvait Bess s'effaçait derrière sa colère. Elle avait vu la froide précision avec laquelle Kaldak avait tué le garde et elle ne pensait pas que les menaces faisaient partie de son *modus operandi.* S'il avait eu l'intention de la tuer, il l'aurait tuée. Tout au moins, elle l'espérait.

— Où allons-nous ? répéta-t-elle.

— Loin de San Andreas. Allons, dormez. Je vous réveillerai lorsque nous arriverons.

— Croyez-vous que j'aie assez confiance en vous pour m'endormir ? Vous venez de me dire que vous aimeriez me briser la nuque.

— Cela m'a juste traversé l'esprit. Vous avez bien compris que je ne le pensais pas vraiment, non ?

Kaldak lisait trop bien ses pensées. Sa perspicacité troublait la jeune femme, plus encore que sa brutalité.

— Je vous crois capable de tout.

— Je le suis. Alors taisez-vous et ne me provoquez pas.

— Pourquoi m'avez-vous aidée à quitter cet endroit ?

Les mains de Kaldak se resserrèrent sur le volant de la Jeep.

— Je vais vous faire une proposition. Si vous la

fermez et si vous me laissez réfléchir tranquille, je répondrai à vos questions dès notre arrivée.

— Notre arrivée, où ça ?

— À Tenajo.

— À Tenajo ? Mais pourquoi ?

— Je vous répondrai quand nous y serons.

— Tout de suite.

— Comme vous êtes têtue... Kaldak se tourna vers Bess et son regard se fixa sur le sien. Je pensais que vous voudriez retourner là-bas. C'est à Tenajo que vous avez vu votre sœur pour la dernière fois.

— Elle ne peut plus y être maintenant.

— Elle a peut-être laissé un message pour vous. Existe-t-il un autre endroit où commencer des recherches ?

— Je pourrais commencer par vous. Que savez-vous d'Emily ?

— Si vous ne vous taisez pas, je vous bâillonne jusqu'à notre arrivée.

Ce n'était plus une menace. Kaldak n'hésiterait pas une seconde à la réduire au silence.

— Nous sommes encore loin de Tenajo ?

— Trois heures.

Bess se cala dans son siège et serra contre elle le petit corps tendre et chaud de Jessie. Dans trois heures, elle serait de retour à Tenajo. De lourds pressentiments s'entassaient et tournoyaient dans son esprit comme des nuages noirs.

Tiens bon. Tout ira bien. Ne tremble pas.

Les chiens de Tenajo hurlaient-ils encore ?

Ils atteignirent la colline qui surplombait la petite ville, là où Rico s'était arrêté le premier jour.

Aucune lumière.

Aucun mouvement.

Aucun son.

— Où sont passés les chiens ?

— Les équipes des services de santé sont arrivées ici, hier. Elles ont rassemblé tous les chiens et les gardent en observation pour éviter tout danger de contamination. Quand les parents des défunts auront été prévenus, s'ils le souhaitent, ils pourront les adopter. Ce sont des gestes de ce genre qui permettent de soigner l'image des politiciens, conclut Kaldak avec un sourire cynique.

— Les proches n'ont pas encore été prévenus ?

Kaldak haussa les épaules.

— Une ville entière dévastée, ce n'est pas une mince affaire. Le gouvernement doit disposer de faits solides avant de les livrer en pâture aux médias.

— Ils cherchent à étouffer le scandale.

— Probablement.

— Que cherchent-ils à dissimuler ? Un accident dû aux déchets nucléaires ?

— Non.

— Il ne s'agit pas de choléra.

— Non, contrairement à ce que prétendront les services de santé publique.

— Mais comment pourraient-ils... Soudain, Bess se souvint de l'homme qu'elle avait vu verser un produit dans la fontaine. Vous avez vous-même contaminé les réservoirs d'eau, dit-elle.

Kaldak approuva d'un signe de tête.

— Si ça n'avait rien à voir avec des déchets nucléaires, alors que s'est-il passé à Tenajo ?

— Vous ne voulez pas vous mettre à la recherche de votre sœur ?

Une fois de plus, Kaldak avait frappé le point sensible. Subtil. Très subtil. Plus le temps passait et plus Bess se rendait compte de l'intelligence qui se dissimulait derrière ce visage effrayant.

— Pourquoi êtes-vous revenu ici ?

— Où voulez-vous que je vous dépose ?

— Troisième maison sur la droite. C'est là qu'Emily a découvert Jessie. Un miracle... L'étreinte de Bess se fit plus forte autour du corps frêle de l'enfant. Y avait-il d'autres survivants ? continua-t-elle.

— Vous étiez la seule.

— Je veux dire des habitants, à part Jessie ?

La Jeep s'arrêta.

— Je ne sais pas. Quand vous aurez terminé vos recherches, allez sur la place. Je passerai vous prendre là-bas.

Bess descendit de voiture.

— Vous ne craignez pas que je m'enfuie ?

— Ça m'est égal. Je vous retrouverais.

Le ton de certitude absolue prit Bess au dépourvu. Elle tenta de calmer la vague de panique qui montait en elle.

— Qu'êtes-vous venu faire ici ? Que cherchez-vous ?

— De l'argent.

Bess tourna son regard vers Kaldak, stupéfaite.

— De l'argent ?

— Si vous en trouvez, n'y touchez pas. Il est à moi.

Emily n'était pas dans la maison.

Mais il restait certains signes de sa présence : l'énorme bassine d'eau destinée à la stérilisation était restée sur le fourneau et le sac de cuir qui contenait son matériel médical était posé sur la table.

Emily ne se séparait jamais de ce sac. Pourquoi ne l'avait-elle pas emporté ? Peut-être avait-elle préféré ne pas s'en encombrer et avait rempli ses poches de quelques produits et instruments indispensables ?

Bess installa Jessie avec soin sur le divan, se dirigea vers la table et ouvrit le sac de cuir. Tout était en ordre, aucun objet ne semblait manquer.

Cela ne prouvait rien : Emily était toujours très ordonnée et Bess ne savait pas exactement ce qu'était censé contenir le sac.

Le lit d'enfant paraissait, lui aussi, ne pas avoir été dérangé ; la moustiquaire était toujours soulevée, comme lorsque Bess avait pris Jessie pour la tendre à Emily.

Bess passa dans l'autre pièce. Le lieu portait les traces de ses habitants : un crucifix suspendu au-dessus du lit, des photographies d'un couple âgé et souriant disposées sur la table de nuit. Les grands-parents de Jessie ? Étaient-ils morts, eux aussi ?

Assez. Bess était venue dans un but bien précis. Elle commença ses recherches. Rien n'indiquait qu'Emily se soit trouvée ici. La déception s'empara d'elle. Elle s'était pourtant dit qu'il ne fallait rien attendre, mais elle avait gardé malgré tout un petit espoir de rejoindre sa sœur à Tenajo. Non ! Elle s'était sûrement enfuie avec Jessie, comme Bess l'avait suppliée de le faire. Mais Esteban avait fini par s'emparer de l'enfant...

Il ne restait qu'une seule explication : Esteban avait réussi à capturer Emily, avant de la tuer.

Ou Kaldak... Elle connaissait cet homme depuis trop peu de temps et il avait montré et démontré qu'il était capable de tout.

Non ! Elle se refusait à envisager la mort d'Emily. Cette seule pensée suffit d'ailleurs à la plonger dans un abîme de panique. Emily avait dû s'échapper...

Un petit gémissement lui parvint de l'autre pièce. Jessie s'éveillait enfin.

Bess s'agenouilla près du divan. Les grands yeux sombres de Jessie étaient ouverts et elle souriait.

— Bonjour, murmura Bess. Tu vois, nous sommes encore là. Et maintenant, que vais-je faire de toi ?

Jessie gazouillait en la regardant.

Bess caressa la joue de l'enfant. Il n'y avait rien de plus doux et de plus satiné au monde que la peau d'un bébé.

— Où as-tu perdu Emily ? Tu aurais été plus heureuse avec elle. Elle en connaît beaucoup plus que moi sur les bébés. Je suis vraiment une débutante, tu sais...

Jessie tendit le bras, saisit une mèche des cheveux de Bess et s'amusa à la tirer.

Bess rit.

— Eh bien, je crois que nous allons nous entendre. Il nous suffit de décider de ce que nous allons faire.

Et surtout, en qui nous pouvons avoir confiance...

Bess changea la couche de Jessie et se mit à la recherche de victuailles. Elle fit la découverte de quelques pots de nourriture pour bébés dans l'un des placards. Elle en ouvrit un et Jessie engloutit la moitié de la purée au bœuf haché et commença à s'amuser avec les restes.

— Ce n'est pas le moment, annonça Bess d'un ton ferme.

Elle souleva Jessie et l'emmena jusqu'au portail. Son regard s'éleva vers les collines. Emily se trouvait-elle quelque part, là-bas, essayant de se frayer un chemin jusqu'à la côte ?

Oh, oui ! Elle l'espérait de tout cœur.

Elle éprouva la même tentation de courir vers les collines. Pourquoi pas ? Elle avait un bon sens de l'orientation et une certaine expérience de la randonnée dans des conditions difficiles. Trois ans plus tôt, elle s'était retrouvée bloquée en Afghanistan et avait dû rejoindre la frontière pakistanaise par ses propres moyens. Elle avait donc de fortes chances de pouvoir atteindre la côte.

« Je vous retrouverais. »

Tu peux toujours essayer, Kaldak, pensa-t-elle.

Jessie poussait de petits cris. Bess, qui s'était mise inconsciemment à serrer l'enfant plus fort contre son corps, relâcha un peu son étreinte. Non, ce n'était pas le moment de s'enfuir. Traverser les collines, seule, pourquoi pas, mais il était hors de question d'embarquer un bébé dans pareille aventure. Elle devait se montrer responsable et éviter d'agir de façon impulsive.

Il valait mieux attendre. Kaldak ignorait peut-être ce qui était arrivé à Emily, mais il en savait beaucoup plus qu'elle sur les événements de Tenajo.

Bess descendit les marches et se dirigea vers la place.

Kaldak sortait de la *cantina* au moment où Bess arrivait près de la fontaine. Il portait une mallette de métal brillant.

— Vous n'avez pas tardé, dit-il.

— Elle n'est pas ici. Vous le saviez.

— Je savais que c'était peu probable. Et vous aussi. Kaldak jeta un regard vers Jessie. Elle est réveillée. Elle va bien ?

— Très bien. Je l'ai changée et je lui ai donné à manger. Elle semble tout à fait heureuse.

— Vous avez été très occupée, remarqua Kaldak avant de marquer un temps d'arrêt. Avez-vous trouvé de l'argent ?

— Non ! répondit Bess, horrifiée. Je n'ai même pas cherché.

Kaldak traversa la rue, dans la direction du bazar local.

— Moi non plus. Attendez-moi ici.

Piller les cadavres. Cet homme était encore pire que ce qu'elle avait imaginé.

Quelques minutes plus tard, Kaldak sortit du magasin en fronçant les sourcils. Bredouille. Tant mieux.

— L'argent qui se trouve ici appartient aux proches de ces pauvres gens.

— Il m'appartient, dit Kaldak, qui commençait à grimper les marches menant à l'église.

Bess le suivit.

— Pour l'amour du ciel, que faites-vous ? C'est une église !

— Le prêtre est mort, non ?

— Oui. Est-ce que ça justifie à vos yeux le fait de piller un lieu saint ?

— Vous avez trouvé le prêtre ?

Bess approuva d'un geste.

— Où ?

Bess indiqua l'endroit de la main.

— À côté du tronc.

— Quel tronc ?

Bess haussa les épaules.

— Le tronc était à côté du prêtre. Rico l'a envoyé plus loin d'un coup de pied.

Les yeux de Kaldak balayèrent les environs avant de se fixer sur le deuxième banc.

Sceptique, Bess le vit faire quelques pas, tirer le tronc coincé sous le banc et soulever le couvercle.

— Gros lot, dit-il avec calme.

Bess s'approcha et plongea son regard, au fond de la boîte : un amoncellement de billets de vingt pesos bleu-violet et lilas.

— Pouvons-nous partir, intervint Bess, glaciale, maintenant que vous avez obtenu ce que vous cherchiez ?

Kaldak ouvrit sa mallette.

— Reculez de quelques pas.

Bess s'exécuta et regarda Kaldak vider le contenu du tronc dans la mallette. Son visage n'avait plus rien d'impassible, mais rayonnait d'une joie farouche. Le tronc devait certainement contenir une somme importante pour provoquer une telle métamorphose chez un homme comme Kaldak.

— Allons-y.

Kaldak referma la mallette et se dirigea, suivi de Bess, vers la sortie de l'église.

— Pourquoi vouliez-vous cet argent ?

— Pour ne pas avoir à retourner à San Andreas et y risquer ma peau.

— Ce n'est pas une si grosse somme... Pas assez pour vous rendre riche, en tout cas.

— Montez en voiture, dit Kaldak, ignorant la remarque. Une dernière vérification et je vous rejoins. Il faut partir d'ici. Nous nous sommes déjà trop attardés.

Bess demeura immobile.

— Où allons-nous ?

— Vers les collines. Esteban a posté des éclaireurs partout ici. Ils nous ont sûrement vus. Nous devons quitter la ville.

— Je n'irai nulle part si vous ne m'expliquez pas ce qui se passe.

— Je ne sais pas jusqu'à quel point je peux vous en parler.

— Jusqu'ici, vous ne m'avez rien expliqué, insista-t-elle.

— J'en ai probablement déjà trop dit.

— Pour ma sécurité ?

— Non. Pour la mienne.

— J'aurais dû m'en douter. C'est tout ce qui vous intéresse.

— J'en ai déjà fait plus pour vous qu'il ne l'aurait fallu. Je suis un idiot. J'aurais dû m'arranger autrement. Kaldak s'avança à nouveau vers le magasin. Maintenant, il faut se contenter de limiter les dégâts.

— Tout cet argent, c'est votre manière de limiter les dégâts ?

— Montez dans la voiture.

Bess chercha à éviter un frisson.

« Limiter les dégâts. » Cela signifiait-il donner son tribut à Esteban en les tuant toutes les deux, elle et Jessie ? Comment lui faire confiance ? C'était un meurtrier et un pilleur de sépultures.

À qui accorder sa confiance ?

À elle-même. À personne d'autre. Tout autre choix pouvait être mortel.

— Je dois aller chercher des couches et de la nourriture dans la maison de Jessie. Venez nous chercher là-bas.

Tout en traversant la place, elle sentait sur elle le regard de Kaldak, mais elle résista à la tentation de se retourner.

Elle ne devait pas avoir l'air de fuir.

— Partie ? Nom de Dieu ! fit Kaldak.

Il sortit de la maison de Jessie et sauta dans la Jeep. Bess s'était absentée depuis une bonne dizaine de minutes ; elle était à pied, avec le bébé. Il devait être facile de la rattraper. Mais bon Dieu ! La situation était déjà assez difficile comme ça, sans avoir à supporter ses cris et ses coups tordus, pensa-t-il.

Mais enfin, s'il fallait en passer par là, tant pis. Il ne pouvait se permettre de la laisser s'échapper.

La jeune femme, portant l'enfant dans les bras, courait dans les collines sur les hauteurs de Tenajo. Kaldak était sur ses pas.

Esteban raccrocha le téléphone, se laissa glisser dans son lit et tenta de faire le point de la situation. Le comportement récent de Kaldak brouillait décidément les cartes. Travaillait-il pour la CIA ? Tout à fait possible. Si c'était le cas, que savait-il ? Qu'avait-il pu découvrir, en Libye d'abord et ici ensuite ?

Il reprit le téléphone et appela Habin.

— Nous avons un petit problème, annonça-t-il. L'homme que tu m'as envoyé a disparu.

— Kaldak ?

— Il a tué l'un de mes gardes et s'est enfui avec la femme Grady.

Habin lâcha un chapelet de jurons.

— Comment as-tu pu laisser faire une chose pareille ?

— C'est toi qui me l'as envoyé, non ? Je pensais qu'il était digne de confiance. Que sais-tu de lui ?

— Il m'a été hautement recommandé par Mabry en Irak, répondit Habin et il s'est très bien comporté quand il était avec moi.

— Tu me l'as pourtant refilé dès que tu en as eu l'occasion.

— Ce n'était pas un problème de confiance. Je n'aurais pas pris un tel risque, tu t'en doutes.

— Ah ! C'est vrai que ton astrologue...

— Est-ce que tu te moquerais de moi, Esteban ? grogna Habin.

Esteban battit en retraite. Ce n'était pas le moment de s'attirer les mauvaises grâces de Habin.

— Non, c'était une simple remarque. Qu'est-ce qu'il sait de ton projet ?

— Rien. Il avait une tâche à accomplir. C'est ce qu'il a fait, conclut Habin.

Si Kaldak avait tout découvert, se dit Esteban, cet imbécile ne s'en serait sans doute même pas aperçu.

— Il nous faut des informations sur Kaldak, reprit-il.

— Et s'il ne travaille pas pour la CIA ?

— Alors nous aurons de ses nouvelles.

— Tu aurais tout de suite dû tuer cette Grady. C'était trop risqué de la laisser en vie.

Habin oubliait qu'il avait, lui aussi, hésité à la supprimer. Esteban préféra ne pas le lui rappeler.

— C'est une erreur facilement réparable. Ils ne sont pas encore sortis du pays. Il y a une heure, nous les avons repérés à Tenajo.

— Pourquoi restes-tu là à discuter, alors ? Trouve-les.

— C'est bien mon intention. Ne t'inquiète pas, je m'en occupe.

— Ça vaudrait mieux. Je serai obligé de me passer de toi si tu ne mets pas un terme à ce gâchis stupide.

— Ce sera fait. Vois ce que tu peux trouver au sujet de Kaldak. Le gros problème, c'est lui.

Par politesse, Esteban attendit que Habin raccroche le premier. Devoir se montrer courtois envers pareil abruti ne lui était pas plaisant, mais Esteban s'était forgé une discipline et une maîtrise personnelles que tous ignoraient. Il attendait avec impatience le moment où il n'aurait plus besoin d'eux. Ses propres projets étaient prêts. Il ne lui manquait qu'un petit élément pour lancer la première phase et Morissey l'appellerait d'un jour à l'autre pour lui dire où trouver ce dernier et précieux outil. Il lui fallait juste encore un peu de patience.

— Perez ! appela Esteban.

Le sergent Perez apparut dans l'embrasure de la porte.

— Fais préparer la voiture. Je vais à Tenajo.

Perez fit un signe de la tête et disparut.

Perez, peu intelligent, était certes dépourvu de cette rapacité et de cette curiosité malsaines qui avaient rendu Galvez dangereux, mais il savait au moins se taire et obéir. Kaldak avait résolu ce problème de manière radicale. Malheureusement, il en posait maintenant un autre, beaucoup plus grave.

Pourtant, il ne faudrait guère plus d'un jour ou deux pour retrouver Kaldak et cette femme. Et Kaldak serait alors vaincu. À cette pensée, son corps fut parcouru d'un frisson d'excitation et d'impatience.

Où es-tu, Kaldak ? pensa Esteban.

Il eut soudain une vision de Bess Grady, là, devant lui. Bien sûr, cette putain allait devoir mourir. C'était impératif, même si elle n'était qu'une femme.

Et les femmes sont si faciles à tuer.

Ils étaient de nouveau sur ses traces.

Bess essuya la sueur qui gouttait autour de ses yeux et se déplaça vers le bord de la piste. Le sol de schiste argileux était glissant mais ses pas ne laisseraient aucune marque visible.

Elle entendait les soldats s'interpeller de l'autre côté de la colline. Ils atteindraient bientôt la crête et elle serait alors à découvert. Il fallait trouver une cachette.

Elle avait peur. Elle s'était sentie libre lorsqu'elle avait semé Kaldak le deuxième jour, mais les soldats étaient arrivés. Les avait-il prévenus ?

Jessie gémissait, emmitouflée dans la couverture que Bess portait en bandoulière.

— Dors, mon bébé, murmura-t-elle.

Elle ne pouvait reprocher à Jessie de se plaindre : toutes les deux souffraient de la chaleur et de la faim. Depuis le troisième jour, il ne restait rien à manger et Jessie avait refusé les plantes comestibles et les baies cueillies sur les pentes de la colline.

Il ne fallait pas que Jessie pleure. Pas maintenant. Pour la faire taire, Bess avait dû lui administrer les calmants trouvés dans le sac d'Emily. Mais la poursuite d'aujourd'hui avait été si pénible que Bess n'avait même pas eu le temps de donner une nouvelle dose à Jessie. Les effets de la précédente s'étaient sans doute estompés depuis.

Bess fit un faux mouvement, dérapa et tomba. Elle se redressa, se remit debout mais tomba de nouveau.

Un bosquet d'arbres, un peu plus loin, semblait se tenir en équilibre sur la pente.

Les soldats s'approchaient de la crête.

Elle y était presque.

Si seulement elle pouvait trouver un endroit où se cacher.

Elle venait enfin d'atteindre le bosquet.

Il n'y avait rien.

Les troncs des pins étaient hauts ; les branchages n'offraient aucun refuge et, même si elle réussissait à grimper, les soldats la verraient sans grand effort.

Elle aperçut alors un arbre mort, tombé à terre, avec ses branches étalées sur le sol.

Bess plongea en avant, rampa sous les branches et creusa la terre avec une fougue féroce pour construire un abri. Le feuillage formait certes désormais comme un dais au-dessus de son corps, mais si l'un de ces hommes se décidait à se pencher pour jeter un coup d'œil à travers, il la repérerait ou l'entendrait malgré tout : elle devait donc réussir à contrôler sa respiration, saccadée, bruyante et, surtout, à calmer Jessie.

— Jessie, s'il te plaît. S'il te plaît, mon bébé, murmura-t-elle.

Les gémissements de Jessie repartirent de plus belle.

Les soldats, très proches maintenant, venaient semble-t-il de pénétrer dans le bosquet et parlaient.

Tant mieux. Peut-être n'entendraient-ils pas Jessie.

Lorsqu'ils se turent, Bess retint son souffle.

Par bonheur, Jessie se calma à ce même instant.

Les arbres se balançaient au-dessus de Bess tandis que les soldats marchaient sur le tronc, puis sautaient. Elle apercevait leurs jambes quand ils atterrissaient de l'autre côté.

Jessie s'agita dans sa couverture.

Non.

Les soldats se mirent de nouveau à discuter entre eux. Ils n'aimaient pas la chaleur. Ils n'aimaient pas passer leurs journées à grimper les pentes des collines. Ils n'aimaient pas Esteban. C'était un fumier.

Amen !

Jessie poussa un gémissement.

Le cœur de Bess cessa de battre.

Un oiseau ?

Perez se retourna, face au bosquet de pins.

Il faudrait vérifier. Ils avaient l'ordre de ne négliger aucune piste. Esteban serait furieux, s'ils ne parvenaient pas à capturer la femme. Tous les hommes avaient été réquisitionnés pour fouiller ces foutues collines, même lui, Perez. Lorsque Esteban l'avait nommé au grade de Galvez, il avait cru hériter d'un certain repos, mais il était là, comme toujours, comme avant, suant et jurant avec les autres, simples soldats.

— T'as vu quelque chose ? demanda Jimenez.

Le bosquet était noyé dans l'ombre. Perez ne voyait rien.

Avait-il vraiment entendu quelque chose ?

Un peu plus tôt, il avait failli tomber dans la gadoue en escaladant cette maudite colline. La douleur à la cheville le lançait encore.

Qu'Esteban aille se faire voir.

Un oiseau, sûrement.

Perez se retourna et commença à redescendre la pente.

— Non, je n'ai rien vu. Je reprenais juste mon souffle.

Merci, mon Dieu ! pensa Bess.

Elle sentit ses muscles se détendre quand elle réalisa que les soldats n'avaient pas entendu les gémissements de Jessie.

D'ailleurs, ils s'éloignaient pour aller chercher des signes de son passage, là-bas, un peu plus loin, au-delà des arbres.

Si elle ne bougeait pas, si Jessie se tenait tranquille, elles avaient une chance.

Les soldats étaient presque hors de vue. Dans un moment, elle pourrait sortir de son trou et chercher une autre cachette pour la nuit. Ou alors valait-il mieux poursuivre sa route ? À quelle distance était-elle de la côte ? Elle avait dû parcourir presque cinquante kilomètres depuis son départ de Tenajo. Encore une trentaine...

Trente kilomètres. Une distance ridicule si l'on était

assis au volant d'une voiture. À pied, une éternité. Cela paraissait impossible de...

Ce n'était pas impossible. Elle cherchait une excuse, parce qu'elle était épuisée. Surtout, ne pas abandonner, pensa-t-elle. Jessie avait besoin d'elle.

Les gémissements reprirent.

— Reste tranquille, mon bébé. On arrivera bientôt, murmura Bess en rampant hors de sa cachette avec prudence. Mais il faut que tu m'aides un peu, d'accord ?

Il lui fallait bien plus qu'un peu d'aide.

Elle allait pourtant devoir se débrouiller avec ce qu'elle avait.

La nuit tombait. Les soldats allaient devoir cesser les recherches. Bess Grady serait en sécurité jusqu'au matin.

Esteban serra les poings en élevant son regard vers les collines.

Quatre jours. Ces imbéciles la cherchaient depuis tout ce temps et ils n'avaient pas été capables de la trouver. Kaldak avait disparu sans laisser de traces, mais ses hommes n'avaient aucune excuse pour avoir laissé échapper Bess Grady. Il pouvait presque entendre cette putain se moquer d'eux.

Mais non ! La chasse avait été assez rude pour qu'elle n'ait pas envie de s'amuser. Ils avaient découvert du sang cet après-midi, sur les rochers.

Peut-être allait-elle abandonner ?

Une main se plaqua sur la bouche de Bess, la réveillant en sursaut.

Quelqu'un la chevauchait. La sueur, l'odeur musquée. Un homme...

Les hommes d'Esteban... Ils avaient trouvé la grotte...

Elle roula sur le côté et frappa du poing, au hasard. Elle sentit le contact d'une peau sur la sienne.

— Restez tranquille ! Je ne vous ferai aucun mal. Kaldak !

Elle frappa encore.

— Bon Dieu ! Je suis ici pour vous aider.

Depuis le lit de fortune que Bess avait installé contre la paroi de la grotte, Jessie laissa échapper un cri strident.

Kaldak se figea soudain.

— Qu'est-ce que c'est ?

La pression de ses bras s'était relâchée. Bess se souleva, fit un mouvement de côté pour se dégager et bondit sur ses pieds.

Ne le manque pas, se dit-elle. Ne le manque pas.

Elle tournoya sur elle-même, son poing frappa Kaldak à l'estomac tandis qu'il se relevait. Elle saisit son bras, le fit pivoter et Kaldak passa par-dessus son épaule avant de s'écraser au sol.

Elle l'entendit jurer tandis qu'elle saisissait Jessie et s'élançait vers la sortie de la grotte.

Il la fit tomber en lui plaquant les jambes. Elle tomba sur le côté gauche, protégeant l'enfant de manière instinctive. En poussant Jessie loin d'elle, son genou vint frapper l'entrejambe de Kaldak.

L'homme grogna de douleur, mais la renversa et s'installa à califourchon sur le dos de Bess et ses mains se refermèrent sur sa gorge.

Il allait la tuer. Mais elle ne voulait pas mourir... Ses ongles lacéraient alors le dos des mains de Kaldak.

— Ça suffit, grommela-t-il entre ses dents. Je n'ai pas l'habitude de m'arrêter en si bon chemin. Je pourrais vous briser le cou sans même... Kaldak prit une profonde respiration et desserra légèrement sa prise. Écoutez. Je ne vous ferai pas de mal ni à vous ni à Jessie. J'essaie de vous aider.

— Je n'en crois pas un mot.

— Partez, alors. Soyez stupide. Dans un jour ou

deux, Esteban vous aura rattrapée. Son camp n'est qu'à six ou sept kilomètres d'ici.

— Comment le savez-vous si vous n'êtes pas son allié ?

— Il vous a suivie. Je l'ai suivi. C'était un gibier plus facile que vous.

Bess secoua la tête.

— Quand je vous ai semé, c'est vous qui avez appelé les soldats.

— Je n'ai pas eu à les appeler. Huit heures après votre départ de Tenajo, les collines étaient infestées d'hommes armés. Si j'étais le complice d'Esteban, ils seraient ici en ce moment même, vous ne croyez pas ?

Jessie laissa échapper un autre gémissement.

— Elle a besoin de vous, dit Kaldak. Nous avons besoin qu'elle se tienne tranquille. Je vous autorise à vous lever si vous me promettez de m'écouter.

— Vous me feriez confiance ?

— Non, mais je pense que vous êtes une femme intelligente et que vous mesurez les conséquences de vos actes. Je peux vous faire sortir de ces collines.

— Je peux me débrouiller seule.

— Peut-être, mais il vous sera difficile de passer un message radio pour que l'on vienne vous chercher en hélicoptère. Vous voulez jouer au chat et la souris avec Esteban pendant une semaine et risquer que Jessie tombe encore entre ses mains ?

Bess resta immobile. Un hélicoptère.

— Lâchez-moi.

— Vous m'écouterez ?

— Je vous écouterai.

Bess sentit le corps massif de Kaldak se soulever. Elle s'assit et prit Jessie sur ses genoux. L'enfant s'était remise à pleurer.

— Il faut qu'elle se calme, dit Kaldak. Esteban a posté des gardes partout autour de son camp.

L'avertissement calma la méfiance de Bess.

— À qui la faute ? Vous l'avez effrayée, rétorqua-t-elle en serrant la fillette contre elle. Elle a faim et elle est certainement mouillée. Bess posa la main sur la couche de Jessie. Elle était humide. Je n'ai plus de couches, déclara-t-elle. Je n'en ai pris que quelques-unes à Tenajo et je n'ai eu ni le temps ni même la possibilité de les laver. Vous avez quelque chose qui pourrait faire l'affaire ?

Kaldak ôta son sac à dos.

— Peut-être. Je vais voir. Je n'étais pas préparé à ce genre de situation.

— Moi non plus ! répliqua Bess d'un ton sec.

Kaldak sortit un tee-shirt de son sac et le lança à Bess.

— Ça ira ?

— Il faudra bien. Vous avez de la nourriture ?

— Des rations de survie.

— Donnez ! Il faut lui donner quelque chose à manger. Bess s'agenouilla pour changer Jessie. Comment m'avez-vous découverte ?

— Je vous ai suivie.

— Les soldats aussi. Ils ne m'ont pas trouvée.

— Ils ne sont pas passés loin cet après-midi, dans le bosquet de pins.

Bess se figea soudain.

— Comment le savez-vous ?

— J'étais en train de les filer. J'étais à peu près sûr qu'ils étaient sur la bonne piste.

— Je ne vous ai pas vu dans ce bosquet.

— Moi, si...

— Et vous m'avez suivie dans cette grotte sans que je m'en aperçoive ? Alors que j'ai vu les soldats d'Esteban ?

— Je suis peut-être meilleur qu'eux.

— Pourquoi seriez-vous meilleur qu'eux ? C'est comme ça que vous gagnez votre vie ?

— Ça arrive. Dans mon métier, il faut parfois des talents de chasseur.

Jessie était assise sur les genoux de Bess qui lui donnait à manger.

— Vous savez vous y prendre, constata Kaldak.

— N'importe qui peut nourrir un bébé. Continuez, je vous écoute.

— Vous n'auriez pas dû vous enfuir. J'essaie de vous aider.

— Si j'ai bonne mémoire, quand vous ne passiez pas votre temps à me donner des ordres, vous me menaciez et je vous gênais.

— C'est peut-être vrai, mais je vous aurais tout de même mise hors de portée d'Esteban. Je n'avais pas d'autre intention à votre égard.

Bess scruta le visage de Kaldak de manière attentive. Il était difficile de déchiffrer son expression, mais l'instinct de la jeune femme semblait opter pour cette vérité.

— Je ne pouvais pas le savoir. Vous ne me parliez pas.

Kaldak haussa les épaules.

— J'ai commis une erreur. Je ne pensais pas que c'était nécessaire. Maintenant, je vous parlerai.

— Qu'est-il arrivé à Tenajo ?

— Vous tenez vraiment à le savoir ?

— Ne soyez pas stupide. Vous savez que j'y tiens, répliqua Bess d'une voix vibrante d'émotion. Désormais, c'est vous qui allez m'écouter, insista-t-elle. Je n'ai rien à faire de votre prétendue politique de limitation des risques. Tout ce que je veux savoir, c'est ce qui nous est arrivé, à Emily et à moi, la semaine dernière. C'est mon droit. À présent, parlez.

Kaldak demeura un instant silencieux.

— D'accord. Posez-moi vos questions. J'y répondrai de façon aussi complète que possible...

— Comment ces gens sont-ils morts ?

— Je n'en suis pas certain mais je pense qu'il peut s'agir d'une maladie créée de manière artificielle.

Bess le dévisagea, stupéfaite.

— Comme une bombe bactériologique qui aurait fonctionné par erreur ?

Le visage de Kaldak s'éclaira d'un sourire sardonique.

— Vous pensez encore... que c'était un accident !

— Vous voulez dire que le gouvernement mexicain a délibérément lâché ces germes sur Tenajo ?

— Le gouvernement mexicain n'a rien à voir avec cette histoire.

— Esteban est colonel de l'armée mexicaine, n'est-ce pas ?

— C'est une couverture lui permettant non seulement de disposer d'un certain pouvoir et d'une relative liberté, mais d'étouffer aussi et totalement les conséquences de l'expérience.

— L'expérience ?

— Il voulait vérifier si l'agent biologique fonctionnait. Tenajo était le lieu d'expérimentation.

Un petit garçon recroquevillé sur le sol du magasin, les mains tachées de chocolat.

Les larmes brûlaient les yeux de Bess.

— Allez rôtir en enfer, Kaldak.

— J'ignorais tout ça, rétorqua-t-il d'une voix dure.

— Vous saviez forcément. Vous travailliez pour Esteban.

— Je savais qu'il allait se passer quelque chose à Tenajo, mais je n'ai compris que la nuit où tout s'est produit. Au cours des derniers mois, il y avait eu plusieurs cas mineurs de maladie dans le secteur de Tenajo, mais aucun cas mortel. Je pense qu'Esteban s'entraînait. Je croyais qu'il en serait de même à Tenajo... Esteban ne se confiait... Kaldak s'arrêta au milieu de sa phrase. Je ne savais pas...

— Mais pourquoi... Bess tenta de raffermir sa voix. Pourquoi ont-ils fait ça ?

— Lorsqu'on tente une expérience sur un terrain réduit, c'est pour l'appliquer ensuite à une plus grande échelle.

— Où ?

— Je ne sais pas.

Bess se sentait comme étourdie. Elle avait de la peine à réfléchir de façon rationnelle.

— Vous m'avez dit que les services de santé avaient passé la ville au peigne fin. Comment se fait-il qu'ils n'aient rien trouvé ?

— Avant de les prévenir, Esteban avait attendu que ses hommes aient nettoyé toutes les traces de l'expérience et contaminé, de surcroît, l'endroit avec les germes du choléra. Il dispose de son propre réseau de médecins à la morgue de Mexico ; les rapports d'autopsie attesteront qu'il s'agit bien du choléra, mortel pour les habitants de Tenajo.

— Toute cette organisation... C'est certainement une opération prévue depuis longtemps.

— Deux ans, pour autant que je sache.

— Si vous travaillez avec Esteban, pourquoi m'avez-vous aidée ?

— Je ne travaille pas avec lui, rétorqua Kaldak d'une voix sèche. Vous n'avez pas deviné ? Je fais partie des Bons et je me bats contre les Méchants...

— Je n'ai rien deviné du tout. Je vous ai vu tuer un homme.

— Ne me croyez pas. Ne faites confiance à personne. Mais laissez-moi vous aider. Je peux vous aider, Bess, insista-t-il.

— Comment ? Vous êtes une sorte d'agent du gouvernement ?

— En quelque sorte.

— Soyez précis !

— Je travaille avec la CIA depuis plusieurs années.

Bess se sentit brusquement soulagée.

— Vous auriez pu me le dire.

— Je ne vous l'aurais pas dit à l'instant si j'avais pu l'éviter. D'ailleurs, vous ne m'auriez sans doute pas cru si je vous en avais parlé plus tôt.

Le croyait-elle plus à présent ? Il pouvait très bien mentir.

Mais pour quelle raison ? Kaldak l'avait aidée à s'échapper de San Andreas et, s'il avait l'intention de la livrer à Esteban, pourquoi serait-il venu la rejoindre, seul, dans cette grotte ?

— Vous auriez dû me le dire.

Kaldak soutint son regard.

— Maintenant, vous savez. Écoutez-moi, Bess. Je vais m'occuper de vous. Je vais vous faire sortir d'ici et assurer votre retour aux États-Unis. Je ferai tout, oui, tout pour réussir. Et je le ferai, insista-t-il. Si vous ne croyez rien d'autre, croyez au moins ça.

Bess le croyait... À ce stade, il était impossible de mettre sa sincérité en doute.

Kaldak fit un mouvement vers Jessie.

— Je vais continuer à la nourrir pendant que vous mangerez un morceau.

Les bras de Bess se refermèrent sur Jessie.

— Je mangerai plus tard.

— Je crois que ça ne sera guère possible... J'ai dû laisser la Jeep au pied des collines. Nous avons une longue marche devant nous et il faut repartir très vite. Kaldak prit Jessie des bras de Bess. Prenez une autre ration dans mon sac et mangez.

Bess hésita un instant avant d'obtempérer. Elle avait besoin de forces pour résister. Elle fit une grimace à la première bouchée. Elle comprit le manque d'enthousiasme de Jessie...

L'enfant dévorait pourtant d'un air satisfait les rations que lui servait Kaldak avec une gentillesse et un savoir-faire fort surprenants.

— Elle semble avoir bien supporté votre randonnée, remarqua-t-il. Elle a l'air d'être en bonne santé.

— C'est une rescapée. Tous les enfants peuvent être en bonne forme si on leur en laisse la chance.

Kaldak sourit à Jessie et lui essuya la bouche.

— J'aime les rescapés, répondit-il en levant les

yeux vers Bess. Vous semblez aller bien vous-même. Après quatre jours de fuite et pour quitter ces collines, je vous avoue que je m'attendais à devoir vous traîner comme un balluchon.

— Ça peut encore arriver. À moins que ce ne soit moi qui doive vous porter. Bess rangea la cuillère dans le sac de Kaldak et ramassa la couverture. Donnez ! Je la porterai sur mon dos.

Kaldak fit une grimace.

— Ça sent vraiment mauvais. De l'urine ?

— À votre avis ? Je n'ai pu laver la couverture qu'une seule fois. Si ça vous gêne, tenez-vous à l'écart.

— Oui, ça me gêne. J'ai l'odorat très délicat. Mais je m'habitue à tout, dit Kaldak en ramassant son sac à dos. Je pense que je pourrai vous supporter pendant un jour ou deux.

— Combien de temps ça prendra ? Et l'hélicoptère ?

— Vous avez parcouru un bon bout de chemin, mais Esteban est encore trop près. Il nous faut marcher en sens inverse, vers le nord. Un hélicoptère ne pourrait pas atterrir sur ces collines. J'ai prévu un lieu de rendez-vous à une cinquantaine de kilomètres d'ici. Dès que nous aurons quitté les collines, je contacterai quelqu'un pour que l'on vienne nous chercher.

Kaldak semblait si sûr de lui, presque désinvolte... Pour la première fois, Bess sentait la confiance renaître en elle. Elle n'avait jamais totalement perdu l'espoir, mais elle apercevait enfin une lumière au bout de ce tunnel...

Elle n'était plus seule.

Elle passa devant Kaldak et se dirigea vers l'entrée de la grotte.

— Qu'attendons-nous pour partir ?

Kaldak leva un sourcil et lui emboîta le pas.

— Moi, évidemment.

5

Les rats.

Esteban se dressa comme un ressort sur son lit de camp. Non ! Il n'y avait pas de rats et ce n'était qu'un cauchemar. Il transpirait à grosses gouttes et frissonnait. Une odeur de détritus et de pourriture emplissait ses narines.

Pourquoi les rats ne disparaissaient-ils pas ?

Esteban se leva et se dirigea, nu, vers le lavabo pour se rafraîchir le visage. Les rats n'étaient pourtant pas venus le tourmenter depuis quelque temps. Alors pourquoi maintenant ? Il devait y avoir une raison.

À cause de la femme Grady ? Le cauchemar était revenu le hanter le lendemain même de son évasion avec Kaldak. Lorsqu'il aurait mis la main sur cette Mme Grady, il la tuerait et les rats rentreraient dans leur trou.

Esteban s'achemina vers l'entrée de la tente et plongea son regard au-dehors, en pleine obscurité. Bess Grady était là, quelque part. Toute proche. L'instinct d'Esteban le trompait rarement quand sa proie était dans les parages.

Au diable la pénombre ! Il ne pouvait plus supporter l'idée d'attendre jusqu'au matin.

— Debout, Perez ! hurla-t-il tout en s'habillant. Réveille les hommes ! Départ dans dix minutes.

D'un mouvement d'épaule, Kaldak se débarrassa de son sac à dos.

— Nous pouvons nous arrêter ici et prendre quelques minutes de repos. Vous devriez changer Jessie et lui donner à boire.

— Que croyiez-vous que j'allais faire ? répondit Bess, furieuse. Vous n'avez pas besoin de me dire ce que j'ai à faire. Nous nous sommes très bien débrouillées avant que vous n'arriviez.

— Désolé. Je crois que je suis un peu trop habitué à tout diriger.

— Ce n'est pas une révélation.

Au cours des huit dernières heures, Kaldak n'avait cessé de tout régenter, de prendre toutes les décisions, à l'aise et sûr de lui, poussant et harcelant Bess à chaque instant.

— Vous êtes fâchée. Vous auriez pu me le dire plus tôt.

Bess finissait de changer la couche de Jessie.

— Je n'aime pas qu'on me tienne à l'écart. Cela dit, de toute évidence, vous saviez ce qu'il convenait de faire. Il aurait été stupide de ma part d'intervenir et de discuter le bien-fondé de vos ordres.

Les yeux de Kaldak se tournèrent vers Jessie.

— C'est une très gentille gamine.

— Oui ! C'est vrai, dit Bess, soudain radoucie.

Elle donna encore un peu d'eau à la petite, lui essuya le visage. La petite fille souffrait de la chaleur, transpirant beaucoup, et des rougeurs étaient apparues sur son cou ; elle ne s'était pourtant que très peu plainte au cours de leur randonnée. Cette enfant était un don du ciel...

Bess écarta les cheveux sombres et fins qui tombaient sur le visage de la petite. Jessie lui offrit un sourire et Bess ne put s'empêcher de la serrer dans ses bras avec tendresse.

— Vous avez des enfants ?

Kaldak secoua la tête.

— Et vous ?

— Non, mais j'ai toujours adoré les gosses, répliqua Bess en souriant. Emily a une fille, Julie. Elle est adorable. Lorsqu'elle avait l'âge de Jessie, elle était incroyable. Toute rousse et des cris à faire s'effondrer la maison. Rien à voir avec Jessie.

— Jessie est capable de se faire entendre, elle aussi...

— Seulement lorsqu'elle a besoin de quelque chose. Julie criait chaque fois qu'elle voulait s'exprimer. Je me souviens, une fois, lorsque nous sommes allés au bord d'un lac et que nous avons vu... Elle devait être épuisée pour raconter tout cela, surtout à Kaldak ! pensa-t-elle. Je suis confuse, tout ça ne peut guère vous passionner... reprit-elle.

— Si ! au contraire, dit Kaldak en se levant. Êtes-vous assez reposée pour vous remettre en route ?

— Si je vous répondais non ?

— Je vous dirais que nous devons tout de même partir d'ici.

— C'est bien ce que je pensais, répondit-elle d'un ton sec tout en préparant la couverture de Jessie. Je suis prête. Vous pensez qu'ils sont dans les parages ?

— Ils sont certainement plus proches que je ne le souhaiterais. Je les ai aperçus deux heures après notre départ.

— Pourquoi ne m'avez-vous rien dit ? interrogea Bess, déconcertée.

— Ça n'aurait servi à rien de vous inquiéter. Il faisait sombre et ils avaient du mal à suivre nos traces. Je les ai semés en compliquant notre trajet. Mais je ne pensais pas qu'ils commenceraient à nous pourchasser avant l'aube. Esteban leur mène la vie dure. C'est vous qu'il veut.

— Eh bien, il ne m'aura pas, rétorqua Bess avec une expression déterminée, les lèvres pincées. Devons-nous aller encore loin ?

— Il faut quelques heures de marche avant de pouvoir appeler l'hélicoptère. Ensuite, peut-être deux heures pour arriver au lieu de rendez-vous.

Bess se sentit de nouveau soulagée. Il n'y en avait plus pour très longtemps.

— Dieu merci !

— Dieu ! Certes, mais moi aussi, bien sûr...

Cela paraissait incroyable, mais Kaldak lui souriait. Bess lui renvoya son sourire.

— Vous aussi... bien sûr.

Esteban abaissa son regard vers les empreintes de pas.

— Ils sont deux ?

— Oui, approuva Perez. Joaquin dit qu'un homme est avec elle. Un homme de grande taille. Il a dû la rejoindre la nuit dernière, il n'y avait qu'une seule trace hier. Perez regarda soudain par-dessus son épaule. Benito me fait signe. M'autorisez-vous à...

— Allez-y.

De l'aide. Cette putain de Grady avait obtenu de l'aide.

Kaldak ? C'était un homme de grande taille.

Oui, sans doute Kaldak. Il avait déjà démontré son adresse à se frayer un chemin dans les collines. Et maintenant, il était avec cette femme. S'il travaillait avec la CIA, il pourrait sûrement obtenir des secours. Si lui, Esteban, ne les capturait pas avant qu'ils ne sortent de ces collines.

Perez était déjà de retour.

— Nous avons intercepté un signal radio.

— Où ?

— Au sud-ouest. À dix kilomètres.

Ils étaient sortis des collines et avaient envoyé un message pour demander de l'aide.

Que le démon les emporte !

— Trouvez-les, hurla-t-il.

Bess tituba un instant, puis parvint enfin à rétablir son équilibre avant la chute.

— Ça va ? interrogea Kaldak sans se retourner.

Non, ça n'allait pas. Depuis une heure, Kaldak l'avait obligée à forcer l'allure ; elle était lessivée, en sueur, et elle avait un point de côté.

— Ne peut-on pas ralentir un peu ?

— Non.

— Pourquoi pas ? Nous approchons, n'est-ce pas ?

— Nous n'y sommes pas encore.

— Je dois changer Jessie.

— Il faudra attendre. Dépêchons-nous.

Kaldak venait de prononcer ces derniers mots avec une expression de tension telle que Bess accéléra aussitôt le pas. Elle jeta un coup d'œil par-dessus son épaule.

— Qu'est-ce qui ne va pas ? Ils se sont rapprochés ?

— Ils ont toujours été proches. Il se pourrait qu'ils aient capté le signal.

Jessie poussa un petit cri.

Pauvre bébé !

— Sommes-nous encore loin ?

— À une heure de marche. Et nous n'avons pas plus de vingt minutes d'avance sur Esteban.

— Et si l'hélicoptère n'était pas là ?

Kaldak ne répondit pas.

Toute réponse était inutile.

En contrebas, dans la vallée, l'hélicoptère vert de l'armée scintillait dans le crépuscule. C'était une vision magnifique.

L'espoir fit hâter le pas de Bess.

— Il est là. Nous allons...

Une balle lui siffla aux oreilles.

— Merde !

Kaldak lui agrippa le bras et la tira vers le sol. Bess trébucha sur des ronces et perdit l'équilibre.

Un deuxième coup de feu. Une petite motte de terre se souleva devant elle.

Elle regarda en arrière.

Des soldats... Ils dévalaient la colline.

Un autre coup de feu se fit entendre.

Un spasme traversa Bess tandis qu'une douleur intense lui irradiait le côté.

Ils atteignirent enfin l'hélicoptère. Kaldak la posa sans ménagement sur le plancher de l'engin, puis grimpa à sa suite.

— Décolle, Cass !

La porte n'était pas encore fermée mais l'hélicoptère s'élevait déjà en tanguant.

L'un des soldats fit un bond et réussit à s'accrocher à l'appareil. Kaldak lui écrasa la main d'un coup de talon et l'homme alla s'effondrer sur le sol.

Les balles venaient crépiter contre la carlingue de l'hélicoptère. Et si elles réussissaient à percer le réservoir ?

Enfin... Ils étaient déjà dans les hauteurs et sûrement maintenant hors de portée.

Bess lança un regard à Kaldak qui lui fit un signe de la tête. Bess poussa un soupir de soulagement. Kaldak posa alors son regard sur sa chemise.

— Vous saignez. Vous êtes blessée ?

— Sur le côté. Ça ira. Juste une égratignure, je pense. Je vais essayer de... Oh, non !

Jessie était beaucoup trop tranquille.

Bess défit précipitamment la couverture. Elle était tachée de sang.

Jessie.

Les larmes ruisselaient le long des joues de Bess.

— Salauds. Salauds. Salauds ! Ils l'ont tuée. Ils ont tué Jessie. Salauds de tueurs d'enfants !

La balle qui l'avait éraflée avait dû atteindre Jessie.

— Elle est morte ? interrogea Kaldak.

— C'est ce que j'essaie de voir. Une blessure à la hanche. Du sang... Trop de sang. Elle est vivante, reprit-elle. À peine...

— Peut-on la sauver ?

— Je ne sais pas. Je suis secouriste mais pas médecin. Peut-être. Si on peut arrêter l'hémorragie. Amenez-la dans un hôpital.

— Je ne peux pas risquer... Nous ne pouvons pas atterrir avant que...

— Je me fiche de savoir où nous sommes censés aller, l'interrompit Bess avec force. Emmenez-la dans un endroit où l'on puisse la soigner.

— Je trouverai.

Kaldak se dirigea vers le cockpit.

— Les salauds.

Bess ne pouvait retenir ses larmes. Elle s'était juré de ne plus jamais accepter de ressentir cette peine, ce chagrin d'agonie. Et pourtant, c'était là, présent, pire que jamais.

— Tiens bon, Jessie, murmura-t-elle. Nous avons déjà tant fait ensemble. Ne me laisse pas tomber maintenant.

Kaldak était de retour.

— Nous allons bientôt atterrir. Comment va-t-elle ?

— Elle est inconsciente. J'ai pu arrêter les saignements. À moins qu'elle n'ait une hémorragie interne. Où sommes-nous ?

— Au-dessus du golfe du Mexique. J'ai repéré un porte-avions, l'*USS Montana.* Ils auront sans doute un médecin et un équipement médical complet. Nous y serons dans une dizaine de minutes, d'une manière ou d'une autre.

— Que voulez-vous dire ?

— Les porte-avions n'apprécient guère les visites à l'improviste. Ils nous créent quelques petits problèmes comme... menacer de nous abattre. Kaldak lui lança un regard avant de rejoindre le cockpit. Ne vous en faites pas, dit-il, je m'en charge.

Bess entoura tendrement Jessie de ses bras. Elle ne devait penser qu'à l'enfant. Que Kaldak s'occupe du reste.

Les poings d'Esteban se serrèrent tandis qu'il regardait les lumières de l'hélicoptère s'éloigner, puis disparaître.

Partie. Elle lui échappait encore.

Non.

Esteban prit une longue respiration.

Kaldak l'avait emmenée. Il la croyait sans doute hors de sa portée.

Il avait tort. Il existe toujours un moyen d'amener sa proie à merci. Il le trouverait.

— Perez, dis au radio de venir me voir.

Cette femme devait mourir. Personne n'était jamais hors d'atteinte.

Bess enfouit son visage dans ses mains. Elle éprouvait un sentiment de totale impuissance.

— Le bébé ?

Elle leva la tête et aperçut Kaldak à côté d'elle, près du lit de Jessie.

— Le Dr Caudill a fait ce qu'il a pu, répondit Bess d'un ton las. Il pense qu'une vertèbre est sérieusement atteinte, mais ce n'est pas un spécialiste.

— Vous voulez que je vous en trouve un ?

Bess lui renvoya un sourire forcé.

— Vous voulez kidnapper un spécialiste et l'amener ici ? dit-elle. Ce n'est pas une bonne idée. Le capitaine Hodgell était loin d'être heureux de nous voir arriver à bord. Vous aviez raison, nous avons eu de la chance qu'ils ne nous abattent pas à vue.

— Ils pouvaient tout aussi bien penser que l'hélicoptère était bourré de dynamite, dit Kaldak en haussant les épaules. J'ai fait ce que j'ai pu.

— Et c'était beaucoup. Merci.

— Vous ordonnez, j'obéis. Vous ne m'avez pas répondu. Voulez-vous que je parte à la recherche d'un spécialiste ?

— Cela peut attendre. Il ne l'opérerait pas dans l'état où elle se trouve. Il est possible qu'elle ne survive pas, Kaldak.

— Quand le saurez-vous ?

— Dans une heure, peut-être deux. Si son état se stabilise...

— S'est-elle réveillée ?

— Non ! dit Bess en tentant de raffermir sa voix. Elle ne se réveillera peut-être plus jamais.

— J'ai le pressentiment que si. Elle vient de loin. Elle a survécu à Tenajo. Son destin n'est pas de mourir maintenant.

— Son destin était-il de recevoir une balle de fusil ? s'insurgea Bess. C'est un bébé. Dieu ne devrait pas laisser...

Kaldak prit les mains de Bess entre les siennes.

— Allons, Bess. Ne blâmez pas Dieu mais plutôt Esteban, pour ce qui est arrivé.

— Je blâme Esteban, croyez-moi. Il ne l'emportera pas au paradis.

Kaldak libéra les mains de la jeune femme et se dirigea vers la porte.

— Je vous comprends très bien. Je serai de retour dans une minute. Il vous faudrait de la nourriture, mais je sais que vous refuserez de manger. Je vais vous apporter du café. Il se peut que nous ayons assez longtemps à attendre.

— Vous n'avez pas besoin de rester attendre avec moi. Ça ne servira à rien.

— C'est pas pour vous que je veux rester ici et

attendre, répliqua Kaldak avant de franchir la porte. Jessie saura que je suis là. Je reviens.

Il fallut attendre quatre heures avant que tout danger ne soit définitivement écarté et une heure supplémentaire pour que l'enfant ouvre enfin les yeux.

— Elle sourit, murmura Bess, émerveillée.

— Je vous ai dit qu'elle voulait vivre, répondit Kaldak en caressant la joue du bébé. C'est son destin.

— Je ne me sens pas d'humeur à philosopher. Nous ne savons même pas si elle pourra marcher un jour.

Bess sentait pourtant la joie et le soulagement l'envahir. Jessie allait vivre.

— D'après le Dr Caudill, le meilleur spécialiste de chirurgie orthopédique est le Dr Harry Kenwood, de l'hôpital Johns Hopkins. Je me suis arrangé pour qu'un avion-ambulance vienne nous chercher ici, tôt demain matin.

— Vous avez fait ça ?

— Et maintenant, vous feriez mieux de manger, dit Kaldak en plissant le nez. Et de prendre une douche. Jessie risque d'avoir une rechute si vous l'approchez de trop près !

— Je suis surprise que vous m'ayez supportée aussi longtemps, répliqua Bess d'un ton acide.

— Pour moi, c'est une sorte d'exercice disciplinaire. Allez prendre cette douche, ajouta-t-il, lui tournant le dos. J'envoie une infirmière surveiller Jessie, vous apporter des vêtements et de quoi manger.

— Attendez !

Kaldak fit volte-face.

— Emily.

— J'ai contacté nos amis à Mexico, répondit Kaldak en secouant la tête. Rien. Mais il est possible que, à pied, elle n'ait pas encore atteint la côte.

— Dans ce cas, je dois aller la chercher.

— Non.

La réponse de Kaldak prit Bess au dépourvu. Jamais il ne lui avait parlé sur ce ton depuis Tenajo.

— Je ne l'abandonnerai pas.

— Personne ne suggère une chose pareille, dit Kaldak, les yeux baissés vers Jessie. Voulez-vous partir d'ici sans savoir comment elle va ?

Bess suivit son regard. Elle se sentait déchirée entre deux pulsions contradictoires et Kaldak le savait.

— Non, bien sûr ! Mais je dois y aller. Vous pouvez emmener Jessie à...

— Vous voulez me la confier ? Vous m'avez à peine laissé la toucher jusqu'à maintenant.

— Je ne peux pas laisser Emily là-bas.

— Mais pour l'amour du ciel, Esteban vous capturera dès que vous poserez un pied au Mexique.

— J'irai à l'ambassade et...

— Non. Nous en parlerons plus tard. Laissez-moi y réfléchir. Il se peut que je trouve une solution.

Bess regarda Kaldak s'éloigner. S'il trouve une solution, c'est qu'il possède la sagesse de Salomon, songea-t-elle, l'esprit très fatigué. Et pourtant, il avait réussi à leur faire quitter le Mexique et il avait sauvé Jessie en trouvant ce porte-avions doté d'un équipement médical aussi complet. Peut-être pourrait-il encore accomplir un nouveau miracle.

Deux heures plus tard, Kaldak frappa à la porte de la minuscule cabine allouée à Bess.

— Venez. Nous allons à la salle de radio. Je me suis arrangé pour passer un message.

— À qui ?

— Yael Nablett. L'un de mes contacts à Mexico.

— CIA ?

— Non. Services secrets israéliens. Nous travaillons ensemble sur certains programmes.

— Sur quel programme ?

— Sur celui-ci tout particulièrement. Je ne peux pas vous laisser retourner là-bas, Bess. Ça ferait bien trop de vagues.

— Bien ! Quel mal y a-t-il à révéler au gouvernement mexicain qu'il s'est fait piéger ?

— Personne n'est encore au courant pour Tenajo et ça pourrait créer beaucoup d'ennuis du côté d'Esteban.

— Sauf si la police l'arrête aussitôt.

— C'est peu probable. Il dispose d'informateurs dans tous les cercles du pouvoir. Et il n'est pas seul. Les autres pourraient tout de suite passer à l'action si l'on arrêtait Esteban.

— Quels autres ?

— Habin, un terroriste palestinien, basé en Libye. Vous n'arriveriez peut-être jamais jusqu'à la police : Esteban aura sans doute lancé un avis contre vous. Il existe toute une racaille qui aimerait gagner les faveurs d'Esteban.

— Raison de plus pour tirer Emily de là.

Kaldak détourna son regard.

— Elle a une bonne chance de s'en sortir seule. Si jusqu'à présent elle a réussi à échapper à Esteban, c'est qu'elle est douée.

— Elle ne connaît pas Esteban.

— Votre sœur est intelligente ?

— Bien sûr, elle est même très intelligente. Quel rapport ?

— Après Tenajo, vous pensez qu'elle aurait fait confiance à quelqu'un ? Vous ne l'avez pas fait. Vous vous êtes réveillée comme une boule de nerfs dans cette clinique, prête à affronter le monde entier.

— Elle pourrait aller à la police et vous m'avez fait comprendre que ça équivaut à une condamnation à mort.

— Avant de contacter la police, elle doit d'abord quitter ces collines.

— Alors je dois y aller et l'aider. Je l'ai déjà fait. Je connais les collines.

— C'est prendre un sérieux risque.

— Je n'ai pas le choix.

— Si, vous l'avez. Laissez Yael s'en charger. Je peux lui demander de procéder à une recherche discrète et, quand il aura trouvé votre sœur, de la faire sortir du pays.

Kaldak avait dit « quand » et non pas « si ». Ce simple fait rendit à Bess un espoir qu'elle avait presque complètement perdu depuis qu'Esteban lui avait dit que sa sœur était morte.

— Il pourrait faire ça ? Trouver Emily ?

— Je lui envoie un message pour lui dire de commencer les recherches. Votre sœur devrait avoir quitté le Mexique d'ici à quelques jours.

Cela semblait trop beau pour être vrai. Mais...

— Comment pouvez-vous être sûr qu'il réussira ?

— Je n'en suis pas sûr, mais si elle est vivante, elle a 80 % de chances. J'ai vu Yael à l'œuvre. S'il ne trouve pas une aiguille dans une botte de foin, il s'en approche toujours de très près.

80 %... Bess aurait certes préféré 100 %.

— Ce n'est pas assez.

— Si vous y allez seule, vous aurez à peine 10 % de chances, répliqua Kaldak d'un ton plus brusque. Ne soyez pas stupide. Votre sœur ne s'en tirera pas dans ces conditions. Yael, lui, réussira.

Bess contemplait Kaldak, impuissante et désemparée. Ce qu'il venait de dire était juste mais elle n'avait pas envie d'y croire. Elle ne voulait pas se retrouver les mains liées, à des centaines de kilomètres d'Emily.

— Appelez donc votre Yael, je pourrais le rencontrer et l'aider à...

Kaldak secoua la tête, inflexible.

— Pourquoi pas ?

— Si vous y retournez, je ne demanderai pas à Yael de vous aider. Vous serez seule. Et votre sœur mourra.

Bess lui jeta un regard sceptique.

— Vous bluffez !

— Vous avez raison, répondit-il en faisant une grimace. Je ne vous laisserais pas partir seule. Mais je vous dis la vérité en ce qui concerne les chances d'Emily. Plus vite Yael commencera ses recherches, plus vite vous la retrouverez. Songez-y.

La suggestion de Kaldak allait à l'encontre des instincts et impulsions de Bess. Emily était toujours arrivée partout la première. Elle devait aller la rejoindre, où qu'elle soit.

Mais en agissant ainsi, elle risquait de la tuer.

— Je vais lui laisser quelques jours, finit-elle par répondre. S'il ne l'a pas trouvée d'ici là, je me rendrai moi-même sur place.

— Cela prendra peut-être un peu plus de temps... Si elle est encore en vie.

— Cessez de parler ainsi ! Elle est vivante, insista-t-elle. Emily est l'une des femmes les plus fortes que je connaisse. Elle n'est pas morte, croyez-moi.

— Calmez-vous.

Bess poussa un long soupir.

— Appelez-le tout de suite, Kaldak.

Quelques minutes plus tard, Kaldak s'asseyait devant la radio et ajustait ses écouteurs. Après une courte attente, une voix grave et au léger l'accent leur parvint, entrecoupée de grésillements.

— Il était temps ! J'attends depuis une éternité, espèce de bâtard ! Tu veux que je vienne te chercher quelque part ?

Bess cachait à peine sa surprise. Nulle trace de peur dans cette voix chaleureuse, cette peur qu'elle sentait chez tous ceux qui approchaient Kaldak de près ou de loin. Les propos de cet homme étaient d'ailleurs empreints d'une ironie explicite.

— Non, j'ai passé un message à Cass, répondit Kaldak. Nous allons rentrer, maintenant.

— Comment ça s'est passé à Tenajo ?

— Pas comme nous l'avions prévu. C'est-à-dire, mal.

— Tu peux m'en dire plus ?

— Pas maintenant.

— Ne me laisse pas en dehors du coup. Je tiens à les avoir, autant que toi.

— Je ne peux pas t'en parler.

— Tu as grillé ta couverture avec Esteban ?

— On peut voir les choses comme ça, lâcha Kaldak avec un regard tourné vers Bess.

— Alors pourquoi ne m'as-tu pas appelé ?

— J'ai un autre boulot pour toi. Nous pensons qu'une femme est restée dans les collines près de Tenajo. Il faut la trouver.

Il y eut un silence.

— Je n'aime pas tuer les femmes, Kaldak.

— Aucun problème. Trouve-la et aide-la à quitter le pays saine et sauve.

— Sale boulot, répliqua Nablett en soupirant. Cela aurait été plus facile de la tuer. C'est urgent ?

— Très urgent. Esteban a pris du retard, mais ma disparition peut le pousser à agir vite.

— La femme est importante ?

— Il faut la sortir de là, Yael.

— Il en sera fait selon vos désirs, Votre Majesté l'Épouvantail. Où souhaitez-vous être livré ?

— Je resterai en contact. Il s'agit du Dr Emily Corelli. Un mètre soixante-huit...

— Neuf, l'interrompit Bess.

— Un mètre soixante-neuf, trente-six ans, yeux et cheveux bruns, séduisante. Elle est américaine mais parle espagnol.

— Génial ! Tu sais combien de femmes mexicaines correspondent à ta description ? Enfin, si elle te ressemble, je n'aurai pas de mal à la découvrir.

— Si elle me ressemblait, elle n'aurait pas une chance. Fiche la paix à cette femme, Yael !

Un léger sourire s'était formé sur les lèvres de Kaldak. Bess se rendit compte qu'il plaisantait. L'idée d'un sens de l'humour sur ce visage, et *a fortiori* en lui, lui paraissait totalement incongrue. Mais, au cours de leur périple, elle avait eu la preuve que Kaldak n'était pas toujours l'homme qu'il semblait être.

— Il se peut qu'elle refuse de coopérer. Ce serait stupide de sa part de me croire sur parole, si elle est en fuite. Que puis-je lui dire pour la rassurer ?

Kaldak se tourna vers Bess.

— Je vais demander à sa sœur.

— Sa fille, Julie, a une correspondante sur Internet, Linda Hankins, répondit Bess après un instant de réflexion. C'est sa meilleure amie.

Kaldak transmit l'information.

— Je suis prêt à commencer les recherches, conclut Yael Nablett.

Il ne coupa pas la communication, mais la radio demeura muette. Kaldak se tourna vers Bess.

— Satisfaite ?

Non, elle ne l'était pas, mais cet homme étrange semblait croire en ses possibilités de réussite.

— D'accord, Kaldak, mais seulement quelques jours.

Kaldak remercia le radio et lui rendit les écouteurs, puis il prit le bras de Bess et l'entraîna vers la porte.

— Ces quelques jours vous permettront au moins d'accompagner Jessie à l'hôpital Johns Hopkins. Le Dr Kenwood la soignera. Allez voir si elle va bien et allez vous coucher. L'avion viendra nous chercher tôt demain matin.

— C'est ce que j'allais faire, répliqua Bess d'un ton éreinté. Pouvez-vous cesser de me donner des ordres ?

— Je vous ai prévenue que je m'occuperais de vous. C'était sincère.

— Prenez soin de ma sœur, répondit Bess en s'éloignant dans le couloir. Bonne nuit, Kaldak.

— Bonne nuit.

Kaldak vit Bess disparaître au bout du couloir. Il avait évité la confrontation, mais juste de façon provisoire. Il ne fallait plus commettre l'erreur de sous-estimer Bess. Pour l'instant, elle ne se souciait que du bébé et de sa sœur, mais il allait devoir manœuvrer avec d'infinies précautions.

« Prenez soin de ma sœur. »

Kaldak aurait bien voulu pouvoir le lui promettre.

Mensonges, tromperies, manipulations... Tirer les bonnes ficelles, noyer la vérité, déformer la réalité... Il était fatigué de tout cela.

La pièce continuait pourtant, et il devait y tenir son rôle.

Il fit demi-tour et se dirigea vers la salle de radio pour appeler Yael Nablett.

Hôpital Johns Hopkins

— J'ai l'impression de la revoir dans cette chambre, à San Andreas, murmura Bess. Mais tous ces tubes...

— Le Dr Kenwood affirme qu'ils sont nécessaires. Jessie a besoin de compléments nutritifs. Elle a perdu beaucoup de sang. J'avais cru comprendre que vous aimiez bien le docteur et que vous lui faisiez confiance.

— C'est vrai, mais je voulais qu'il l'opère tout de suite. Je veux savoir si elle va bien s'en sortir.

— D'après lui, elle a de bonnes chances.

— Je veux savoir, insista-t-elle. Je ne veux pas attendre une semaine. Bess se pencha et ses lèvres effleurèrent le front de Jessie. On va te soigner, mon bébé. Sois patiente.

— Elle est sous sédatifs et ne sait pas ce qui se passe. C'est vous qui êtes impatiente, dit Kaldak en poussant Bess avec gentillesse hors de la chambre.

Venez avec moi à la salle d'attente, je dois vous parler.

Bess leva un regard affolé vers lui.

— Le Dr Kenwood vous a dit quelque chose qu'il voulait me cacher ?

— Non, répondit Kaldak en faisant signe à Bess de s'asseoir dans un fauteuil. C'est un homme intelligent, il n'aurait pas osé.

— Vous m'avez fait peur, murmura Bess, soulagée.

— C'est la situation qui m'effraie, continua Kaldak, en s'installant à côté d'elle. Je sais que vous avez demandé au docteur de vous trouver un lit, ici. Vous ne pouvez pas rester dans cet hôpital, Bess.

Bess se figea.

— Qui peut m'en empêcher ?

— C'est trop dangereux.

— Personne ne connaît ma présence ici.

— Ils seront bientôt au courant. Ce n'est qu'une question de temps. Esteban dispose d'un réseau dans ce pays. Il faut vous cacher. Je vous emmènerai dans une maison sûre, une cachette que je connais.

— Je ne peux pas laisser tomber Jessie.

— Vous préférez peut-être qu'elle meure ? demanda brutalement Kaldak d'un ton plus brutal. C'est ce qui risque d'arriver. Vous êtes un témoin. Esteban veut votre peau. Tant que vous restez dans les parages, Jessie est en danger. C'est ce que vous voulez ?

— Vous savez bien que non.

— J'ai appelé mon quartier général et j'ai obtenu une surveillance pour Jessie, au cas où Esteban chercherait à l'utiliser pour vous atteindre. Mais c'est vous qu'il veut. S'il sait que vous ne passez pas votre temps à couver la petite, il pensera qu'elle ne représente rien pour vous. Jessie sera beaucoup plus en sécurité sans vous, Bess, ajouta Kaldak avec douceur. Donnez-lui une chance, Bess... Elle a encore du chemin à faire.

Des larmes amères piquèrent les yeux de Bess.

— Peut-être qu'il ne la trouvera pas ?
— Voulez-vous prendre le risque ?
— Elle sera si seule...
— Elle sera bien gardée et, d'ailleurs, elle est si mignonne que les infirmières passeront leur temps à venir la câliner.
— Mais je veux...
Bess ne pouvait agir comme elle le voulait sans mettre en danger la vie de Jessie. Pourquoi diable Kaldak devait-il avoir toujours raison ?
— D'accord, poursuivit-elle, mais je veux avoir de ses nouvelles tous les jours. Vous m'entendez ? Et je veux pouvoir parler au Dr Kenwood tous les deux jours. Et si sa sécurité n'est pas assurée, je vous trancherai la gorge, Kaldak.
— Elle sera en sécurité. Je vous en donne ma parole. Croyez-moi.
Bess s'aperçut avec surprise que, effectivement, elle le croyait. Comment l'expliquer ? La fuite à travers les collines, la nuit où il était resté avec Jessie, après son opération ? Quelle qu'en fût la raison, la confiance était là. Bess se leva soudain.
— Je veux lui dire au revoir.
— Dix minutes ? Il me reste quelques détails à mettre au point.

Ces adieux ne rimaient à rien, songea Bess en regardant Jessie. La petite n'avait pas même conscience de sa présence.
— Je reviendrai, murmura Bess. Je dois partir un moment, mais ils s'occuperont bien de toi. Je penserai à toi. Bess luttait pour retenir ses larmes. Pense à moi, toi aussi. Je sais que tu n'auras pas beaucoup de temps, avec tous ces docteurs et toutes ces infirmières, mais souviens-toi que c'est avec moi que tu es arrivée ici.
Assez. Elle allait se mettre à pleurer comme une

gosse. Elle se dirigea vers la porte d'un pas mal assuré et se retrouva nez à nez avec Kaldak.

Il lui tendit un mouchoir.

— Ça va ?

— Non, répondit-elle en séchant ses larmes. Emmenez-moi hors d'ici. Alors, où allons-nous ?

— À l'aéroport. Un hélicoptère nous attend.

— Et après ?

— À Atlanta.

— Dans votre satanée cache ?

— Pas maintenant. Nous sommes encore dans une phase transitoire. Je dois d'abord voir un ami qui peut nous aider. La maison n'est pas encore prête.

« Transitoire. » Bess avait l'impression que tout avait été « transitoire » depuis son arrivée à Tenajo.

— Je n'irai dans aucune cache de ce genre si Emily ne vient pas nous y rejoindre.

— D'accord, je vous le promets. À l'instant même où nous l'aurons retrouvée.

6

— Vous n'avez repéré aucune trace d'elle ? demanda Habin.

— Ce n'est pas tout à fait exact, rectifia Esteban. Mes hommes disent qu'elle a été atteinte par une balle. Nous vérifions les hôpitaux pour trouver quelqu'un qui corresponde à son signalement ou à celui du bébé.

— Quoi d'autre ?

— Kaldak peut aussi nous fournir une piste. Il est retourné à Tenajo avant de quitter le Mexique. Ça te suggère quelque chose ?

— Oui, répondit Habin après un instant de silence.

— Ça nous donne une idée de l'endroit où il a des chances de se rendre, non ?

— Peut-être, mais va-t-il l'emmener avec lui ?

— Oh oui ! Sans aucun doute. Il ne voudra pas la perdre de vue avant de connaître la suite des événements. J'ai pris contact avec Marco de Salmo pour qu'il s'en occupe. Il quitte Rome immédiatement. Ne t'inquiète pas, nous aurons Bess Grady avant qu'elle nous cause des ennuis.

— Elle nous en a déjà causé beaucoup. Et tu restes là à ne rien faire pour l'en empêcher.

— Je ne suis pas inactif ! Bien au contraire. Je t'appellerai dès que j'en saurai plus.

Esteban raccrocha le combiné. Habin était nerveux et il ne pouvait guère l'en blâmer. Le temps était un facteur primordial et il espérait localiser Bess Grady plus vite. Avec un peu de chance, Marco de Salmo la repérerait et l'en débarrasserait aussitôt.

Esteban se fiait rarement à la chance et préférait toujours disposer d'un plan de secours.

« Si Mahomet ne va pas vers la montagne... »

Esteban sourit.

Habin aurait apprécié ce proverbe.

Il était presque midi lorsque l'hélicoptère se posa sur un aéroport désert, à plusieurs kilomètres au nord d'Atlanta : pas de tour de contrôle, une seule piste. Seuls quelques hangars venaient rompre la monotonie du plat paysage. Malgré l'heure, il n'y avait personne en vue.

— Il s'agit de quel aéroport ? s'informa Bess aussitôt descendue de l'hélicoptère.

Kaldak agrippa son sac à dos et sauta sur le sol.

— Il n'a pas de nom. Il est utilisé par quelques pilotes privés tout à fait en règle et par beaucoup d'autres qui le sont un peu moins.

— Trafic de drogue ?

— Peut-être. Il faut de l'argent pour s'offrir ce genre de discrétion. Je ne pose pas de questions. Kaldak se tourna vers le pilote. Reste avec elle. Il devrait y avoir une voiture derrière les hangars, je vais la chercher.

Bess frissonna en le regardant s'éloigner. Il faisait plus chaud ici que dans le Maryland mais elle se sentait frigorifiée.

Quelque chose de lourd lui atterrit sur les épaules : c'était le blouson de cuir du pilote.

— Merci !

— Je vous en prie, répondit l'homme en souriant. Je suppose que vous aviez un peu trop de soucis pour penser à prendre un blouson.

— Vous avez raison, c'est à peu près ça. C'est vous qui êtes venu nous chercher au Mexique ?

— On m'a mis à la disposition de Kaldak pour un mois environ.

— Ça arrive souvent ?

— Pas depuis les dernières coupes budgétaires, en tout cas.

— Kaldak ne nous a pas présentés. Je m'appelle Bess Grady.

— Moi, c'est Carl Schmidt.

— Je suppose que vous avez l'habitude de venir secourir les gens dans des circonstances inhabituelles. Vous travaillez pour la CIA ?

Schmidt approuva en silence.

— Vous avez déjà collaboré avec Kaldak, avant le Mexique ?

Une grimace tordit le visage de Schmidt.

— La dernière fois, j'ai foiré le coup. Je ne m'attendais donc pas à ce qu'il fasse de nouveau appel à moi.

— Il se rend certainement compte que vous êtes un bon pilote.

— Je me passerais bien de cet honneur. Il me flanque une sacrée frousse.

Bess avait déjà presque oublié à quel point Kaldak pouvait se montrer intimidant lorsqu'on le rencontrait pour la première fois.

— Vraiment ? Depuis combien de temps vous le connaissez ?

— Deux ans. En Libye d'abord et puis au Mexique.

Kaldak avait déjà mentionné la Libye en évoquant Habin, l'associé d'Esteban.

— Tu peux décoller, Cass, intervint Kaldak qui venait de revenir près de l'hélicoptère. Nous n'avons plus besoin de toi.

— OK ! Au revoir, madame Grady.

— Votre blouson. Bess l'enleva et le tendit au pilote. Merci encore ! fit-elle.

— À votre service, répondit-il avec un sourire.

Kaldak prit Bess par le bras et la poussa en avant.

— Avez-vous appris des renseignements intéressants à mon sujet en interrogeant Cass ?

Bess ne tenta pas de nier l'évidence.

— Non, mis à part le fait qu'il était en Libye avec vous.

— Dommage. Vous n'aurez peut-être jamais l'occasion d'en savoir plus. Les gens avec qui je traite d'habitude sont beaucoup moins bavards. Les standards de la CIA ont bien baissé ces derniers temps.

Ils venaient d'atteindre une berline beige garée au bord de la route.

— Je ne tiens pas à questionner des gens comme Cass pour savoir ce qui se passe. Je préférerais que vous me le disiez vous-même.

— Je vous le dirai quand je le saurai, répliqua Kaldak en ouvrant la portière de Bess avant de s'installer lui-même au volant. Il y a des vêtements dans le coffre. J'ai passé un message radio pour prévenir que nous aurions besoin d'autres vêtements et de nouvelles identités. Tant qu'il nous faudra rester dans les parages, nous allons loger dans un motel au nord de la ville. Votre nom est Nancy Parker.

De faux noms. Une nouvelle identité. Tout cela était inquiétant.

— Je n'ai jamais aimé le prénom Nancy.

— Nous vous en trouverons un autre plus tard.

Bess hocha la tête. Kaldak ne pouvait pas comprendre. Ce n'était pas une question de prénom. Elle avait le sentiment que tout ce qu'elle connaissait s'échappait, disparaissait peu à peu. Emily et Jessie étaient loin. Même son appareil photo avait lui aussi disparu.

Et tout cela par sa faute.

Elle était si torturée, si épuisée qu'elle s'était laissé remorquer ; elle avait accepté que Kaldak manigance ses propres arrangements avec Yael Nablett et avec les médecins de Jessie et, maintenant, il voulait régenter sa vie.

— Nous devons parler, Kaldak.

Il la fixa un instant, avant de détourner le regard et de faire démarrer la voiture.

— D'accord, aucun problème.

Il était environ 20 heures lorsque Kaldak et Bess arrivèrent au Residence Inn, un motel d'un type assez ancien, avec des bâtiments séparés. Après avoir rempli leurs fiches, ils reprirent la voiture pour se rendre vers le pavillon où se situaient leurs appartements.

Une fois à l'intérieur, Kaldak ferma la porte.

— C'est leur suite de grand standing. En fait, ce n'est qu'un grenier aménagé. Rien de grandiose, mais c'est assez pratique. Salle de bains et chambre à l'étage, même chose ici avec une salle à manger et une kitchenette.

— Parfait, dit Bess. Ça m'est d'ailleurs égal. J'ai besoin de prendre une douche. Ici ou à l'étage ?

— En haut.

Bess ramassa sa valise et se dirigea vers l'escalier en colimaçon.

Une fois dans la chambre, elle rangea ses affaires. La valise contenait deux pantalons noirs, une veste noire, deux chemisiers blancs, un pyjama bleu à rayures, une robe-chemisier noire, une paire de chaussures à talons hauts noire ainsi qu'une autre à talons plats de la même couleur, sans compter cinq slips et soutiens-gorge assortis, noirs eux aussi. Curieusement et mis à part les chaussures, trop grandes d'une demi-pointure, tout lui allait parfaitement. Rien de surprenant, après tout. Les vêtements que Kaldak lui avait apportés à l'hôpital étaient eux aussi de la bonne taille. Cet homme avait un bon coup d'œil...

Un sac de cuir noir à bandoulière se trouvait au fond de la valise. Elle en sortit une trousse de maquillage et un portefeuille contenant deux cents dollars en liquide, trois cartes de crédit et un permis de conduire avec sa photographie, au nom de Nancy Parker. Comment avaient-ils pu rassembler tous ces faux papiers et ces cartes en aussi peu de temps ?

Elle empoigna le pyjama et alla vers la douche.

Sentir les gouttes d'eau chaude venir frapper doucement son corps était merveilleux. Elle ferma les yeux et s'efforça de se détendre. Une partie de la tension qu'elle ressentait semblait s'écouler d'elle et la libérer. Elle avait tant pris sur elle que ses nerfs étaient à vif, ce qui n'aidait guère à réfléchir de façon sereine. C'était si bon de se sentir au chaud, de se détendre ainsi hors de la présence de Kaldak.

Bess resta longtemps, très longtemps sous la douche.

— Kaldak, j'ai reçu des nouvelles d'Interpol, dit Ramsey aussitôt après avoir décroché son téléphone. On dit que Marco de Salmo est en route pour New York.

Kaldak se raidit.

— De Salmo ?

— Ce n'est pas la première fois qu'Esteban fait appel à lui.

— Il n'est pas le seul.

— J'ai pensé qu'il valait mieux vous avertir. À partir de New York, il peut rayonner n'importe où. Y compris Atlanta.

— Vous devriez l'emmener dans une de nos caches.

— Mais je ne peux pas, bon Dieu ! Pas encore. Tenez-moi informé.

Kaldak raccrocha. De Salmo. Mauvaise nouvelle.

De Salmo ne comptait peut-être pas se rendre à Atlanta. Esteban pouvait ne pas y avoir pensé.

Kaldak ne pouvait cependant prendre le risque de

parier sur une hypothèse de ce genre. Il fallait agir... Vite.

Dans la kitchenette, Kaldak se tenait près du four à micro-ondes, lorsque Bess apparut au bas de l'escalier. Elle portait un jean, un sweat-shirt bleu marine et ses cheveux coupés court étaient encore mouillés. Kaldak ferma la porte du four d'un geste sec.

— J'espère que vous aimez la volaille. Je leur avais demandé de remplir le frigo de plats surgelés. C'est ce qu'ils ont fait mais il n'y a que du poulet.

— Tous les plats surgelés ont le même goût de toute façon, répondit Bess en s'asseyant sur un tabouret, près du bar. Kaldak, il me faut maintenant des réponses.

Il lança un regard vers les cheveux de Bess, enveloppés d'une serviette de toilette.

— Le poulet sera prêt dans sept minutes. Vous avez le temps de vous sécher les cheveux.

— Je n'ai pas trouvé de séchoir dans la valise.

— Impardonnable négligence de leur part. Il vous manque autre chose ?

— Juste un peu d'imagination. Mis à part le pyjama et un ou deux chemisiers, tout est noir.

— C'est la procédure standard. Bleu marine ou noir et facile à entretenir. Quoi d'autre ?

— Mon appareil photo. Il me le faut.

— Là, je ne peux pas vous aider. Je suppose qu'il est entre les mains d'Esteban.

— Mais il me le faut, insista-t-elle.

Bess savait qu'elle ne se montrait pas du tout raisonnable, mais l'idée seule de son appareil était pour elle une réelle frustration. Sans lui, elle se sentait diminuée... perdue.

— Vous ne voulez pas que j'aille rapidement vous en chercher un autre ?

Aller rapidement chercher un appareil ?

Comment imaginer une chose pareille ? Il fallait l'examiner avec beaucoup de soin, l'essayer, le toucher...

— J'ai cet appareil depuis huit ans. C'est le meilleur que j'aie jamais eu.

— Je suis désolé, mais je n'irai pas le chercher. Voulez-vous que je vous le remplace ?

— Je m'en occuperai moi-même. Bess repartit aussitôt à l'attaque. Kaldak, j'ai besoin de réponses. Ce que vous m'avez révélé au sujet de Tenajo n'est que la partie visible de l'iceberg.

— Pas maintenant. Je suis déjà à votre merci, mais vous pouvez attendre un peu. Vous êtes épuisée.

Épuisée, elle l'était en vérité et son esprit lui semblait des plus nébuleux : elle redoutait de ne rien comprendre aux explications de Kaldak. Peut-être se sentirait-elle plus en forme après le dîner... Elle dénoua sa serviette et commença à se sécher les cheveux.

— Vous ne perdez rien pour attendre, Kaldak.

— Je constate que vous vous arrangez très bien sans séchoir. Votre faculté d'adaptation doit être bien commode dans certaines régions où vous avez dû vous rendre. Les salons de coiffure ne courent pas les rues en Croatie, vu la situation actuelle.

Bess s'immobilisa instantanément.

— Comment savez-vous que j'ai été en Croatie ?

— Esteban avait demandé un rapport sur vous et votre sœur lorsqu'il s'est aperçu que vous vous dirigiez vers Tenajo. Il voulait s'assurer que vous n'étiez pas en relation avec une Agence qui aurait pu lui créer des ennuis. J'ai tenté de le convaincre de me laisser vous capturer et me débarrasser de vous.

Bess se figea.

Kaldak ouvrit la porte du réfrigérateur pour en extraire un carton de lait qu'il posa sur le bar.

— Il ne m'a pas écouté. Je commence à réaliser qu'il préférait vous laisser tuer par la maladie.

— Vous nous auriez tuées ?

— Si j'avais pu agir sans mettre en danger ma couverture, je vous aurais prévenues, puis j'aurais essayé de vous faire quitter la région à l'insu d'Esteban.

— Et si ça avait mis en danger votre couverture ?

Kaldak sortit deux verres d'un placard.

— Il m'aurait fallu prendre une décision.

— Vous avez pourtant sacrifié votre couverture à San Andreas.

— J'ai pris un risque calculé et d'ailleurs, j'en savais beaucoup plus sur l'opération à ce moment-là, répondit Kaldak en versant du lait dans les deux verres. J'ai passé deux mois à tenter de gagner la confiance d'Esteban. Il me fallait cette information, insista-t-il.

Surprise par la tension contenue qu'exprimait alors la voix de Kaldak, Bess ouvrit grand les yeux.

— Pourquoi me dites-vous ça ?

— Pour que vous sachiez à quel point il est important pour moi de mettre un terme aux activités d'Esteban, rétorqua Kaldak en la regardant droit dans les yeux. S'il l'avait fallu, je vous aurais tués, vous, votre sœur et votre guide.

— Rien n'est assez important pour justifier une chose pareille.

— Allez raconter ça aux gens qui sont morts à Tenajo.

— Vous n'avez sauvé personne à Tenajo.

— Non. Les lèvres de Kaldak se crispèrent. Non, personne.

Il tourna le dos à Bess et sembla chercher quelque chose dans le placard.

Ainsi, Kaldak pouvait éprouver un sentiment de culpabilité, réalisa soudain Bess. Un terrible sentiment de culpabilité. Sous cette apparence insensible, inflexible, il était humain. Cette découverte bouleversa Bess.

Kaldak sortit deux assiettes du placard.

— Amenez le lait dans la salle à manger, j'apporterai le poulet.

Son visage était à nouveau inexpressif. Bess descendit du tabouret et ramassa les verres.

— Ce n'est qu'un repas surgelé, la cuisine aurait très bien convenu.

— Ma mère m'a appris que l'on devait servir les repas dans la salle à manger, c'est une habitude que j'ai prise, répliqua Kaldak avant de marquer une pause. Et d'ailleurs oui, c'est vrai, j'ai vraiment eu une mère. Je ne suis pas sorti d'un rocher en rampant.

Bess se surprit à sourire.

— J'aurais plutôt pensé à un œuf en métal venu d'une lointaine planète.

— J'ai bien l'impression que vous venez de plaisanter avec moi, répondit Kaldak en clignant de l'œil.

Elle avait plaisanté avec Kaldak, en effet. Incroyable. Non seulement elle en avait trouvé le courage dans de telles circonstances, mais elle s'était sentie assez à l'aise avec Kaldak pour partager avec lui un instant d'humour.

— Ce n'était qu'une défaillance momentanée, remarqua Bess.

Kaldak fit une grimace.

— Soyez sans inquiétude, vous n'en ferez pas une habitude. Je suis trop abrupt pour ça.

Abrupt, doté d'une dangereuse perspicacité et d'une force dont l'intensité flirtait presque avec le fanatisme... Kaldak possédait tout cela. Il s'était laissé aller à un mouvement de faiblesse, mais il avait réagi avec une étincelante vivacité. Elle était folle de croire qu'il pouvait faire preuve d'une quelconque vulnérabilité.

Kaldak installait maintenant les assiettes fumantes sur la table.

— Asseyez-vous. Je vais chercher les couverts. Ce n'est pas très nourrissant, mais vous n'avez rien mangé depuis hier. J'ai entendu votre estomac protester durant tout le trajet depuis l'aéroport.

— Ce n'est pas poli de votre part de me le faire remarquer.

— Ce serait encore plus impoli de ne pas vous nourrir.

Bess avait vraiment faim. Pourtant, cette simple réalité la dérangeait. L'anxiété, la déprime ou même les besoins vitaux devraient cesser de harceler ainsi votre corps.

Kaldak était déjà de retour avec les couverts et les serviettes et il s'assit en face d'elle.

— Allez-y, attaquez.

— Est-ce ainsi que se serait exprimée votre mère ?

— Je vous ai dit que j'étais mal dégrossi. Certaines choses sont acquises, il en est d'autres que l'on apprend par soi-même.

Sa façon de se tenir à table ne souffrait pourtant aucune critique, nota Bess.

— Votre mère est-elle toujours en vie ?

— Elle est décédée depuis longtemps. Mon père également. Et vos parents ?

— Ma mère est morte alors qu'Emily et moi étions encore enfants. Mon père a été tué dans un accident d'auto lorsque j'avais quinze ans.

— C'est un mauvais âge pour perdre l'un de ses parents.

— Il me restait Emily. Elle faisait des études de médecine et elle avait un appartement en ville. Nous avons vendu Tyngate, la maison où nous avions été élevées, et j'ai emménagé avec elle.

— Cela n'a pas posé de problèmes ?

— Quelques-uns, répondit Bess avec une grimace. Je n'étais pas un modèle de stabilité et Tyngate me manquait. Au début, je lui ai mené la vie dure, mais nous avons fini par bien nous arranger.

— Tyngate... C'est un nom qui évoque un grand domaine.

— Non, c'était juste une grande maison au bord d'une rivière. Rien d'extraordinaire.

Les yeux de Kaldak la fixaient avec intensité.

— Mais vous l'aimiez beaucoup ?

— C'est vrai. Parfois, elle me manque encore. Mais Emily avait raison, il était plus sage de déménager. Il ne faut pas s'accrocher au passé.

— Parlez-moi de Tyngate.

— Pourquoi ?

— Par curiosité.

— Je vous l'ai dit, la maison n'avait rien d'extraordinaire. Elle était confortable. Il y avait un embarcadère et un bateau. Je ne sais pas pourquoi cette maison représentait tant pour moi. Vous savez, reprit Bess après un silence, j'ai lu autrefois une autobiographie de Katharine Hepburn et l'endroit où elle avait grandi me faisait penser à Tyngate. C'était quelque chose de... magique. Emily et moi y avons passé des moments merveilleux lorsque nous étions enfants. Nous adorions nager, nous promener en bateau, bâtir des cabanes dans les arbres. Je m'y suis toujours sentie en sécurité. Le monde extérieur pouvait être étrange et compliqué, Tyngate était toujours un havre de sécurité... et d'innocence.

— L'innocence est devenue plutôt rare de nos jours. Vous auriez dû garder la maison, coupa Kaldak.

— L'avenir était incertain et Emily devait gagner notre vie, à toutes les deux. Non, je pense qu'elle a eu raison.

Bess n'avait pas songé à Tyngate depuis longtemps. Elle se sentit soudain envahie par une vague de nostalgie. Pourtant, tous les enfants devraient avoir la possibilité de grandir dans un endroit comme Tyngate. Cela devrait être inscrit dans la Constitution, se dit-elle.

— Vous devriez écrire à votre représentant, au Congrès. Ils sont toujours prêts à soutenir tout ce qui concerne les enfants. C'est politiquement correct.

Buvez donc votre lait. Ça aussi, c'est politiquement correct.

Bess était heureuse de changer de sujet. Les souvenirs de Tyngate étaient étroitement liés à Emily et ravivaient son inquiétude à son sujet.

— Je le bois. Je vous ai déjà dit de cesser de me donner des ordres.

— Je ne voudrais pas faillir à ma réputation en faisant preuve de politesse.

Kaldak avait parlé sans l'ombre d'un sourire et il fallut une bonne minute à Bess pour se rendre compte qu'il plaisantait.

— Je ne m'inquiéterais pas pour ça, si j'étais à votre place.

— Mais je m'inquiète, en permanence, répondit Kaldak. Il le faut. Il but une longue gorgée avant de reposer son verre. La sensibilité est primordiale. C'est ce qui... Mais pourquoi riez-vous ainsi ?

Sans y penser, Bess prit sa serviette et essuya la lèvre supérieure de Kaldak.

— Vous aviez une moustache. Ça me rappelle Julie. Elle finissait toujours par...

Le souvenir de Julie rappela soudain à Bess la terrible réalité de la situation. Comment avait-elle pu oublier Emily, ne serait-ce qu'un instant ?

— Julie est la fille de votre sœur ? Celle qui a une correspondante sur Internet ?

Bess hocha la tête.

— Elle ressemble à Emily ?

— Non, elle ne ressemble à personne. Emily prétend qu'elle a des traits communs avec moi, mais je pense qu'elle est unique.

— Vous vous sentez proche d'elle et de Tom Corelli ?

— Je l'aime beaucoup et Tom s'est toujours montré très gentil avec moi.

Bess prit soudain conscience d'une tension, encore absente une minute auparavant.

— Pourquoi me posez-vous cette question ? interrogea-t-elle.

— Existe-t-il d'autres gens dont vous vous sentiez proche ?

— J'ai l'impression d'entendre Esteban. Lui aussi tenait des propos très elliptiques.

— Esteban avait ses raisons et moi les miennes. Ce ne sont pas les mêmes.

— Je l'espère. Il voulait juste savoir si quelqu'un pouvait lui causer des ennuis et s'il allait me couper la gorge.

— Mon souci est justement d'éviter que l'on vous coupe la gorge. Vous êtes divorcée, n'est-ce pas ? Êtes-vous toujours en relation avec votre ex-mari ?

— Non, répliqua Bess avec une moue significative. Nous ne sommes restés mariés que neuf mois. C'était une grosse erreur. Emily m'avait pourtant dit que c'était un raté, mais je n'ai pas voulu la croire.

— Pourquoi dites-vous qu'il s'agissait d'une erreur ?

— Question d'atomes crochus. Matt était musicien. Il était très beau, très sexy et il arrivait même à suivre une conversation si elle n'était pas trop profonde. Il n'aimait pas ce qui était profond. La notion de fidélité n'avait aucun sens pour lui et il passait son temps à ronfler deux mois après notre mariage.

— Vous êtes pourtant restés mariés neuf mois.

— Je suis obstinée, répondit Bess en haussant les épaules. Je refusais d'admettre que j'avais commis une autre erreur. J'ai tout fait pour que notre mariage fonctionne. Mais il était bâti sur du sable.

— Vous avez dit « une autre erreur » ?

— Je ne suis pas parfaite comme Emily.

— Parlez-moi de vos autres amis. Voyez-vous quelqu'un en particulier ?

— Non. Je voyage beaucoup à cause de mon travail. C'est difficile de maintenir des liens amicaux lorsque vous manquez tous les anniversaires et toutes les commémorations... Pourquoi cette question ?

— Où habitez-vous ?

— Je sous-loue un appartement à La Nouvelle-Orléans.

— Avez-vous des voisins avec qui vous entretenez des relations amicales ?

— Je suis en bons termes avec tous mes voisins.

— Personne en particulier ?

Bess fit un signe négatif.

— Des animaux domestiques ?

— Il vaut mieux éviter les animaux si vous n'avez pas le temps de vous en occuper.

— Autrement dit, vous n'avez qu'Emily et sa famille ?

— J'ai des amis, beaucoup d'amis, répliqua Bess en fronçant les sourcils. Partout dans le monde.

— J'en suis certain. Ne vous vexez pas.

— Vous me donnez l'impression d'être une malheureuse petite orpheline.

— J'essaie seulement de déterminer ce qui pourrait vous rendre vulnérable.

— Je ne suis pas vulnérable, répondit-elle avant de se sentir tout à coup mal à l'aise. Pensez-vous que je le sois ?

— Peut-être. Votre appartement de La Nouvelle-Orléans est déjà sous surveillance, mais après dîner je veux que vous me donniez les coordonnées des Corelli. Je m'assurerai qu'ils sont sous bonne protection.

— D'accord. Mais je ne pense pas qu'il y ait lieu de s'inquiéter pour l'instant. Tom et Julie sont au Canada. Ils devaient y camper pendant que nous étions censées rester au Mexique.

— Dans un endroit accessible ?

— Seulement si vous êtes un grizzli. Tom connaît la nature et lorsqu'il fait du camping, c'est du sérieux. Il laisse toujours la voiture près d'un poste de garde forestier et après, une fois tous les deux, ils se débrouillent très bien en pleine nature.

— Tom a une radio ?

— Non, mais des fusées lumineuses en cas d'urgence.

— Vous devriez me donner aussi les coordonnées de ce poste de garde forestier. J'enverrai un homme qui les accueillera à leur retour de leur campement.

— Bonne idée, dit Bess en s'enfonçant dans son fauteuil. Maintenant, Kaldak, expliquez-moi ce que nous faisons à Atlanta.

— Je vous l'ai dit, j'attends de l'aide d'un ami.

— Quel genre d'aide ?

Kaldak se tut.

— Quel genre d'aide ? répéta-t-elle.

Kaldak se renfrogna.

— Vous garderez ça pour vous, n'est-ce pas ?

— Bien entendu. Il s'agit de ma vie, de celle d'Emily. Vous avez été très gentil avec moi, mais je ne veux pas de votre protection si je ne suis pas au courant de ce qui se passe. Je suis incapable de fonctionner comme ça. Vous ne m'avez pas tout dit, je suppose ?

— Non, admit Kaldak. Je ne peux pas tout vous dire. Pas encore.

— Quand ?

— Je ne le sais pas encore.

— Ça ne me suffit pas, Kaldak. Je vous ai laissé tout planifier, tout organiser, tout décider. Désormais, si vous voulez que je coopère avec vous, vous devez agir de même avec moi.

Kaldak étudia un long moment le visage de Bess, puis acquiesça en silence avant de poursuivre.

— OK, mais je ne sais pas encore tout moi-même. Je ne veux pas non plus jouer aux devinettes. Je dois d'abord aller voir cet ami et nous parlerons ensuite.

— Je veux vous accompagner.

— Il est dans une situation très sensible. Je dois

lui demander de transgresser certaines règles. Je ne suis pas sûr qu'il accepte si je ne suis pas seul avec lui. Soyez sans crainte, je ne vous laisserai pas tomber. Je serai de retour demain soir.

Ce n'était pas vraiment le principal souci de Bess.

— Suis-je censée rester ici à me tourner les pouces ?

— Je suis désolé.

Désolée, Bess l'était également mais, de toute évidence, elle n'obtiendrait rien d'autre de Kaldak dans l'immédiat.

— Vous me promettez de ne rien me cacher ? lui demanda-t-elle.

— Vous me croirez si je vous donne ma parole ?

— Oui.

— J'en suis très honoré, répondit-il en inclinant la tête. Je vous promets que vous saurez tout de mon rendez-vous avec mon ami lorsque je serai de retour demain soir.

La réponse de Kaldak était encore trop fuyante au goût de Bess.

— Toute la vérité ?

— Toute la vérité, rétorqua Kaldak en grimaçant. Vous savez mener une investigation. Ça ne m'étonne pas que vous ayez gagné tant de récompenses dans votre travail.

— Vous en savez beaucoup à mon sujet, répliqua Bess avec une expression de surprise dans le regard. Esteban semblait penser que vous n'étiez pas très bon pour le renseignement.

— Je ne voulais pas qu'il en sache trop, dit Kaldak en haussant les épaules. J'ai apprécié votre travail à une certaine époque. J'aimais bien le portrait que vous avez fait de ce bandit somalien.

— Je l'aimais bien aussi, dit Bess en se levant. Ce qui me rappelle que je dois contacter John Pindry pour lui annoncer que je ne pourrai pas lui rendre l'article qu'il m'avait commandé pour son magazine.

L'idée ne semblait guère enthousiasmer Kaldak.

— Il a des délais à respecter, insista Bess. Ce ne serait pas très professionnel de ma part de le laisser tomber.

— Vous avez encore le temps. Nous ne voulons ni l'un ni l'autre de fuites au sujet de l'affaire de Tenajo.

— Je ne lui parlerai pas de... Après tout, John Pindry n'attendait pas de ses nouvelles aussi tôt, pensa-t-elle. Bien ! Je vais vous noter l'adresse d'Emily sur le répertoire du téléphone et je vais aller me coucher. Je suis épuisée, j'ai l'impression de sombrer dans le coma.

Kaldak avait déjà commencé à faire la vaisselle.

— Je suis surpris que vous ayez tenu aussi longtemps. La semaine dernière était loin d'être une partie de plaisir. Vous vous en êtes très bien sortie.

Bess éprouva une sensation de surprise mêlée de plaisir.

— Je suppose que nous faisons tous ce que nous avons à faire.

— Je le suppose, en effet. Lorsque nous ne sommes pas parfaits, comme sœur Emily, ajouta-t-il non sans une certaine solennité.

Se moquait-il d'elle ? se demanda Bess, sceptique. Difficile de le savoir.

— Elle est parfaite, c'est vrai. Enfin, presque.

— Tandis que vous ne valez rien.

Il se moquait vraiment d'elle ! Elle inscrivit en souriant le numéro de téléphone et l'adresse d'Emily sur le répertoire.

— Certainement pas. Je suis une excellente photographe et un être humain exceptionnel.

— Vous avez mentionné votre profession en premier...

Le sourire de Bess s'évanouit.

— Et alors ?

— Rien. Je trouvais seulement ça intéressant.

Il creusait, fouillait, essayant d'atteindre ce qu'il pensait être la vérité.

— Fichez-moi la paix, Kaldak.

— D'accord. Je suis désolé. J'ai moi aussi un esprit analytique. Mener des investigations est pour moi une seconde nature.

Avait-elle été l'objet d'un examen tout au long de la soirée ? Kaldak lui avait effectivement posé beaucoup de questions et toutes ne concernaient pas ses relations proches. Elle ignorait pourquoi, mais cette idée lui fit mal.

— Bonne nuit.

— Bonne nuit, Bess.

Bess gravit les premières marches de l'escalier, puis se retourna. La vision de Kaldak lavant des assiettes semblait incongrue. Pourtant, tous ses mouvements étaient nets et précis, comme le jour où il avait tué le garde, à San Andreas.

Kaldak leva soudain la tête.

— Qu'y a-t-il ?

Bess cherchait désespérément quelque chose à dire.

— Vous lavez très bien la vaisselle. Vous l'avez appris de votre mère ?

— Elle m'a toujours appris à nettoyer et à ranger mes affaires. Elle avait raison. Tout se passe en douceur lorsque les choses sont propres et nettes.

« Tout doit se passer en douceur. »

Kaldak avait employé la même expression à l'hôpital, à San Andreas.

Mais elle avait dérangé ses plans si soigneusement établis et un homme était mort. Il avait éprouvé de la colère à son égard, à l'idée d'avoir été obligé de tuer.

— Allez vous coucher, lança-t-il de la kitchenette. Lorsque vous vous réveillerez demain matin, je serai déjà parti. Vous trouverez des œufs et du bacon pour le petit déjeuner. Ne quittez pas l'appartement.

N'ouvrez à personne. Vous avez bien compris ? À personne.

— Très bien, j'avais compris dès la première fois. Quand reviendrez-vous ?

— Dès que j'aurai obtenu ce que je cherche.

Bess se retourna et continua à monter les marches vers sa chambre.

— Bess ?

Bess fit volte-face et croisa son regard.

— Lorsque j'ai dit que vous ne valiez rien, j'exprimais tout le contraire de ma pensée.

— Impossible, Kaldak, dit Ed Katz. Je travaille en équipe. Quelqu'un finirait par le savoir.

— Donne-leur des vacances.

— Tu ne peux pas passer par les voies officielles ?

— Il faudrait écrire des rapports et encore des rapports sur les rapports. Je ne veux pas de fuites.

— Tu pourrais le faire toi-même.

— Je n'en ai pas les moyens.

Katz se mordit la lèvre.

— Je n'aime pas ça. Ça me fiche la trouille.

— Tu adores. Tu brûles de t'y mettre.

— C'est pour ça que je suis curieux.

— Tu me le dois.

Katz passa la main dans ses longs cheveux noirs.

— Va te faire voir. Pourquoi ne prends-tu pas mon fils aîné, pendant que tu y es ?

— Tu n'as pas d'enfants.

— Martha et moi avons pourtant essayé. Nous allons tenter une nouvelle thérapie à base d'hormones. Quand auras-tu besoin de moi ?

— Cette nuit.

— Impossible.

— Essaye. Il me faut quelque chose, n'importe quoi.

— Sors d'ici et laisse-moi le temps de me préparer, grogna Katz d'un air maussade.

— J'attendrai.

— Rien de tel que de mettre un peu la pression, c'est ça ?

Un sourire fendit le visage de Kaldak.

— Exactement.

7

Qu'allait-il pouvoir raconter à Bess ?

Les mains de Kaldak se crispèrent sur le volant.

Il s'était bien douté que la situation était critique, mais pas à ce point. Il n'avait pas imaginé qu'Esteban puisse se trouver si près d'eux. Il allait devoir mentir à Bess. La Compagnie prétendrait qu'elle n'avait aucun besoin de savoir, et Kaldak était un bon menteur. Les mensonges n'étaient pas rares, ces derniers temps.

Il ne voulait pas mentir à Bess. Il était dégoûté des mensonges, jusqu'à la nausée.

Il aimait beaucoup Bess Grady. Il aimait ce mélange complexe de force et de fragilité, d'audace et de doute. Il aimait son courage et son honnêteté et même cet entêtement qui lui valait tant d'ennuis.

Il avait fait une promesse à Bess. Au diable la Compagnie ! Il lui révélerait tout ce qu'il était en mesure de lui révéler. Cela n'avait d'ailleurs probablement pas grande importance.

Pas encore.

— Alors ? interrogea Bess dès que Kaldak eut franchi le seuil. Vous avez mis le temps.

— J'ai dû tourner un peu en rond pour m'assurer que je n'étais pas suivi, répondit-il en se dirigeant vers la cuisine. Vous voulez du café ?

Bess croisa les bras sur sa poitrine.

— Non, je veux que vous me parliez.

— Eh bien, je crois que je vais tout de même en boire un, dit Kaldak en mesurant une dose de café et en remplissant d'eau la cafetière. Pourquoi ces engins sont-ils toujours si minuscules dans les chambres d'hôtel ?

— Où êtes-vous allé aujourd'hui, Kaldak ?

— J'ai appelé Ed Katz et je lui ai demandé de me rejoindre à l'Agence fédérale de santé publique, le CDC.

— Alors ?

— Je lui ai donné l'argent que j'avais pris dans le tronc, à Tenajo, pour qu'il l'analyse. Quand Esteban avait envoyé ses hommes maquiller le terrain à Tenajo, il avait donné l'ordre de ramasser tous les billets de vingt pesos que nous pouvions trouver dans la ville. Ensuite, ils étaient placés dans des sacs spéciaux, étanches et brûlés. Nous n'avons pas trouvé le tronc, à ce moment-là. Esteban doit être très inquiet.

— Des pesos ?

— Des pesos contrefaits et imprimés avec une encre très spéciale. D'après Ed, un virus génétiquement modifié de l'anthrax avait été ajouté à l'encre violette des billets.

— L'anthrax, murmura Bess.

— Que savez-vous à ce sujet ?

— Seulement ce que j'ai appris lorsque j'ai étudié la médecine pendant deux ans. On l'attrape en général en manipulant des objets infectés, souvent du cuir ou de la fourrure.

— Il se manifeste la plupart du temps par une infection cutanée, intestinale ou pulmonaire. La bactérie utilisée à Tenajo agit au niveau pulmonaire. Elle affecte les poumons et la plèvre et la mutation lui permet de tuer les victimes dans un délai de six heures, après le contact. Mais elle n'agit pas de la même façon sur tout le monde. D'après l'état des corps, il apparaît de façon claire que certains sont morts au bout de quelques minutes, d'autres des heures plus tard.

Le petit garçon dans le magasin semblait effectivement avoir été frappé, comme par la foudre...

— Il n'y a pourtant pas eu de survivants ?

— C'est vrai, mais cette différence dans la rapidité de l'effet tracassait Esteban. Je pense que c'est la raison pour laquelle il a retardé la suite de l'opération. Mais il est proche de la solution, très proche.

— Il existe un sérum contre l'anthrax et il fonctionne bien.

— Pas dans le cas d'une souche modifiée.

— Il n'existe pas de traitement ?

— En travaillant vingt-quatre heures sur vingt-quatre pendant les huit prochains mois, on aurait une chance. Nous ne pouvons nous offrir ce luxe.

— Ainsi, Esteban a utilisé de l'argent pour tuer ces gens, murmura Bess.

— C'est le moyen idéal. Qui va refuser de l'argent ? Tenajo était une petite ville pauvre. Lorsque les hommes d'Esteban sont arrivés et ont commencé à distribuer les billets à tout le monde, les habitants ont probablement pensé qu'ils venaient de mourir et étaient arrivés au paradis.

Il était difficile pour Bess d'imaginer une telle cruauté. Elle pensait à ces cinglés qui avaient fourré les bonbons de Halloween au poison avant de les offrir à des enfants.

— Ils sont effectivement morts. Mais comment les hommes d'Esteban s'y prenaient-ils pour distribuer les pesos sans être eux-mêmes contaminés ?

— Ils les avaient mis dans des enveloppes hermétiques en plastique transparent. Il a fallu presque autant de temps pour concevoir ces enveloppes que pour mettre au point la souche modifiée.

— Votre mallette métallique était-elle hermétique, elle aussi ?

— Oui, mais je n'étais pas très inquiet à ce sujet.

Esteban savait que des équipes de la santé publique allaient ensuite arriver à Tenajo et il ne tenait évidemment pas à ce que l'un des officiels meure de l'anthrax. Le virus avait été modifié de façon à ce que son effet soit limité dans le temps. Je pense que sa durée de vie devait être d'au moins douze heures, car Esteban était persuadé que vous et votre sœur aviez été contaminées.

— Rico en est mort.

— Les circonstances étaient peut-être différentes. Il a pu toucher des billets à un moment ou à un autre.

— La racine, dit Bess d'une voix sourde. Le prêtre répétait sans arrêt « la racine », avant de mourir. Je pensais qu'il faisait allusion à un poison. C'est de l'argent qu'il parlait.

— La racine du mal ? Peut-être.

— Quel est le but d'Esteban en se livrant à de tels actes ?

— Je ne sais pas exactement ce que ce salaud recherche, répondit Kaldak en se servant une tasse de café.

— Vous devez le savoir. Vous avez travaillé pour lui.

— C'est pour lui un moyen de chantage, donc je pense qu'il est motivé par l'argent. Et par le pouvoir. Mais il doit y avoir une autre raison. C'est un fou très dangereux.

— Comme ces monstres de dessins animés.

— Vous êtes loin du compte. C'est un homme intelligent, si l'on considère le réseau qu'il a su mettre sur pied. Son laboratoire a développé l'anthrax et Habin s'est chargé de la contrefaçon des billets de banque. Habin pense qu'il dirige les opérations, mais je n'en mettrais pas ma main au feu.

— Et Habin ?

— C'est un terroriste international, basé en Libye. Ses motivations sont d'ordre politique. Il tente depuis quelques années de faire pression sur les États-Unis pour obtenir d'Israël la libération des prisonniers palestiniens.

Bess se raidit sous le choc.

— Les États-Unis...

— Je vous avais prévenue, Tenajo n'était qu'un premier essai.

— Mais vous ne m'aviez pas dit que les États-Unis devaient constituer la prochaine cible.

— Je pense que vous vous en doutiez.

Bess s'en était peut-être doutée, en effet, mais elle n'avait pas voulu se l'avouer.

— Vous en êtes sûr ?

— Un ensemble de planches à billets de vingt dollars a disparu du Trésor de Denver, il y a dix-huit mois.

— Je croyais que nos devises étaient impossibles à falsifier.

— Ils peuvent arriver à un résultat assez ressemblant et la mise en scène sera identique à celle de Tenajo. Qui aurait l'idée de vérifier des billets de banque tombés du ciel ?

— Quelle ville ?

— J'ignore si leur décision est déjà prise.

— Il faut prévenir quelqu'un.

— Qui voulez-vous prévenir ? Le président ? S'il prend contact avec le Mexique, on lui répondra que Tenajo a été décimée par une épidémie de choléra. Le CDC le confirmera.

— Mais vous avez les billets contaminés.

— Ce n'est qu'un problème supplémentaire. Même si le président reconnaît le danger, il ne peut se permettre d'en avertir le pays. Semer le doute sur la monnaie nationale provoquerait un effondrement de l'économie. Imaginez la réaction de la Bourse ! Habin serait absolument ravi. Il aurait atteint son but sans même devoir utiliser l'anthrax.

— Vous seriez prêts à laisser d'autres gens mourir ? interrogea Bess, sceptique.

— Ce n'est pas ce que je veux dire. Il faut que nous en sachions plus avant d'agir.

— Comment allons-nous obtenir ces nouvelles informations ? Vous ne pouvez plus revenir vers Esteban.

— Je le pourrais si je lui amenais votre tête.

Bess fit un pas en arrière.

— Je plaisantais, dit Kaldak d'un ton arrogant.

Bess lui lança un regard furieux.

— Comment suis-je censée le savoir ? Ça vous ferait-il mal de sourire ?

— Peut-être.

— Et vos amis de la CIA ? Connaissez-vous quelqu'un parmi eux qui puisse avoir des contacts utiles à la Maison Blanche ?

— Paul Ramsey. Il est directeur adjoint de la CIA et il était à l'école avec le président. Je l'ai appelé de l'hôpital Johns Hopkins et je lui ai fait part de mes craintes.

— Il a l'intention d'agir ?

— Pas encore. Je lui ai dit qu'il me fallait encore un peu de temps. Il n'y avait pas grand-chose à ajouter. Il ne tient guère à expliquer au président à quel point notre marge de manœuvre est réduite. Il m'a demandé de le contacter si nous avions besoin de lui.

— Nous avons besoin de lui, insista Bess.

— J'ai bien l'intention de prendre contact avec lui pour lui dire que Ed a confirmé l'hypothèse de l'anthrax.

— Prenez aussi des contacts officiels.

Kaldak contempla la jeune femme d'un air impassible.

— Prenez une tasse de café.

Bess se sentit prête à l'étrangler sur-le-champ.

— Je ne veux pas de votre fichu café ! s'écria-t-elle avant de prendre sa respiration pour affermir sa voix. Prenez contact avec ce Ramsey et dites-lui d'appeler la Maison Blanche. Je ne suis pas prête à supporter le poids de ce genre de responsabilité sur mes épaules.

Kaldak termina son café en deux gorgées.

— Dans ce cas, n'y pensez plus. Je le supporterai à votre place. C'est ce que je fais depuis longtemps, quelques jours de plus n'y changeront rien.

— J'appellerai quelqu'un moi-même.

— Non, vous n'appellerez personne, trancha Kaldak. Je suis prêt à vous ligoter et à vous bâillonner s'il le faut. J'ai déjà vu trop d'opérations compromises par des bureaucrates, tout ça à cause de fuites ou par pure bêtise.

— Vous n'utiliseriez pas la force contre moi.

— Vous ne sembliez pas en être persuadée, il n'y a pas si longtemps.

— Vous ne le ferez pas.

— C'est vrai. Je suis là, devant vous, sans défense.

Bess le regarda avec surprise.

— Comme un tigre. Je doute que vous ayez pu vous sentir sans défense un seul instant de votre vie.

— Pas lorsque je peux l'éviter. Mais cette histoire est trop importante. Tenajo n'était pas une réussite complète du point de vue d'Esteban, mais il s'en fallait de peu. Le temps nous presse. Je dois faire tout ce qui est en mon pouvoir pour éviter une nouvelle catastrophe, mais j'ai besoin de votre aide.

— En me demandant de garder le silence.

— C'est déjà beaucoup. Je vous demanderai peut-être de m'aider d'une autre manière plus tard.

— C'est faux.

— Peut-être. Mais Esteban est trop versatile. Je ne peux pas prendre le risque de le voir commettre une folie. Vous connaissez les effets de l'anthrax ? En 1942, les Britanniques ont fait exploser une bombe à anthrax expérimentale sur une île isolée au large de l'Écosse. Dès le lendemain, les moutons mouraient. L'île de Gruinard est encore inhabitable aujourd'hui.

Bess réprima un frisson.

— Et vous pensez que ça suffira à me convaincre de garder le silence ? Vous m'avez dit que la souche mutante a une durée de vie qui n'excède pas quelques heures.

— Esteban pourrait décider d'utiliser une souche non mutante.

— Arrêtez. Vous me faites peur.

— Je suis aussi effrayé que vous. Je l'ai vu. Je sais ce que c'est.

— Où avez-vous vu...

— Aidez-moi.

Bess lui lança un regard de frustration. Elle ne sous-estimait pas l'intelligence de Kaldak et elle le savait capable de la manipuler par les sentiments. Mais il était sincère et sa puissance de conviction était impressionnante.

— Allez au diable !

— J'ai besoin de vous.

Bess fit volte-face et traversa la pièce. Les paroles de Kaldak la suivirent.

— J'agis au mieux. Croyez-moi, Bess.

La sincérité de Kaldak ne prouvait pas le bien-fondé de son analyse.

Pourtant, s'il avait raison ? Elle connaissait la capacité de nuisance d'Esteban. Que se passerait-il si une fuite le poussait à agir ? Le virus mutant était déjà une horreur, mais le virus « normal » était encore pire. Le récit de Kaldak au sujet de l'île de Gruinard l'avait secouée.

— Pensez-vous qu'Esteban soit incapable de...

— Taisez-vous, coupa Kaldak. Vous m'avez exposé vos arguments.

Kaldak garda le silence.

Bess réalisa soudain que sa décision était déjà prise. Elle se tourna vers Kaldak.

— Je ne dirai rien... provisoirement, dit-elle en levant la main pour empêcher Kaldak de l'interrompre. Jusqu'à ce que Emily soit hors de danger.

Après, je ne sais pas encore. Mais ne comptez pas sur moi pour jouer la poupée ventriloque qui parle quand on lui en donne l'ordre. Ne vous avisez pas de m'imposer une autre fois le silence. Je veux savoir ce que vous savez. Si je dois être responsable des ravages d'une arme de cauchemar, ce ne sera pas parce que l'on m'aura forcée à me taire.

Kaldak approuva en hochant la tête.

— Autre chose ?

Bess s'approcha de lui.

— Oui. Donnez-moi une tasse de votre saleté de café. J'en ai bien besoin.

Bess observait Kaldak tandis qu'il s'affairait à nettoyer les restes du repas dans la kitchenette. Elle se sentait stupide. Si elle avait le moindre gramme de bon sens, elle appellerait le FBI, la CIA, ou... quelqu'un.

Elle comprenait pourtant le point de vue de Kaldak sur les interférences de la bureaucratie. Elle avait été témoin de trop de cafouillages en Somalie pour faire confiance à certaines organisations, si bien intentionnées soient-elles.

— Vous me transpercez, dit Kaldak d'un ton de reproche. Cela vous ennuierait-il de cesser de me dévisager de cet air furieux ?

— Oui, je crois que ça m'ennuierait. J'aime vous regarder de cette façon.

— Si ça peut vous faire plaisir..., répondit-il en accrochant le torchon de vaisselle avec soin à côté de l'évier.

— Dites-moi Kaldak, tous vos talents ménagers font-ils partie d'un stratagème pour tenter de me désarmer ? Le contraste entre les diverses facettes de votre personnalité me semble peu crédible.

— Vous croyez que je cherche à vous faire oublier mon faciès d'épouvantail ? interrogea Kaldak en secouant la tête. Non, je sais que ça ne marcherait pas. On ne peut pas se débarrasser de son visage, donc je m'en accommode et je m'en sers aussi, parfois.

— Je suppose que ça peut quelquefois présenter des avantages, dans votre profession.

— Mais... Vous essayez de me blesser, n'est-ce pas ?

— Est-ce que la franchise vous blesse ? Vous tuez des gens. Je vous ai vu.

— Oui, je tue des gens.

Tout cela devenait ridicule. Pour quelque stupide raison, elle se sentait coupable de le mettre en cause alors que l'accusation, elle le savait, était parfaitement fondée.

Mais la vérité n'est pas toujours gentille.

Et enfin, Kaldak était ce qu'il était.

Pourtant, depuis quand avait-elle commencé à voir la réalité en noir et blanc ? Kaldak était un homme fort complexe, et Bess avait eu l'occasion de s'apercevoir que les gens complexes étaient en général capables du bien comme du mal.

Le regard de Kaldak était maintenant rivé sur elle.

— Alors ? Avez-vous pris une décision ?

— À quel sujet ?

— Vous étiez en train de vous demander s'il fallait m'accorder le bénéfice du doute, si je ne me trompe. Le visage de Kaldak s'éclaira d'un sourire. Je pense que vous avez perdu. Vous êtes trop bonne. Ça doit vous rendre la vie difficile.

— La vie est difficile pour tout le monde.

Elle était encore plus difficile si l'on avait affaire à un homme capable de lire à livre ouvert dans votre esprit.

— C'est votre visage. Il reflète toutes vos pensées.

— Je sais, répondit Bess en plissant le nez. Vous seriez surpris de savoir à quel point ça m'a porté tort dans ma carrière.

— Oh ! Je connais bien le problème des visages. Rien ne m'étonne.

Il n'y avait aucune trace d'amertume dans les propos de Kaldak, ce qui frappa Bess. Quel effet cela pouvait-il faire, pour un enfant, de grandir avec un visage comme le sien, aussi intimidant ?

Peut-être Kaldak n'avait-il pas grandi avec ce visage et que, enfant, il avait eu une apparence tout à fait normale. Ses yeux bleus étaient très beaux et...

— À quoi pensez-vous ?

— Je me disais que vous aviez de beaux yeux, murmura-t-elle aussitôt, sans y penser.

Kaldak leva les sourcils, déconcerté, puis détourna rapidement le regard.

— Oh ! Vraiment ? À propos, nous vous avons trouvé une cache en Caroline du Nord. Je vous y conduirai demain après-midi.

— Pourquoi pas demain matin ?

— Nous devons aller au CDC. J'ai demandé à Ed de me fournir un rapport sur les souches mutantes. Je vais avoir besoin de nouvelles informations.

— Avez-vous contacté Yael Nablett aujourd'hui ?

— J'ai essayé ce matin avant mon départ. Je n'ai pas pu le joindre.

— Est-ce que nous n'aurions pas dû avoir des... des nouvelles ? interrogea Bess en fronçant les sourcils.

— J'appellerai à nouveau demain avant de partir. Vous ne devriez pas trop vous inquiéter. Il se trouve probablement dans les collines de Tenajo. Dans ce cas, on ne peut le joindre par téléphone.

— Vous essaierez tout de même ?

— Pas de problème.

De la gentillesse ? De la part de Kaldak ? Elle devait se méprendre. Elle se leva et se dirigea vers l'escalier.

— J'ai appelé le Dr Kenwood cet après-midi. Jessie va bien.

— C'est une bonne nouvelle.

— Plutôt, oui. À demain matin.

Bess sentait Kaldak la suivre des yeux tandis qu'elle montait les marches. C'était étrange de constater à quel point elle se sentait à l'aise avec lui. Après tout, restez enfermée dans une cage avec un tigre assez longtemps et vous devriez finir par vous sentir plus ou moins bien... Kaldak méritait-il pour autant sa confiance ?

À première vue oui puisque, à sa demande, elle lui avait promis de garder le silence. Seigneur Dieu ! comme elle se sentait usée d'être ainsi en conflit avec elle-même, avec Kaldak... Elle avait pris une décision. Il fallait désormais qu'elle cesse de se poser autant de questions, d'hésiter sans fin, comme elle l'avait fait d'ailleurs toute sa vie durant. C'était à son tour d'agir avec clairvoyance et détermination.

Emily, qui avait jusqu'à présent fait son chemin toute seule, avait besoin d'elle. Bess ne devait garder à l'esprit que cette vérité toute simple. Au diable Kaldak et ses cachettes ! Elle n'accorderait qu'un jour supplémentaire à Yael Nablett et, s'il ne lui donnait aucune nouvelle d'Emily, elle irait la chercher elle-même.

Kaldak pouvait sauver le monde. Bess allait consacrer toute son énergie à sauver Emily.

— L'anthrax ! ne cessait de répéter Ramsey. Je ne peux pas étouffer une affaire pareille, Kaldak, qu'allez-vous imaginer ?

— Alors allez-y. Parlez au président. Vous verrez ce qu'il vous répondra si vous ne lui fournissez pas une documentation en béton. Même si nous lui montrons le rapport du CDC, rien ne prouve qu'un autre désastre comme Tenajo ne puisse avoir lieu sur le territoire américain.

— Et merde !

— Vous l'avez dit.

— Lorsque nous aurons des preuves, il sera peut-être trop tard, et la Compagnie se retrouvera sur la sellette, pour ne pas changer. Les politicards nous lâcheront sans délai. À votre avis, de combien de temps disposons-nous ?

— Dieu seul le sait. Il est peut-être déjà trop tard. Je pense qu'Esteban est prêt. Kaldak demeura un instant silencieux avant de poursuivre. Je pense qu'il attend quelque chose.

— Quoi ?

— Je n'en suis pas sûr. Avez-vous réussi à le mettre sur écoute ?

— La ligne téléphonique de son bureau, oui. Pas le portable.

— Du nouveau à propos de Morissey ?

— Pas grand-chose. Il est au service d'Esteban, c'est presque sûr. Nous avons l'impression qu'il recherche quelqu'un pour lui. Il a appelé Esteban plusieurs fois très récemment et de plusieurs villes des États-Unis. Il est important ?

Kaldak ne pouvait se défaire de la désagréable impression que Morissey était très, très important.

— C'est possible. Galvez disait qu'il était en contact par fax ou par téléphone avec Esteban depuis longtemps. Trouvez-le.

— Qu'avons-nous essayé de faire, à votre avis, Kaldak ?

— Essayez encore. Le labo dans l'Iowa ?

— Vous ne m'en avez parlé qu'avant-hier, pour l'amour du ciel ! J'ai dû en toucher un mot au FBI. Concernant l'intérieur du territoire américain, ils sont mieux placés que nous.

— La piste de Cheyenne ?

— Rien pour l'instant. Aucun signe d'activité de la part de faux-monnayeurs. Aucun cas d'anthrax signalé.

— Il n'y en aura certainement aucun avant qu'ils

ne se décident à frapper pour de bon. Esteban a vraisemblablement dépassé le stade de l'expérimentation. Et de Salmo ? Du nouveau ?

— Je sais seulement qu'il semble juste avoir disparu. Je veux Bess Grady, Kaldak, ajouta Ramsey après un instant de silence pesant.

Kaldak ne se sentit pas pris au dépourvu. Dès le départ, il s'était attendu à voir surgir la question de Bess.

— Le CDC est le seul endroit où Esteban pourrait me retrouver et je me suis assuré que je n'étais pas suivi. Je la conduirai vers une cache sûre, dès demain. Vous ne l'aurez pas.

— Je pourrais la prendre de force.

— Ce serait effectivement la seule solution pour vous, répliqua Kaldak d'une voix douce. Vous tenez tant que ça à m'emmerder, Ramsey ?

— Ne me servez pas ce genre de salade, Kaldak. C'est moi qui ai fait de vous ce que vous êtes, ne l'oubliez pas.

Ramsey était vraiment fier de l'assassin qu'il avait créé, Kaldak s'en apercevait pour la première fois.

— Foutaises ! Vous m'avez fourni les outils et les moyens de m'en servir. Nakoa a fait de moi ce que je suis, pas vous.

Le silence retomba entre les deux hommes.

— Vous avez de la chance d'être indispensable, reprit ensuite Ramsey. Je vous donne carte blanche... pour le moment. Tenez-moi au courant.

Ramsey coupa la communication.

De la chance ? Kaldak s'enfonça dans le canapé, résigné. Qui avait de la chance dans cette saloperie d'affaire ? Pas lui, ni les habitants de Tenajo et certainement pas Bess Grady.

Si seulement de Salmo pouvait se diriger vers Tombouctou et non vers Atlanta...

Cette nuit-là, Bess ne rêva pas d'Emily. Elle rêva de Danzar.

Lorsqu'elle se réveilla au milieu de la nuit, les larmes ruisselaient sur ses joues.

Dans la pénombre, Kaldak, debout près du lit, la regardait de toute sa hauteur.

D'un bond, elle s'assit sur son lit, le cœur battant à tout rompre. Elle se crut un instant revenue dans cette chambre d'hôpital, à San Andreas.

— Je vous ai entendue pleurer, dit doucement Kaldak. J'ai pensé qu'il valait mieux vous réveiller.

Bess s'essuya les joues.

— Merci.

— Nous avons suffisamment de cauchemars en plein jour pour ne pas avoir à les supporter la nuit. Bonne nuit.

Il tourna le dos à Bess et se dirigea vers l'escalier.

— Bonne nuit.

Pas de question. Pas de discussion. Juste un geste, un mouvement de compréhension.

Bess se laissa glisser de nouveau dans son lit. Elle pensait être délivrée. Elle n'avait pas rêvé de Danzar depuis trois semaines. Il fallait qu'elle aille mieux et, de plus, elle n'accepterait plus cette torture.

Elle ferma les yeux et tenta de respirer de manière calme et profonde. D'habitude, ça réussissait.

Cette fois-ci, non... Bess commença à trembler. Au bout de quelques minutes, elle se leva et se dirigea vers la salle de bains. Elle prit un cachet d'aspirine avec un peu d'eau. Elle tremblait et son verre faillit se renverser.

Pourquoi ce cauchemar ne voulait-il pas s'éloigner ? Elle se laissa glisser et se pelotonna sur le sol, les bras autour des genoux.

Pense à autre chose.

Pense à Tyngate.

Pense à Julie ou à Emily ou...

— Ça va ?

Kaldak était accroupi tout près d'elle.

Elle ne voulait pas qu'on la voie dans cet état.

— Non, ça ne va pas. Allez-vous-en.

— J'ai déjà essayé, ça n'a pas marché, répondit Kaldak en s'asseyant, les jambes croisées. J'ai pensé que je devais faire quelque chose.

— Pourquoi ? Tout ça ne vous regarde pas. Je vais mieux, maintenant.

— C'était à cause de Tenajo ?

— Pourquoi, vous vous sentez coupable ? Non, ce n'était pas Tenajo.

— Esteban ?

— Vous croyez que je laisserais cette ordure gâcher mon sommeil ? s'emporta Bess en clignant farouchement des yeux pour lutter contre les larmes. Laissez-moi seule, je vous en prie !

— Non, aucun de nous deux ne dormira si vous continuez ainsi. Vous tremblez tellement que vous allez vous briser le coccyx sur le carrelage. D'un geste doux et apaisant, Kaldak releva ses cheveux qui tombaient sur son front. Je crois que vous devriez me parler, Bess.

— Sûrement pas.

— Danzar.

Bess sursauta.

— Quoi ?

— Danzar. C'est le mot que vous répétiez sans cesse lorsque je vous ai réveillée.

Bess se passa la langue sur les lèvres.

— Pourquoi, dans ce cas, m'avez-vous parlé de Tenajo ?

— Je procède par élimination.

— Encore l'esprit analytique...

— Je suis désolé, mais je suis ainsi fait. Kaldak jeta un regard circulaire en direction de la salle de bains trop éclairée avant de poursuivre. Et mon analyse de la situation me permet de conclure que cette pièce n'est pas le meilleur endroit pour vous relaxer.

Il se leva, se pencha vers Bess et l'aida à se relever. Allez, au lit !

— Comment ?

— Soyez sans crainte. Je vous l'ai dit, il s'agit de relaxation. Pas de sexe.

Kaldak souleva Bess et la déposa sur les draps. Elle leva les yeux vers lui, décontenancée.

— Je ne prétendais rien de semblable.

— Je sais. Je voulais juste distraire votre attention, répondit Kaldak en arrangeant les couvertures. Je sais bien que je ne suis pas ce que l'on appelle un objet sexuel. À moins que vous ne fantasmiez sur Dracula... C'est parfois le cas de certaines femmes.

Kaldak se redressa, éteignit la lumière de la salle de bains, revint s'asseoir au bord du lit et posa la main sur le bras de Bess. La chambre était plongée dans l'obscurité.

— Vous tremblez déjà moins.

— Vous pouvez partir, maintenant.

— Pas après m'être donné tout ce mal. Moi aussi, j'ai besoin de sommeil. Parlez-moi, sinon, je ne partirai pas. Danzar est en Croatie, n'est-ce pas ?

— Oui.

— Quand étiez-vous en Croatie ?

— Il y a trois mois.

— Je n'ai jamais entendu parler de Danzar.

— C'était un petit village.

— C'était ?

— Je suppose que le village existe encore.

— Vous n'en êtes pas sûre ?

— Ils ne l'ont pas brûlé.

— Qu'ont-ils fait ?

Les bébés...

— Qu'ont-ils fait, Bess ?

— Je ne veux pas en parler.

— Faites comme si j'étais Emily.

— Je n'ai jamais parlé de Danzar à Emily.

Bess n'avait jamais parlé de tout cela à qui que ce

soit. Pas même à ce psychiatre, à l'hôpital de Sarajevo. Pourquoi se livrerait-elle à Kaldak ?

— Parce que je ne suis pas concerné. Je suis presque un étranger pour vous.

Kaldak, une fois de plus, lisait dans ses pensées.

— C'est comme si vous parliez à vous-même. Qu'ont-ils fait, Bess ?

Du sang. Tellement de sang...

— Comment ?

— Les bébés...

— Quels bébés ?

— Il y avait un... un orphelinat. Je préparais un reportage sur les orphelins de guerre et je suis allée à Danzar. L'orphelinat était bondé mais les enfants... Je suis toujours surprise de voir que les enfants peuvent être heureux dans à peu près n'importe quelles circonstances. Donnez-leur un peu de nourriture, un lit, un peu de compagnie et ils vous souriront. Il y avait un petit garçon, Niko. Il ne devait pas avoir plus de trois ans. Il me suivait partout pendant que je prenais des photos. Il était tellement... Bess se tut un instant avant de pouvoir poursuivre. Je revenais toujours à l'orphelinat. Au début, c'était juste pour mon travail, ensuite, j'ai cru que c'était pour moi une façon de bien me comporter. Il y a tant de couples sans enfants aux États-Unis et s'ils pouvaient seulement voir ces photos... Après, j'ai compris que je revenais pour Niko. Cela ne posait aucun problème de l'adopter. J'étais célibataire, certes toujours en déplacement, mais j'ai compris à quel point il comptait pour moi. Cet enfant était le mien, si l'on peut dire. J'ai alors commencé à m'occuper des formalités.

Les chiens qui hurlent..

— Vous l'avez adopté, Bess ?

— Non.

— Pourquoi ?

Qui êtes-vous ? Une sorte de vampire ?

— Pourquoi, Bess ?

— Il est mort, souffla Bess. Ils sont tous morts.

— Comment ?

— La milice. En principe, il y avait une trêve, mais les combats se sont poursuivis à certains endroits. Je me trouvais à une centaine de kilomètres de Danzar lorsque je l'ai appris. J'ai fait faire demi-tour à mon chauffeur et j'y suis retournée. Les miliciens étaient déjà partis mais les chiens hurlaient. Ils ne cessaient de hurler, de hurler... Je me suis rendue à l'orphelinat. Les enfants étaient tous morts, massacrés. Niko était dans la cuisine. Comment peut-on tuer un petit enfant ? Les monstres... Il fallait qu'ils soient des monstres.

— Oui.

— J'ai traversé tout l'orphelinat et j'ai pris des photos. Je savais qu'ils nieraient tout ce qui s'était passé, une fois la paix revenue. L'affaire serait étouffée et oubliée, comme d'habitude. Je ne voulais pas laisser faire cela. Je devais montrer... Bess pouvait à peine parler, tant il lui était difficile de contrôler ses sanglots. Je ne pouvais pas laisser...

— Je sais, Bess, je sais.

— Non, vous ne savez pas, vous n'y étiez pas.

Kaldak se réfugia un instant dans le silence, puis se leva.

— J'aimerais vous réconforter, dit-il, mais ce n'est pas ce que vous attendez de moi. Vous ne voulez plus de ma présence, maintenant. Vous n'avez pas été aussi forte que vous auriez dû l'être, c'est ce que vous pensez ? Vous avez tort. Je reviens tout de suite.

Il était parti. Bess entendit le bruit de ses pas dans l'escalier.

Bess était allongée sur son lit, les joues ruisselantes de larmes. Les sanglots s'arrêtèrent un moment, mais elle continuait à pleurer.

Les bébés...

Qu'avait-elle fait ? Elle éprouvait une sensation de déchirement atroce. Elle avait commencé à parler puis, soudain, les mots s'étaient bousculés et rien n'avait pu les arrêter. Quelle idée de s'épancher ainsi face à Kaldak ?

C'est comme si vous parliez à vous-même.

En un sens, c'était vrai. Kaldak s'était contenté de laisser les mots se fondre dans l'obscurité. Puis, il était sorti pour ne pas porter atteinte à sa dignité. Mais pourquoi...

— Cela vous dérange si j'allume la lumière ?

Kaldak était de retour, silhouette massive dans l'embrasure de la porte.

Bess respira profondément et se sécha les yeux d'un seul geste avec la couverture.

— Non ! Bien sûr. Pourquoi me posez-vous la question ? Je ne me souviens pas que vous m'ayez jamais demandé la permission de l'éteindre.

Kaldak alluma la lumière dans la salle de bains, puis revint vers le lit.

— Chaque jeu a ses règles. La situation était différente. Tenez. Buvez ça.

Il tenait à la main un verre de lait.

— Du lait chaud ? C'est un des remèdes de votre mère ?

— Du lait froid, dit-il, un léger sourire sur les lèvres. Si j'avais pris la peine de le chauffer, vous auriez pensé que ça n'était qu'un stratagème.

Tout en buvant une gorgée, Bess osa un regard pardessus la bordure de son verre. Son interlocuteur ne ressemblait plus du tout au Kaldak préparant le poulet congelé ou nettoyant les assiettes après dîner. Bess s'aperçut qu'il était pieds nus et torse nu, ses cheveux noirs ébouriffés, musclé et puissant.

Elle, elle ressemblait sans doute à une sorcière... Heureusement, il s'était contenté d'allumer la lumière de la salle de bains. Elle se sentait déjà assez vulnérable comme cela. Était-ce la raison pour laquelle il n'avait pas allumé le plafonnier ?

— Allez-y, buvez tout.

Bess but une autre gorgée et lui tendit le verre.

— J'en ai assez.

— Très bien. Je peux vous demander ce que sont devenues les photos que vous avez prises à Danzar ?

— La pellicule m'a été confisquée.

— Pardon ?

— Vous m'avez bien entendue. Lorsque je suis revenue au camp de l'armée, le colonel m'a confisqué la pellicule en me disant qu'il s'agissait d'un véritable brûlot qui mettrait en danger le processus de paix. Je suis devenue à moitié folle. J'ai hurlé et tempêté. Je me suis adressée à tous les politiciens que je connaissais. Ça n'a servi à rien... Les médecins militaires ont prétendu que j'avais eu une crise de nerfs et ils m'ont collée dans un hôpital de Sarajevo où je suis restée trois semaines. Lorsque je suis sortie, toute l'affaire avait été étouffée de façon très propre. Ça m'a rendue malade. Oui ! Je hais les mensonges.

— Vous en avez le droit, je le crains. Je suis désolé de tout ce qui est arrivé. Vous pensez pouvoir dormir, maintenant ?

Dormir ? Elle se sentait prête à s'effondrer.

— Oui.

— Très bien, alors je vais en faire autant. Bonne nuit.

— Bonne nuit.

Kaldak éteignit la lumière et quitta la pièce, froid, abrupt, maître de lui, comme si ce moment d'intimité n'avait jamais existé. Intimité ? Kaldak n'était qu'un étranger, après tout.

Étranger ? Elle se sentait aussi proche de lui que de la plupart des gens rencontrés au cours de ces dernières années et connaissait par cœur sa façon laconique, cassante, de s'exprimer, sa force brûlante dissimulée sous un masque impassible. Elle avait su percevoir, au-delà des manières menaçantes, la part de gentillesse et d'humour. Autant lier connaissance avec Jack l'Éventreur !

Non. Kaldak tuait par nécessité, pas par plaisir. Il s'était montré violent mais il n'avait jamais fait preuve de brutalité aveugle.

Dans une minute, songea Bess, je lui mettrai une auréole. Elle se prit à sourire. C'était tout de même peu probable.

Que lui était-il passé par la tête lorsqu'il lui avait préparé son verre de lait glacé ?

Kaldak n'avait pas répondu lorsque Bess lui avait posé une question sur les remèdes de sa mère. Quelle impression étrange que d'imaginer Kaldak avec une mère, s'initiant aux tâches ménagères et aux bonnes manières ! Bizarre de l'imaginer avec une mère, tout simplement.

Je ne suis pas sorti d'un rocher en rampant.

Kaldak était apparemment habitué à ce que les gens le considèrent comme un être étrange, dépourvu d'humanité.

C'était exactement ce que Bess était en train de faire.

Désormais, Kaldak était son compagnon. Il avait été son sauveur à San Andreas, son guide et son protecteur lors de la fuite hors des collines de Tenajo. En un sens, Bess commençait à communiquer réellement avec cet homme.

Bess devait admettre que la présence de Kaldak était presque réconfortante.

8

Il était presque neuf heures et demie du matin lorsque de Salmo débarqua de l'avion, à l'aéroport de Hartsfield et près de dix heures lorsqu'il quitta le parking au volant de sa Buick noire de location.

Il vérifia le plan de la ville et décida d'emprunter l'autoroute 1-75 vers le nord.

La pluie tombait mais le trafic demeurait fluide. Il ne lui faudrait pas plus d'une demi-heure pour gagner le siège du CDC. Avec un peu de chance, il pourrait très rapidement expédier sa besogne.

Il fallut presque une heure à Kaldak et à Bess pour arriver au CDC par l'autoroute 1-75. Kaldak trouva un emplacement dans le parking et coupa le moteur.

— Nous ne rentrons pas ? demanda Bess en constatant que Kaldak ne manifestait aucune intention de sortir de la voiture.

— Ed doit venir nous retrouver ici. C'est un homme prudent.

— S'il était réellement prudent, il ne travaillerait pas avec vous, répliqua Bess en scrutant le parking à travers le pare-brise. Il sera trempé.

— Ce qui risque de ne pas améliorer son humeur. Kaldak adressa un signe à un homme de grande taille, dégingandé, qui traversait en courant le parking. Le voilà.

Ed Katz était un homme d'une quarantaine

d'années, aux cheveux bruns clairsemés, au visage étroit et couvert de taches de rousseur. Il monta à l'arrière de la voiture avant de claquer la portière derrière lui.

— C'est mauvais signe.

— La pluie ? interrogea Kaldak.

Katz approuva d'un air sombre.

— Mauvais signe.

Puis il se raidit en s'apercevant de la présence de Bess.

— Qui est-elle ?

— Une amie.

— Oh ! Parfait. Pourquoi tu n'invites pas le monde entier, Kaldak ?

— C'est quelqu'un de sûr.

— Jusqu'à ce qu'ils lui demandent de témoigner contre moi.

— Personne ne témoignera contre toi.

— Si cette histoire se termine mal, tout le monde en prendra pour son grade, dit Katz en tendant sa mallette à Kaldak. Prends ça et laisse-moi filer.

— Merci, Ed.

— Ne me demande plus rien. Tu sais que tu aurais pu t'en occuper toi-même et mieux que moi. C'est un sale boulot.

— Tu as pratiqué un double test ?

— Je suis presque sûr que le résultat est positif mais l'échantillon était en trop mauvais état. Il nous en faudrait beaucoup plus pour arriver à un résultat probant.

— Je sais. Nous allons essayer.

— Fais vite. Je ne veux plus entendre parler de toi avant ça.

— Je ne t'ennuierai plus si je peux l'éviter.

— Alors trouve un moyen de l'éviter, répliqua Ed en sortant de la voiture. Nous sommes quittes, Kaldak. Il hésita un instant et regarda Kaldak, tandis que quelques gouttes de pluie ruisselaient déjà le long de son visage. C'est une sale affaire. Tu penses pouvoir faire quelque chose ?

— Avec l'aide de mes amis, oui.

— Je ne suis pas ton ami. Tu m'entends, Kaldak ? Je ne suis pas ton ami. Ne reviens ici que quand tu auras trouvé un moyen d'arrêter ce truc.

— Je ne reviendrai que si c'est nécessaire, dit Kaldak qui commençait à reculer en douceur. Il dut freiner brusquement pour éviter une Buick noire qui traversait le parking. Je t'appellerai, lança-t-il.

— Surtout pas.

La Buick noire avait dégagé le passage et cherchait un emplacement de parking dans la rangée suivante. Kaldak fit à nouveau marche arrière et s'engagea vers la sortie.

Bess lança un regard par-dessus son épaule et aperçut Katz qui les observait, debout, sous la pluie.

— Il a peur.

— C'est notre lot à tous, n'est-ce pas ?

Bess avait été choquée de constater que même un expert en ce domaine, comme l'était Katz, était terrifié par les résultats des analyses. Elle se rappela soudain une phrase que Katz avait prononcée un peu plus tôt.

— Katz prétendait que vous auriez pu vous en occuper vous-même. C'est vrai ?

— Avec le matériel adéquat, oui.

— Alors vous êtes médecin, comme Katz ?

— Personne ne peut être comparé à Katz.

— N'éludez pas ma question. Vous êtes médecin ?

— Je l'étais. Il y a très longtemps. Ed et moi avons fait nos études ensemble.

— Dans ce cas, pourquoi...

— Pourquoi ai-je arrêté mes études ? Pour me mettre à tuer des gens, l'interrompit Kaldak. Il faut parfois longtemps pour réaliser sa véritable vocation. Katz mène une vie si ennuyeuse.

Kaldak n'avait pas l'intention de lui en dire plus.

Bess disposait au moins de quelques informations que Katz avait laissé échapper, ce qui éclairait de manière nouvelle la personnalité de Kaldak.

Était-ce vraiment le cas ? Depuis l'instant où elle avait rencontré Kaldak, il n'avait cessé d'être une énigme pour elle.

Kaldak lui jeta un regard ironique tout en se frayant un passage parmi les automobiles qui s'engageaient vers l'autoroute.

— Ne vous inquiétez pas. Je n'avais pas l'intention de vous impressionner avec mes innombrables diplômes... Traitez-moi plutôt comme un tueur tout à fait ordinaire, je suis sûr que c'est ce que vous préférez.

Qu'il aille au diable ! Bess changea aussitôt de sujet.

— Est-ce qu'il nous aidera en cas de besoin ?

— Oui.

— Il a l'habitude de manipuler des germes dangereux, alors pourquoi est-il si effrayé par l'anthrax ?

— C'est à cause des billets de banque. Katz a très bien réalisé le danger. L'argent est une chose vivante.

— Ce n'est que du papier.

— Vraiment ? Prenez un billet de vingt dollars dans votre portefeuille.

Bess ouvrit son sac, sortit son porte-monnaie et essaya d'y trouver un billet de vingt dollars.

— C'est stupide. Ce n'est qu'un morceau de papier.

— Déchirez-le.

La main de Bess se referma par instinct sur le billet.

— Ne soyez pas ridicule. Nous pourrions en avoir besoin.

— Vous voyez, c'est plus que du papier, c'est bien vivant. Cette coupure de vingt dollars pourrait vous permettre d'envoyer vos enfants à l'université, de payer votre loyer, de quitter un travail que vous détestez, d'acheter un peu d'héroïne pour mettre un terme à la torture du manque... Qui refuserait de le prendre, même s'il existe un risque de contamination ? La plupart des gens pensent que les malheurs n'arrivent qu'aux autres.

— Je peux le déchirer.

— Allez-y.

Bess déchira le billet en deux.

— Félicitations ! dit Kaldak. Mais qu'est-ce que vous faites ?

— Je range simplement les deux morceaux dans mon porte-monnaie.

— De façon à pouvoir les recoller par la suite.

Les yeux de Bess s'agrandirent au fur et à mesure qu'elle réalisait qu'elle venait d'agir exactement comme l'avait prévu Kaldak.

— Ce serait stupide de perdre cet argent pour le plaisir d'une expérience idiote.

— C'est vrai, admit Kaldak au moment même où ils débouchaient sur l'entrée de l'autoroute. On dit que l'instinct de conservation est la loi primordiale. Vous ne pensez pas que ce billet vient de nous en donner la preuve ?

Vivant. L'idée semblait absurde ou plutôt effrayante, parce que Bess en saisissait maintenant la pleine signification. L'argent était plus qu'un simple moyen d'échange, il était étroitement imbriqué dans la vie et dans les rêves des êtres humains. Esteban n'aurait pas pu choisir un moyen plus séduisant de répandre la mort.

— C'est diabolique.

— Absolument.

— Pourtant, si les gens étaient prévenus, ils ne prendraient sûrement pas l'argent.

— C'est possible. Mais lorsque nous les verrons brûler ou déchirer les billets, la situation sera vraiment grave. Avez-vous pensé à la réaction émotionnelle qui suivrait un tel acte ? Le désespoir. La frustration. La fureur. Ce serait l'anarchie, poursuivit Kaldak. Précisément ce que souhaite Habin. L'idée d'utiliser de l'argent vient de lui. Le vol des planches à Denver est le résultat d'un travail de sept années de minutieux préparatifs.

— Où fabriquent-ils la fausse monnaie ?

— Dans une installation souterraine, en Libye. Je pense qu'ils ont déménagé au début de l'année, lorsqu'ils ont commencé à falsifier des billets américains.

— Où ça ?

— Certainement quelque part aux États-Unis.

— Vous n'en êtes pas sûr ?

— Non, mais il serait logique de leur part de vouloir éviter de transporter le germe de l'anthrax d'un bout à l'autre du globe.

— Mais que savez-vous de plus, grands dieux ?

— J'ai découvert une piste qui mène à Waterloo, dans l'Iowa.

— Comment ?

— Esteban s'est débarrassé d'un lieutenant qui devenait trop curieux au sujet de Tenajo. J'ai fouillé ses affaires par la suite.

Kaldak avait dû tuer le lieutenant de ses propres mains. Il n'était que trop facile d'imaginer la logique des événements.

— Oui, dit Kaldak, répondant ainsi à la question muette de Bess. Si je n'avais pas liquidé Galvez, je n'aurais pas pu disposer des informations m'ayant permis de vous faire quitter San Andreas.

— Waterloo, Iowa, murmura Bess.

Elle secoua la tête. Elle parvenait à imaginer un laboratoire secret et dissimulé en Libye, ou même au Mexique, mais pas au cœur même de l'Amérique.

— Ainsi, le laboratoire et la fabrique de faux billets se trouveraient tous deux dans l'Iowa ?

— Probablement.

Toute l'installation serait donc en place, prête à agir.

— Quelle pourrait être la cible ? murmura Bess. Comment la découvrir ? Elle eut soudain conscience d'un trouble fugitif dans l'expression de Kaldak. Êtes-vous en train de me mentir, Kaldak ? Vous connaissez la cible ?

— Je ne vous ai pas menti. Je ne suis sûr de rien.

— Vous avez tout de même une idée ?

— Galvez avait reçu un fax de Morissey qui se livre apparemment à un travail d'éclaireur. Le fax précisait qu'il devait séjourner un moment dans la ville de Cheyenne.

— Vous n'allez pas les prévenir ?

— Le nom de Cheyenne était simplement mentionné en passant, sans faire état d'une quelconque menace. Devrais-je semer la panique dans toute une ville sans aucune preuve tangible ?

— Oui, vous devriez.

— Si Esteban l'apprenait, il se contenterait de changer de cible et nous perdrions toute chance de les retrouver.

— Peu importe que nous les arrêtions ou non. Je ne veux pas d'un autre Tenajo, coupa Bess.

— Croyez-moi, dit Kaldak d'un ton déterminé. Il n'y aura pas de deuxième Tenajo. Pas si je peux agir pour l'empêcher.

Et s'il ne parvenait pas à l'éviter ? Bess s'enfonça dans son siège. La pluie martelait le toit de la voiture.

« Mauvais signe », avait dit Ed Katz.

Bess espérait qu'il se trompait. La situation était suffisamment grave, nul besoin de sinistres présages pour s'en rendre compte.

— Je les ai manqués, dit de Salmo. Je suis arrivé trop tard.

— C'était un risque à courir, répondit Esteban.

— Est-ce que je dois rester dans les parages ?

— Non. Prends l'avion pour La Nouvelle-Orléans.

— C'est là qu'elle doit se rendre ?

Un sourire barra le visage d'Esteban.

— Oh oui ! Je suis certain qu'elle ira à La Nouvelle-Orléans...

— Où se trouve cette cache ? demanda Bess en regardant par la fenêtre. La pluie avait diminué en intensité alors qu'ils avançaient vers l'est, mais un crachin persistait. Nous avons atteint la Caroline du Nord, n'est-ce pas ?

— Depuis une vingtaine de minutes. Nous allons bientôt arriver. Le refuge se trouve à Northrup, une petite ville un peu plus au sud.

— Je veux que vous appeliez Yael dès notre arrivée, insista Bess.

— Comme vous voulez. Mais je vous répète qu'il n'a peut-être pas pu...

Kaldak fut interrompu par la sonnerie de son téléphone portable. Il le sortit en hâte de la poche de son blouson et prit la communication.

Merde !

En écoutant son correspondant, bouche tordue en un rictus anxieux, l'impassibilité avait totalement disparu du visage de Kaldak. Une veine battait même sur ses tempes.

— Tu en es certain, Ramsey ? Quand ?

Quelque chose ne tourne pas rond, songea Bess. L'anthrax ? Esteban l'avait-il déclenché...

— Pas question. Je ne peux pas faire ça. Je refuse, insista-t-il.

Kaldak coupa la communication et écrasa l'accélérateur.

— Qu'est-ce qui ne va pas ? Que se passe-t-il ?

— Un instant.

Kaldak quitta l'autoroute pour s'engager sur une voie secondaire.

— S'agit-il de l'anthrax ? reprit Bess.

Kaldak serrait le volant si fort que les jointures de ses mains en étaient toutes blanches.

— Non. Il y a du nouveau à La Nouvelle-Orléans.

— Du nouveau ?

— Une annonce dans le *Times-Picayune* de ce matin.

— Mais de quoi parlez-vous ?

— L'avis de décès d'Emily Grady Corelli. L'enterrement est annoncé pour dans deux jours.

Le choc paralysa Bess. Elle pouvait à peine respirer, puis elle se ressaisit enfin.

— Non ! C'est impossible. C'est de la folie. Esteban essaie de nous jouer l'un de ses coups tordus.

Kaldak secoua la tête.

— Ne me dites pas que c'est vrai, insista Bess d'une voix tremblante. Ce n'est pas possible. Emily était au Mexique. Comment aurait-il pu... C'est un mensonge !

— J'aimerais que ce soit le cas, dit Kaldak d'une voix plus sourde. Ce serait mon souhait le plus cher, Bess. Elle est au funérarium Duples, sur la Première Rue. Le corps est arrivé par avion à La Nouvelle-Orléans, la nuit dernière, avec de faux certificats des services de santé et des instructions détaillées pour les funérailles.

— C'est un mensonge. Il a déjà prétendu qu'elle était morte et que son corps se trouvait à la morgue mais c'était le corps de Rico. Ce n'était pas Emily, c'était Rico.

— Cette fois-ci, il s'agit bien d'Emily. Ils ont pris les empreintes digitales et...

— Je n'y crois pas. Vous m'avez dit que Yael la trouverait, qu'il la ramènerait...

— Elle est morte, Bess.

Bess ne parvenait pas à y croire. Si elle croyait à la mort d'Emily, sa mort deviendrait une réalité.

— Non ! Écoutez-moi. J'irai à La Nouvelle-Orléans, au funérarium et je prouverai que...

— Non !

Kaldak se tourna soudain vers elle et l'attira dans ses bras.

— Je suis désolé, Bess, Dieu seul sait à quel point je suis désolé.

Kaldak tentait de la réconforter, songea Bess avec confusion, comme noyée dans le brouillard. Mais elle ne pouvait l'accepter. Accepter le réconfort signifiait accepter la mort d'Emily.

— Je veux la voir.

— C'est un piège. Pourquoi Esteban a-t-il fait transporter le corps jusqu'à La Nouvelle-Orléans ? C'est là que vous vivez. Il savait que nous allions surveiller tout ce qui se passerait là-bas. Il cherche à vous y attirer.

— Il l'a tuée ?

Kaldak conserva un instant le silence.

— Il n'a pas eu besoin de la tuer, reprit-il. Elle est morte depuis longtemps. Nous pensons que l'anthrax l'a tuée dès la première nuit, à Tenajo.

— Non ! Elle n'était pas malade. Elle n'était pas à San Andreas. C'était Rico qui...

— Allons, allons... Les doigts de Kaldak caressaient les cheveux de Bess. Sa voix tremblait légèrement. Je ne peux pas supporter ça ! Oh ! Je ne pensais pas que cela puisse se passer ainsi...

— Je dois y aller. Emily n'est pas morte. Je le sais. Elle n'est pas...

— Bess, Emily est morte et Esteban cherche à vous tuer. Je ne peux pas vous laisser aller à La Nouvelle-Orléans.

— Vous ne pouvez pas m'en empêcher, dit Bess en s'écartant de Kaldak.

— Écoutez-moi. Ramsey fait tout son possible pour que les analyses aboutissent au plus vite. Nous disposerons de preuves absolues d'ici un jour ou deux.

— Je n'ai rien à faire de vos preuves. Rien de tout ça n'est vrai. Partons d'ici. Conduisez-moi à un aéroport, peu importe lequel.

— Non ! dit Kaldak en évitant le regard de Bess. Je ne peux pas faire ça.

— Si ! Je n'irai pas dans votre cache ni dans aucune autre. Vous vous passerez de votre fichu témoin.

Kaldak secoua la tête.

— Vous ne pouvez pas refuser, insista Bess. C'est de ma vie qu'il s'agit.

— Non. Pas uniquement.

Que signifiaient donc les propos de Kaldak ?

— Il existe de fortes chances pour que vous soyez immunisée contre le virus mutant de l'anthrax, poursuivit Kaldak.

Bess le contempla, muette de saisissement.

— Immunisée...

— Vous auriez dû mourir à Tenajo. Tous les autres sont morts.

— Vous m'aviez dit que l'anthrax se dissipait trop tôt pour que...

— Le virus s'était affaibli mais il était encore assez puissant. Il a tué Rico. Il a tué votre sœur.

— Il n'a pas tué Emily. Esteban...

— Le virus les a tués, Bess, insista Kaldak. Vous avez survécu. Pourquoi, à votre avis, Esteban ne voulait-il pas vous tuer immédiatement ? Parce qu'il ne comprenait pas pourquoi vous étiez encore en vie. Il voulait analyser votre sang.

— Je ne me souviens pas...

Emily se rappela soudain les pansements sur son bras. Toutes ces piqûres n'étaient pas des injections de sédatifs, réalisa-t-elle soudain.

— Esteban n'en parlait à personne mais je sais qu'il n'a pas aimé ce qu'il a découvert dans votre sang.

— Qu'est-ce que... Qu'a-t-il trouvé ?

— Des anticorps. Le virus ne peut vous atteindre.

— Vous ne pouvez pas en être sûr !

— Si. J'ai volé un des échantillons de sang avant de quitter San Andreas. Ed l'a analysé hier soir. Il était trop abîmé pour être vraiment utile mais le test d'immunité était clairement positif. Vous comprenez ce que ça signifie ? Il suffira peut-être de quelques semaines ou même de quelques jours pour développer un vaccin, au lieu de plusieurs mois ou d'un an. C'est la raison pour laquelle vous ne pouvez pas prendre de risques. C'est vous qui détenez la réponse, Bess. Il vous faudra subir de fréquentes prises de sang pour permettre au CDC de mettre au point une thérapie qui déjouera les plans d'Esteban.

La réponse. Bess ne souhaitait pas être une réponse à quoi que ce soit. Elle voulait seulement que tout redevienne comme avant Tenajo. Elle voulait qu'Emily soit vivante.

Emily était vivante. Kaldak l'avait presque convaincue qu'elle était morte, que son corps reposait dans ce funérarium de La Nouvelle-Orléans.

— Je vais aller la voir.

— Ils vous y attendent.

— Ainsi, vous voulez protéger votre approvisionnement en sang frais. Je suis désolée de gêner vos plans mais vous devrez attendre La Nouvelle-Orléans pour une nouvelle prise de sang, répliqua Bess d'un ton amer. À moins que vous ne souhaitiez suivre l'exemple d'Esteban et m'enfermer en me gavant de sédatifs.

— Certains y ont effectivement pensé, mais pensez-vous vraiment que je les aurais laissés faire ? ajouta-t-il d'un ton dur en voyant Bess tressaillir. Je ne vous en ai parlé que pour vous faire comprendre à quel point vous êtes importante dans cette affaire. Ramsey ne voulait même pas que je vous prévienne de la mort de votre sœur.

— Emily n'est pas morte.

— Si vous le pensez réellement, pourquoi courir le risque de tomber dans le piège d'Esteban ?

Parce qu'elle devait être sûre, elle devait se rendre compte par elle-même.

— Si je suis immunisée, Emily l'est aussi. C'est

ma sœur et elle a toujours été en meilleure santé que moi. J'attrapais toujours les grippes, les rhumes et...

— Ça ne prouve rien, intervint Kaldak avec douceur.

— Et Jessie, s'écria Bess avec désespoir. Que dites-vous de Jessie ? Elle doit être immunisée, elle aussi.

— Jessie n'a pas d'anticorps auto-immunes. Esteban s'en est désintéressé très vite. Elle a seulement eu de la chance de ne pas entrer en contact avec l'argent contaminé. Vous et votre sœur alliez de maison en maison. Vous avez dû forcément avoir un contact physique avec cet argent à un moment ou à un autre.

La cantina, le magasin... Bess était incapable de se souvenir de tous ces endroits. Elles n'avaient utilisé les masques et les gants qu'après avoir examiné les corps dans la *cantina.* Avaient-elles touché les pesos pendant ce temps, sans s'en apercevoir ?

Bess sentait la peur se frayer un chemin en elle. La logique de Kaldak était implacable mais elle ne pouvait l'accepter.

— C'est faux. Ce n'est pas elle. Emmenez-moi à La Nouvelle-Orléans et je vous le prouverai.

Kaldak ne répondit pas un mot.

— S'il vous plaît, Kaldak, murmura-t-elle. S'il vous plaît.

— Que le diable vous emporte ! gronda Kaldak en démarrant. Il vaut mieux revenir vers Atlanta. Nous pourrons y prendre un vol direct pour La Nouvelle-Orléans.

Une vague de soulagement submergea Bess.

— Merci, Kaldak.

La violence de l'accélération donnée par Kaldak fit hurler les pneus.

— Merci pour quoi ? Pour ma stupidité ? Pour accepter de vous voir risquer votre vie ? Pour mettre en danger une ville entière ? Kaldak composa un numéro sur son téléphone portable. Nous arrivons, Ramsey. Il attendit un moment avant de reprendre la conversation. Je m'en fiche, Ramsey. Nous arrivons. Occupez-vous de la sécurité. Kaldak coupa la communication et composa un autre numéro. Rendez-vous dans une heure au bureau de Hertz à l'aéroport, Ed. J'aurai un échantillon pour toi. Kaldak éteignit son mobile et se tourna vers Bess. Lorsque nous serons à l'aéroport, il me faudra faire une prise de sang pour Ed Katz.

— Comment allons-nous...

— J'avais demandé à Ed de prévoir du matériel de prise de sang dans la mallette qu'il m'a remise ce matin. Je savais qu'il me faudrait lui donner un échantillon dès que possible.

— Ainsi, vous saviez... dit Bess d'une voix lente. Quand pensiez-vous m'en parler ?

— Après avoir gagné le refuge. Mais j'avais décidé de vous avertir, dès que je l'ai su.

— Pourquoi ne pas me l'avoir dit à ce moment-là ?

— C'était trop risqué. Vous ne pensiez qu'à votre sœur, bien sûr. Si vous vous étiez rendu compte de la valeur que vous aviez aux yeux d'Esteban, vous auriez été tentée d'organiser un échange.

— Et vous ne l'auriez pas permis.

— Non ! Je ne l'aurais pas permis, confirma Kaldak d'un air sombre. Pas plus que je ne vous autoriserai à vous rendre à La Nouvelle-Orléans sans avoir obtenu un échantillon de votre sang. Je veux laisser une petite chance à Ed, même s'ils vous tuent.

La brutale franchise de Kaldak aurait dû choquer Bess mais il n'en fut rien. Il fallait qu'elle se contrôle, à tout prix, ou son esprit volerait en mille morceaux. Elle devait garder la tête froide jusqu'à ce qu'elle retrouve Emily.

Oh non ! Ça ne pouvait pas être Emily...

Emily était saine et sauve, elle se cachait dans les

collines du Mexique. Il existait tant d'endroits où se cacher. Elle-même et Jessie avaient réussi à trouver des creux dans les broussailles, des grottes et...

Ça ne pouvait pas être Emily.

9

Le funérarium Duples était une grande bâtisse blanche. Le crépi commençait à s'écailler et la pelouse jaunissait par taches. Une statue d'un ange ailé jouant de la trompette était perchée sur un piédestal, devant la porte d'entrée.

D'une humeur maussade, Bess se demanda si cette sculpture était censée représenter l'archange Gabriel. Emily aurait détesté cet endroit, elle qui aimait ce qui était propre, net et bien entretenu.

La main de Kaldak serra son coude.

— Vous pouvez encore changer d'avis.

Bess refusa d'un signe de tête et accéléra le pas, le long de l'allée. Il fallait en finir. Démontrer qu'il y avait eu une monstrueuse erreur et quitter ce lieu.

Un homme de grande taille, aux cheveux gris, apparut soudain à leur côté.

— Vous êtes allé trop loin, Kaldak. Vous tenez vraiment à ce qu'ils l'abattent ?

— C'est votre boulot de faire en sorte que ça n'arrive pas, Ramsey. Vous avez fait vérifier le funérarium ?

— Oui. Faites-la sortir d'ici.

Kaldak balaya du regard la rangée de maisons, de l'autre côté de la rue.

— Là aussi ?

— Nous les avons visitées. Pas de tireurs embusqués. Je leur ai dit qu'il s'agissait d'une visite présidentielle. Ils vont probablement appeler leur représentant au Congrès. Qu'est-ce qui pourrait justifier la présence du président dans un endroit pareil ?

— Où est-elle ?

— Première salle sur la gauche, répondit Ramsey en se tournant vers Bess. C'est une perte de temps, madame Grady. Je suis sûr que vous ne souhaiterez pas poursuivre cette visite. Le corps se trouve dans un cercueil scellé.

— Pourquoi ?

Ramsey s'agitait, mal à l'aise.

— Elle est morte dans les collines et elle a d'abord été enterrée là-bas. Il faisait très chaud et les circonstances ne permettaient pas de...

— Vous voulez dire qu'Esteban a exhumé son corps pour l'envoyer ici ?

Comment pouvait-on faire preuve d'une aussi atroce cruauté ? Mais après tout, il en fallait déjà beaucoup pour être capable de creuser un trou et d'y jeter le cadavre d'une femme.

Mais ce ne pouvait être Emily. Quelqu'un d'autre gisait dans ce cercueil.

Bess ouvrit la porte et pénétra dans l'immeuble. Première porte sur la gauche. Un cercueil de chêne au milieu de la pièce. Des cierges brûlaient de chaque côté. Pas de fleurs. Où étaient les fleurs ?

Sa poitrine oppressée faisait souffrir Bess. Elle parvenait à peine à respirer.

— Ouvrez le cercueil, Kaldak.

— Non.

— Ouvrez-le, Kaldak.

— Vous avez entendu Ramsey. Vous ne voudriez pas voir...

— Je dois voir. Je dois savoir. Ouvrez-le ou je m'en occupe moi-même.

Kaldak étouffa un juron et fit un pas en avant. D'un geste, il souleva le couvercle du cercueil.

Elle y jetterait juste un coup d'œil et elle saurait enfin qu'ils s'étaient tous trompés.

Juste un coup d'œil et tout serait terminé.

Oh ! Mon Dieu !

Kaldak rattrapa Bess dans sa chute.

Emily.

Bess réalisait très vaguement que Kaldak la portait en montant l'escalier qui menait à son appartement, à sa chambre. Comment étaient-ils arrivés jusqu'ici ?

— Allons, calmez-vous. Ne pensez à rien. Essayez de dormir.

— Je ne croyais pas que...

— Je sais.

— A-t-elle souffert ?

— Pas longtemps.

Les doigts de Bess labouraient les épaules de Kaldak. Emily, si chaleureuse, si intelligente, si...

— Ils l'ont jetée dans ce trou, Kaldak. Personne ne mérite de... Je ne lui ai même pas dit adieu. Je lui ai donné Jessie et je suis partie. J'aurais dû lui dire adieu.

— Emily pouvait comprendre...

— Mais j'aurais dû...

— Je vous en prie, arrêtez de pleurer.

Pleurait-elle ? Elle n'avait aucune conscience de ses larmes. Son corps tout entier la faisait souffrir comme une plaie ouverte.

— Je suis désolée.

— Je ne voulais pas dire que... Kaldak s'assit sur une chaise en maintenant Bess sur ses genoux. Pleurez si vous le voulez. Frappez-moi. Faites ce que vous voulez. Mais ne... ne souffrez plus ainsi, insista-t-il.

— Je n'y peux rien. Elle est... elle est morte.

L'horrible vérité déchirait l'âme de Bess. Emily gisait dans ce cercueil de chêne brillant, au funérarium. Emily ne rirait plus, ne sourirait plus, ne viendrait plus jamais l'agacer avec son habitude de tout régenter.

— Ça ira, dit Kaldak, dont la voix basse exprimait la douleur et la consternation. Ça ira mieux. Je vous le promets, les choses vont s'arranger.

Comment pourraient-elles s'arranger ?

Emily était morte.

Kaldak déposa Bess sur le lit avec douceur et remonta la couverture sur ses épaules. Il espérait qu'elle ne se réveillerait pas tout de suite. Il lui avait fallu des heures pour s'endormir. Il quitta la chambre en silence et ferma la porte.

Il se laissa tomber dans un fauteuil et sa tête se posa contre le dossier. Il ne voulait plus jamais vivre de pareils instants tant il avait ressenti la peine et la douleur de Bess comme si elles avaient été siennes. La perte qu'elle avait subie lui appartenait aussi, comme la responsabilité, comme la culpabilité. Oh oui ! Surtout la culpabilité.

Cesser d'y penser. C'était terminé, maintenant. Il fallait désormais trouver un moyen de protéger la jeune femme, de l'empêcher de souffrir, pour toujours.

Oui, voilà ce qu'il allait faire.

Il balaya du regard le petit salon de l'appartement de Bess. Le mobilier aux lignes claires était simple, à part les chaises et le canapé recouverts de tissu rayé lie-de-vin et beige. Kaldak fut frappé par les photos qui ornaient les murs : une petite fille noire aux grands yeux mélancoliques, Jimmy Carter en chemise à manches courtes dans un magasin Habitat, le bandit somalien dont il avait parlé à Bess. Sur une petite table, dans un coin, des photos de famille : Emily, beaucoup plus jeune, se promenant au bord d'une rivière, vêtue d'un jean et d'un tee-shirt ; Emily en robe de mariée, au bras d'un homme élancé en smoking ; Emily avec une petite fille rousse au regard effronté. Partout, Emily.

Le regard de Kaldak se posa alors sur le tapis persan qui recouvrait le parquet en chêne, puis sur les plantes qui agrémentaient la pièce.

Les plantes.

Kaldak frôla du doigt les violettes disposées sur la table, à côté de lui. Elles étaient fraîches.

Il s'approcha du téléphone et composa le numéro de Ramsey.

— Vous m'aviez dit que son appartement était sûr, dit-il à Ramsey qu'il avait en ligne. Bess n'est presque jamais chez elle. Qui possède une clé pour arroser ses plantes ?

— Ne vous inquiétez pas. Son propriétaire passe deux fois par semaine. Personne n'a essayé de l'approcher. Vous n'êtes pas le seul à connaître votre boulot, Kaldak.

— Désolé, Ramsey.

— Comment va-t-elle ?

— À votre avis ?

— Vous n'auriez pas dû l'emmener, je vous avais prévenu.

— Aucun signe d'Esteban ?

— Pas encore, mais il a un homme à lui dans les parages.

Oui, Kaldak le savait. Esteban avait sans doute posté un homme au funérarium lors de leur visite et il savait très exactement maintenant où se trouvait Bess.

— Avez-vous vérifié le service de fret aérien ?

— Pour eux, c'était un boulot comme un autre. Ils ne sont peut-être pas très regardants pour les fausses attestations, mais il n'y a rien de plus à signaler. Kaldak, nous devons discuter, tous les deux.

— Plus tard, je ne peux pas la laisser seule ici.

— Que donnent les analyses de sang ?

— Nous pensons qu'elles seront positives. Je dois

appeler Katz pour vérifier les résultats du nouvel échantillon.

Ramsey étouffa un juron.

— Positives ? Et vous l'avez laissée venir ici ? Vous êtes cinglé ?

— Probablement, répliqua Kaldak avant de changer de sujet. Des nouvelles de Yael ?

— Pas depuis hier, mais il ne devrait pas tarder. Quand pensez-vous amener Bess Grady dans ce refuge ?

— Occupez-vous plutôt de découvrir dans quel coin de l'Iowa se cachent le labo et l'atelier de contrefaçon et laissez-moi me charger de Bess.

— Ce n'est pas très malin, Kaldak. Elle risque de se faire tuer et qu'arrivera-t-il alors si Esteban se décide à...

— Je vous contacterai.

Kaldak raccrocha. Il n'avait pas besoin de Ramsey pour lui rappeler son imprudence. Il composa le numéro de Katz à Atlanta.

— Ça y est ! Nous avons les résultats définitifs. Les mots se bousculaient dans la bouche de Ed Katz qui ne parvenait pas à refréner son excitation. Nous pouvons travailler à partir des échantillons. Mais il nous en faut plus, beaucoup plus.

— Que veux-tu que je fasse ? Lui vider les veines ?

— Non, bien sûr que non ! Mais ça ne me ferait pas de mal de disposer d'un autre échantillon dès maintenant.

— Dès que je le pourrai.

— Maintenant.

— Elle vient de voir le corps de sa sœur dans un cercueil.

— Oh ! Je vois. Mais tu pourrais peut-être lui expliquer à quel point il est important de...

— Au revoir, Ed.

— Attends ! Elle est sous le choc ?

— Quelle question ! Bien sûr, elle est sous le choc !

— Ne lui donne pas de sédatifs. Les résultats d'analyse de l'échantillon que tu vas me donner s'en trouveraient...

— Je lui donnerai ce dont elle a besoin. Si je dois l'assommer pour les prochaines vingt-quatre heures, je le ferai.

— Inutile de t'énerver. C'est ta partie que tu joues... Envoie-moi quelque chose dès que possible.

Kaldak glissa le téléphone portable dans sa poche.

« C'est ta partie... »

Dans un sens, c'était vrai et on lui permettait d'encaisser les buts. Mais un honneur douteux, accordé parce que personne d'autre ne voulait s'y coller. Trop de choses pouvaient aller de travers car trop de choses étaient déjà... allées de travers. Un seul élément positif jusqu'à présent dans cet irrémédiable gâchis : l'immunité de Bess.

Il était donc condamné à traiter Bess comme si elle était un cobaye de laboratoire. Peu importait ce qu'elle ressentait ou non. Au diable la liberté individuelle ! Il fallait penser au bien commun, se servir de Bess.

Cela rendait Kaldak malade. Comme un cauchemar qui durait depuis déjà trop longtemps.

— Alors, elle a mordu à l'hameçon ? Elle est ici ?

Esteban se sentit parcouru d'un frisson de plaisir.

— Elle a eu un malaise au funérarium, répondit Marco de Salmo. Elle est chez elle, avec Kaldak.

— Y a-t-il un moyen de l'atteindre ?

— Elle est protégée, très bien protégée. Pas une seule occasion ne s'est présentée au funérarium.

— Tu as été engagé pour réussir, martela Esteban d'une voix trop douce. Je suis sûr que tu y arriveras. Nous n'avons pas beaucoup de temps et ils la feront sans doute disparaître pour la mettre à l'abri dès que possible. Je préfère ne pas te dire à quel point je serais fâché si ça arrivait, après tout le mal que je me suis donné...

— J'ai mis son téléphone sur écoute. Et je surveille l'appartement. Nous ne risquons plus de la perdre.

— Je l'espère. Chaque minute de sa vie est une minute dangereuse. Pour toi comme pour elle.

Il y eut un silence à l'autre bout de la ligne.

— Je trouverai un moyen.

— J'ai toute confiance en toi.

Esteban raccrocha. Il éprouvait un relatif sentiment de confiance envers Marco de Salmo, l'ayant toujours trouvé très efficace, en dépit d'un certain manque d'imagination. L'imagination était un atout précieux pour un assassin... Kaldak n'en manquait pas et c'était l'une de ses principales qualités.

Perez apparut sur le seuil de la porte.

— Un appel de Morissey sur votre portable. Vous m'aviez demandé de vous le passer, quelle que soit l'heure.

Morissey ? Esteban s'empressa de saisir le téléphone. Bien sûr, il voulait lui parler. Il était sur des charbons ardents depuis des semaines. Il avait déjà fallu trop de temps à Morissey pour localiser l'homme qu'ils recherchaient.

— Tu l'as trouvé ?

— Cody Jeffers. Vingt et un ans. Un solitaire. Il a tendance à beaucoup se vanter. C'est un pilote de stock-car de second ordre. Il a passé les deux dernières semaines à hanter les circuits et à s'en prendre aux pilotes de haut niveau. Il s'est retrouvé troisième et quatrième dans des courses de moindre importance mais il flambe son argent aussi vite qu'il le gagne. C'est le profil que tu recherches ?

— Oui.

— Tu veux que je me charge de l'approcher ?

Cette partie du plan était trop importante pour être confiée à des subalternes. Jeffers était une pièce charnière du dispositif et Esteban devait s'assurer qu'il était l'homme de la situation.

— Non. Je m'en occuperai moi-même. Où il est ?

— Ici dans le Wyoming, à Cheyenne. Au Majestic Hotel. C'est un bouge qui se trouve juste à côté des pistes.

— Viens me chercher à l'aéroport. J'y serai demain matin. Perez te contactera et t'indiquera le numéro du vol.

Esteban coupa la communication et s'enfonça dans son fauteuil. Il avait enfin trouvé l'élément qui lui manquait et la femme Grady serait bientôt morte.

La situation évoluait de façon tout à fait satisfaisante.

La lumière du jour filtrait à travers les rideaux de dentelle de la fenêtre. Bess avait toujours aimé ce spectacle de clair-obscur qui jouait à renouveler les formes sans cesse. Elle avait acheté la dentelle à Amsterdam, puis l'avait installée à la fenêtre, entourée de draperies en laine à rayures, s'étant bien assurée que les plis tombaient droit. Elle en avait même offert un pan à Emily, pour les rideaux de la chambre de Julie. Emily s'était moquée d'elle en disant que la dentelle ne convenait pas à sa personnalité et que...

Emily.

La douleur se réveilla soudain et Bess ferma les yeux, tentant d'ôter de son esprit l'image de sa sœur.

— Ne vous rendormez pas.

Les yeux de Bess s'ouvrirent à nouveau. Kaldak était assis à côté du lit.

— Vous avez dormi plus de dix heures, dit-il doucement. Il faut manger, maintenant. Je vais vous préparer de la soupe et un sandwich.

— Je n'ai pas faim.

— Vous devez manger quelque chose. Prenez

d'abord une douche et habillez-vous, ordonna Kaldak avant de quitter la chambre.

Il était plus froid, calme et déterminé que jamais, constata Bess. Pourtant, la nuit dernière, il l'avait tenue dans ses bras, l'avait bercée, consolée. Il avait souffert avec elle, partagé sa peine comme si Emily était sa propre sœur.

Emily.

— Levez-vous, cria Kaldak de la cuisine.

Qu'il aille au diable. Elle n'avait pas envie de se lever. Elle voulait dormir et oublier la vision d'Emily dans son cercueil.

Kaldak revint dans la chambre, l'aida à se lever et, d'un geste doux et gentil, la poussa vers la salle de bains.

— Je vous laisse dix minutes. Vous n'irez pas mieux en dormant à longueur de journée mais en prenant les choses en main.

— Cessez de me faire la leçon. Vous ne savez même pas comment...

Kaldak avait déjà quitté la pièce.

Bess ferma brutalement la porte de la salle de bains avant de s'y appuyer. Elle se mit alors à pleurer.

— Allez au diable ! Allez au diable, Kaldak !

Et qu'Esteban aille aussi rôtir en enfer, lui qui avait tué Emily et l'avait jetée dans un trou, comme si elle n'était qu'un sac de sable. Un monstre. Un monstre qui sortait en rampant de sous les rochers, pour tuer, pour déchirer et répandre la souffrance.

— Cinq minutes, Bess.

Kaldak ne pouvait-il pas la laisser en paix un instant ? s'insurgea Bess en se déshabillant pour passer sous la douche. Il se comportait d'ailleurs comme Emily quand elle...

Fallait-il que tout lui rappelle Emily ? Kaldak n'avait rien de commun avec Emily. Personne ne ressemblait à Emily.

Bess se glissa sous le jet de la douche.

Emily était vive, intelligente, loyale, aimante. Ce monstre l'avait tuée.

Il faut démasquer les monstres et les montrer au monde.

Ils savaient pourtant tous qui était le monstre et cela ne l'avait pas empêché de tuer Emily. Et le monstre se promenait en toute liberté, respirait, se nourrissait, parlait et riait tandis qu'Emily était morte.

Pendant ce temps Bess se lamentait et pleurait, parce que rien ni personne ne les avait empêchés. Rien n'avait empêché cela, à Tenajo. Personne n'avait rien fait non plus à Danzar.

Elle-même n'avait rien pu empêcher.

Emily était morte et elle ne faisait rien.

— Bess ?

Kaldak était là, à côté de la douche. Bess apercevait sa silhouette massive à travers la buée.

— Allez-vous-en, Kaldak.

— Venez, le déjeuner est prêt.

— Allez-vous-en !

— Vous êtes restée assez longtemps sous la douche.

Kaldak commença à entrouvrir la porte de la cabine.

— Sortez ! s'écria Bess en refermant la porte. Je vous rejoindrai quand je serai vraiment prête. Pour l'instant, laissez-moi seule.

Kaldak demeura immobile, stupéfié de l'explosion de fureur de Bess.

Bess était surprise, elle aussi. Elle venait de réaliser à quel point sa colère avait débordé, avec une vitesse et une intensité folles. Elle serrait si fort les poings que ses ongles pénétraient dans la chair de ses paumes. Elle était submergée par la colère qui se succédait par vagues, sans répit.

Esteban.

— Votre peignoir est accroché au portemanteau, sur la porte, dit Kaldak.

La porte se referma. Elle était seule.

Non. Pas seule.

Elle revit soudain Emily au funérarium. Pourrait-elle un jour conserver une autre image de sa sœur ? Tout autre souvenir serait-il condamné à l'oubli ?

Faire disparaître à jamais cette vision de son esprit, l'écarter... Sinon, elle ne pourrait qu'être usée par les larmes. Elle devait penser, réfléchir. Elle ne pouvait plus s'autoriser de telles faiblesses. Elle devait se montrer forte, ainsi qu'Emily l'eût été à sa place.

Elle venait enfin de comprendre qu'il ne suffisait pas de dévoiler les monstres aux yeux du monde.

Il fallait aussi les tuer.

Une heure se passa avant que Bess ne sorte de la salle de bains.

Kaldak leva les yeux lorsqu'elle entra dans la cuisine, il se redressa et prit le bol de soupe.

— Votre soupe est froide. Je vais la réchauffer.

— Vous servez le repas dans la cuisine ? s'enquit-elle avec un sourire pâle. Votre mère ne serait pas contente.

— Elle savait ce qu'était une situation d'urgence. Asseyez-vous.

— Je suis désolée, reprit-elle d'une voix hésitante. Je me suis mise en colère... contre vous. Vous essayiez seulement de m'aider.

— C'est sans importance.

— Vous avez fait preuve de beaucoup de gentillesse à mon égard, hier soir. Merci.

— Pour l'amour du ciel, je n'ai pas besoin de vos remerciements ! s'écria Kaldak en plongeant ses yeux dans ceux de Bess. Vous allez mieux, à présent ?

Non, Bess n'allait pas mieux. Emily était morte et Esteban était vivant.

— Oui, ça va.

— J'aimerais en être sûr. Vous êtes livide et vous semblez prête à vous effondrer.

— Ça va, répéta Bess.

— J'ai appelé le Dr Kenwood ce matin. Jessie se porte très bien.

— Il sait quand on doit l'opérer ?

— La date n'est pas encore fixée. Il dit qu'il lui faut prendre des forces, renouveler son sang.

Le sang qu'Esteban lui avait volé.

— Quelqu'un a-t-il prévenu Tom et Julie au sujet d'Emily ?

— Pas encore. On ne parvient pas à les joindre. Ils sont toujours au Canada.

— N'essayez pas de les rechercher. Je ne veux pas qu'ils sachent.

— Pourquoi ?

— Ils viendraient aussitôt ici et ce serait dangereux pour eux. Vous m'avez dit qu'ils pourraient servir de cibles à Esteban.

— Très bien. Nous continuerons à surveiller le poste de garde forestier et leur maison.

— Je ne veux pas qu'ils voient Emily... comme je l'ai vue, poursuivit Bess en tentant de raffermir sa voix. Tom et Julie refuseraient de croire à sa mort, tout comme moi. Ils ouvriraient le cercueil et verraient... Non, c'est impossible. Je veux qu'elle soit enterrée avec dignité, avec respect. Je voudrais que vous organisiez des funérailles très simples pour demain. Lorsque le moment sera venu, je voudrais pouvoir montrer à Julie qu'Emily repose dans un endroit...

— Vous n'êtes pas le parent le plus proche. C'est à Tom Corelli de prendre ce genre de décision, Bess.

Bess saisit sa cuillère. Sa main tremblait.

— C'est la bonne décision. Vous faites partie de la CIA. Si vous pouvez fabriquer de faux papiers et tuer des gens, vous pouvez arranger ça. Je ne laisserai pas Tom et Julie voir Emily dans cet état. Il faut qu'ils se souviennent d'elle comme elle était avant qu'Esteban... Faites-le, Kaldak.

Il hocha la tête.

— Je m'en occuperai. Mais il faudrait que les funérailles aient lieu aujourd'hui. Plus vite nous partirons d'ici, mieux ça vaudra.

— Demain.

Elle serait prête le lendemain, même si elle ne se sentait pas encore assez forte. Elle se força alors à avaler un peu de soupe.

Mange la soupe, mange le sandwich. Essaie de dormir cette nuit.

Prends des forces.

Demain, Kaldak.

— Je n'aime pas... Bon, d'accord. Mais j'ai maintenant une faveur à vous demander. Ed dit qu'il peut travailler à partir de l'échantillon que vous lui avez fourni mais il lui en faut un peu plus.

Le sang. Elle l'avait presque oublié. Il était pourtant l'un des principaux termes de l'équation.

— Eh bien, prenez-le.

— Je peux encore attendre un peu.

— Prenez-le.

Kaldak se leva et disparut dans le salon. Il revint aussitôt avec la trousse en cuir noir qu'il avait utilisée dans le parking d'Atlanta. Bess sentit à peine l'aiguille s'enfoncer dans son bras.

— Vous faites ça très bien.

— Restez tranquille, répondit Kaldak, en appliquant un pansement sur le bras de Bess après avoir retiré l'aiguille. Je serai bientôt de retour. Je dois mettre les éprouvettes dans la glace et les envoyer à Ed. Il en aura besoin cette nuit même. Son équipe travaille vingt-quatre heures sur vingt-quatre.

— Ils sont vraiment pressés. Vous me disiez que vous pouviez attendre.

— Vous avez dormi longtemps, répliqua Kaldak en

lui adressant un sourire. Et j'essayais de faire preuve d'humanité. Ça ne vous est pas venu à l'idée ?

— Si. J'y ai pensé.

Kaldak avait déjà disparu, il était parti préparer son envoi au CDC. Cela semblait injuste : Bess était immunisée contre l'anthrax alors qu'Emily en était morte. Dieu choisissait-il au hasard ?

Bess se leva et s'approcha de la fenêtre qui dominait les toits et les balcons en fer forgé du Quartier français. Elle avait toujours aimé La Nouvelle-Orléans. Lorsque Emily était venue la voir pour la première fois, elle avait pris la ville en grippe et avait tenté de convaincre Bess de s'installer à Detroit. La Nouvelle-Orléans était une ville trop fantaisiste pour l'esprit pratique d'Emily.

— J'ai appelé Ramsey et je lui ai demandé d'envoyer un coursier chercher les échantillons de sang, dit Kaldak en entrant dans la cuisine. J'irai ouvrir quand nous entendrons sonner.

— Craignez-vous de voir apparaître un tueur avec une mitraillette ? demanda Bess, lassée.

— Non, pas une mitraillette. Il existe des moyens plus discrets et plus efficaces, rétorqua Kaldak en posant le paquet sur la commode, près de la porte. D'ailleurs, je ne pense pas qu'ils passeraient par la porte d'entrée. Ils attendront que vous sortiez.

— Vous croyez qu'ils sont à l'affût ?

— Oui, je vous l'ai dit.

Bess continuait d'observer le Quartier français par la fenêtre.

— Tout ça pour ce sang, n'est-ce pas ? Vous voulez le sang et Esteban veut me tuer avant que j'aie pu vous en fournir assez pour mettre ses plans en danger.

— C'est exactement ça.

— Assez de sang, qu'est-ce que ça signifie pour vous, Kaldak ?

— Nous l'ignorons pour le moment.

— Il semblerait que je sois une carte maîtresse du jeu.

Kaldak l'observait en silence.

— Pensez-vous qu'Esteban soit ici ?

— J'en doute. Il ne prendrait pas ce genre de risque. Il a envoyé quelqu'un.

— Je suis sûre qu'il a éprouvé une cruelle déception. Je me souviens de son expression à l'hôpital, lorsqu'il m'a annoncé qu'Emily était morte. Pourquoi m'a-t-il menti en prétendant qu'elle était à la morgue ?

— Il cherchait à vous blesser. Vous ne l'auriez peut-être pas cru s'il vous avait dit qu'elle était enterrée dans les collines. Vous auriez pensé qu'il mentait et qu'elle avait réussi à lui fausser compagnie.

— C'est ce que j'ai cru quand nous avons découvert le corps de Rico. J'espérais qu'elle avait... Même ce souvenir d'espoir blessait Bess, à présent. Comment Ramsey pouvait-il savoir qu'Emily était enterrée dans les collines ?

— Yael.

En un seul mouvement, Bess se retourna vers Kaldak.

— Yael ?

— Je lui avais demandé de chercher une tombe.

Bess se raidit.

— Comment ?

— Je l'ai rappelé, le jour où nous l'avions contacté du porte-avions, et je lui ai dit de chercher une tombe.

— Vous saviez déjà qu'elle était morte ? murmura Bess.

— J'espérais le contraire. Je l'espérais de tout cœur. Mais je savais que c'était une possibilité.

— Pourquoi ?

— On ne l'avait pas ramenée à l'hôpital avec Jessie. D'après ce que vous m'aviez dit de votre sœur, elle ne se serait jamais séparée du bébé.

Bess y avait également pensé mais elle avait toujours refusé de l'admettre.

— Il y avait tout de même une chance de la retrouver en vie.

— Mais il y avait encore plus de chances pour qu'elle ne le soit pas, coupa Kaldak avec un sourire forcé. Toujours mon esprit analytique... Il fallait que je prévoie les deux cas de figure. J'ai demandé à Yael de rechercher aussi une tombe fraîche et peu profonde.

— Il l'a trouvée. Quand ?

— Il y a trois jours. Il avait repéré un endroit suspect au pied des collines, à une quinzaine de kilomètres de Tenajo. Il a vérifié et s'apprêtait à quitter les lieux pour m'en avertir quand les hommes d'Esteban sont arrivés et ont commencé à exhumer le corps.

— Vous voulez dire pour la déterrer...

Exhumer. Un mot si lisse et propre qui désignait un acte abominable de violation de la dignité humaine.

Kaldak hocha la tête.

— Vous ne m'avez rien dit. Vous m'avez laissée espérer, poursuivit Bess.

— Je pouvais encore me tromper. M'auriez-vous cru, d'ailleurs, si je vous avais annoncé la mort probable d'Emily ?

Non, Bess ne l'aurait pas cru. Elle n'avait cru à la mort d'Emily que lorsqu'elle l'avait vue dans son cercueil.

— Je suis... fatiguée. Je vais me reposer. Prévenez-moi quand tout sera prêt pour l'enterrement d'Emily.

— Si vous vous en sentez la forme, vous pouvez commencer à préparer vos affaires. Nous quitterons La Nouvelle-Orléans aussitôt après la cérémonie.

Bess se retira dans sa chambre et ferma soigneusement la porte. Elle avait commencé à trembler en présence de Kaldak, mais elle pensait qu'il ne l'avait pas remarqué. Elle n'avait que trop fait preuve de faiblesse jusqu'à présent. Elle ne devait lui laisser percevoir en elle que force et détermination.

Elle respira profondément. Voilà qui était mieux. Encore un peu de temps et elle se sentirait bien.

L'équilibre de Bess semblait si précaire à Kaldak qu'il s'était attendu à la voir s'effondrer à tout moment.

Peut-être aurait-il mieux valu que cela se passe ainsi. Ce contrôle de soi entretenu avec soin pouvait se révéler plus dangereux que le violent désespoir de la nuit précédente. Bess se comportait aujourd'hui de façon inattendue. D'habitude, on pouvait lire en elle ce qu'elle pensait : désormais, plus jamais.

Cela n'inquiétait nullement Kaldak. Elle ne tarderait guère à exprimer ses pensées, ses avis et à lui faire savoir ce qu'elle exigeait de lui, songeait-il.

Cheyenne, Wyoming

— Eh oui ! Tu es un vrai dur, Jeffers. Un vrai cowboy comme on n'en trouve plus depuis longtemps, déclama Randall avec solennité, tout en jetant un regard malicieux vers son épouse, assise à ses côtés au bar. Je crois que je ferais mieux d'être sur mes gardes.

Cody Jeffers réalisa à son petit rire que Randall se moquait de lui. Randall ne croyait pas un mot de son histoire.

Quel imbécile prétentieux. Bien sûr, il avait un peu exagéré. Pour qui Randall se prenait-il ? Tout ça parce qu'il avait gagné quelques courses !

Cody sauta de son tabouret, enfonça son Stetson et partit, roulant des épaules. Il n'avait pas encore gagné de grandes courses et il était jeune. Mais il y arriverait et serait un champion quand Randall en serait réduit à se trimballer en fauteuil roulant au lieu de conduire son camion monstrueux. Il plongea les mains dans les poches de sa veste en peau de mouton et commença à descendre la rue.

Randall ne rirait plus demain soir, quand l'une des énormes roues de son camion se détacherait en pleine course. C'est de lui que tout le monde rirait alors. Quelques tours de clé pour desserrer les boulons et le tour serait joué. Il en avait déjà fait l'expérience deux ans auparavant, quand ce connard de Denver...

— Monsieur Jeffers ?

Cody se retourna.

— Mon nom est Esteban. On m'a dit que je vous trouverais ici. Je sais que vous êtes un jeune homme très prometteur et j'ai une proposition à vous faire. Pourrions-nous en discuter dans un endroit tranquille ?

10

Bess et Kaldak quittèrent l'appartement le lendemain, dans la pénombre du petit matin. Au pied de l'escalier de service, à l'arrière du bâtiment, une voiture les attendait. Le véhicule les conduisit au vieux cimetière Saint-Nicolas, à Metairie, tout près de La Nouvelle-Orléans.

Bess fut introduite dans une crypte ancienne, couverte de mousse et qui donnait sur un petit étang paisible. L'aube n'était pas encore levée lorsque le prêtre ferma sa Bible, s'inclina légèrement pour sortir en hâte de la crypte.

Pauvre homme, songea Bess. Tiré de son lit et convoyé en pleine nuit vers un cimetière qui évoquait plutôt un roman de vampires d'Anne Rice...

— Je pense que nous devrions partir, nous aussi, dit Kaldak avec douceur.

Bess jeta un dernier regard au cercueil d'Emily.

Adieu, Emily. Je t'aime. Je serai toujours avec toi.

— Bess.

Bess acquiesça et quitta la crypte avec Kaldak. L'air était humide et frais. Elle prit une respiration profonde tandis que le gardien du cimetière refermait les portes de fer forgé. Des rayons de lumière pâle et grise filtraient à travers les cyprès, éclairant faiblement les inscriptions gravées sur les tombes.

« Cartier. »

— J'ai emprunté pour Emily un emplacement à un

certain Étienne Cartier, dit Kaldak. C'est leur caveau de famille. Ici, tout le monde doit être enterré au-dessus du niveau du sol.

Bess savait cela mais elle n'aurait jamais pensé que Kaldak puisse persuader quelqu'un d'abandonner sa demeure dernière à une inconnue.

— Emprunté ?

— J'ai pensé que Tom Corelli souhaiterait peut-être la ramener chez elle. Cela vous convient-il ?

La ramener chez elle.

Ces mots évoquaient à la fois la douceur et la mélancolie.

Ramener Emily chez elle.

— Oui. J'avoue que je n'y avais pas pensé. Emily n'aurait pas aimé demeurer ici pour toujours. Elle n'aimait pas vraiment La Nouvelle-Orléans et elle aurait préféré rentrer chez elle, c'est vrai.

Bess se détourna et s'éloigna. Ne pense pas à Emily. Ne te retourne pas. Elle ne sera jamais seule. Tu seras toujours avec elle, se dit la jeune femme.

Kaldak la rattrapa en quelques enjambées et ils remontèrent en silence l'allée de gravier, entre les rangées de cryptes.

— Comment les avez-vous persuadés de nous laisser entrer dans ce cimetière à une heure pareille ? interrogea Bess tandis qu'ils approchaient des grilles de l'entrée.

— Oh ! Ramsey s'en est occupé.

— Est-ce que nous essayons d'échapper à un tueur ? Est-ce la raison pour laquelle nous enterrons Emily en cachette, dans l'obscurité ?

— Croyez-vous qu'Emily aurait préféré vous voir servir de cible vivante ?

— Non.

— C'est bien mon avis. C'est ce qui explique notre présence à cette heure et que huit agents soient postés derrière ces cryptes.

— Je ne les ai pas vus.

— Vous n'étiez pas censée les voir.

Bess se dirigeait vers la voiture de location garée au coin du cimetière. Kaldak l'arrêta d'un geste.

— Attendez une minute.

Il lança un regard vers un homme vêtu d'une veste de sport à carreaux qui sortait d'une berline marron garée un peu plus bas dans la rue. Bess se figea instinctivement.

— Pas de problème. C'est l'un des nôtres. Il surveille la voiture.

L'homme adressa un signe de tête à Kaldak qui ouvrit alors la portière à Bess.

— Vous avez peur d'une bombe ou de quelque chose de ce genre ?

— À dire vrai, j'ai peur de tout et de rien, répondit Kaldak en s'installant à la place du conducteur.

— Ramsey est-il dans l'autre voiture ?

— Sans doute.

— Quel genre d'homme est-il ?

Kaldak la dévisagea avec surprise.

— Que voulez-vous dire ?

— Il avait l'air impatient et plutôt en colère lorsque nous l'avons vu au funérarium.

— Ramsey aime bien tout contrôler personnellement.

— C'est aussi votre cas, rétorqua Bess, dont le regard revint vers la berline marron. Vous lui faites confiance ?

— Jusqu'à un certain point. Il n'hésite pas à marcher sur la tête des gens si ça lui permet de gravir les échelons pour arriver au sommet de la hiérarchie de l'Agence. Il connaît son boulot mais c'est un ambitieux : sa manière d'agir s'en ressent.

— C'est en général le cas, en effet. Les yeux de Bess se tournèrent de l'autre côté, vers l'est. Le soleil se lève, dit-elle.

— Ce qui signifie que nous devons partir. Je serai content de quitter cette ville. Nous partirons directement d'ici. Quelqu'un s'occupera de prendre vos affaires chez vous et de vous les envoyer...

— Non.

Kaldak s'immobilisa et se tourna d'un léger mouvement pour faire face à Bess.

— Comment ?

— Nous ne partons pas. Pas encore. Ramenez-moi chez moi.

— Pas question.

— Conduisez-moi à l'appartement et prenez contact avec Ramsey. Je veux lui parler.

— Vous pourrez lui parler au téléphone, si vous voulez.

— Non, je veux le rencontrer. Je veux que les choses soient claires. Je ne sais si vous vous en souvenez, mais je vous avais dit que je voulais être au courant de tout ce qui se passait.

— Je m'en souviens, dit Kaldak après un instant de silence.

— Conduisez-moi à l'appartement ou alors je sors de la voiture et j'irai à pied. Voulez-vous essayer de me suivre à la trace ?

— Je pourrais vous assommer et partir.

— Je vous en sais capable mais ce serait un peu répétitif, vous ne croyez pas ? Si vous tenez à ma sécurité, allons chez moi. Je serai protégée par mes quatre murs parce que je n'ai pas l'intention d'aller ailleurs, Kaldak.

— Ne faites pas ça, Bess.

Bess allongea le bras pour ouvrir la portière de la voiture.

— Très bien ! grommela Kaldak entre ses dents.

Il mit le contact et écrasa l'accélérateur. La voiture fit un bond en avant, collant Bess contre le dossier de son siège.

La jeune femme venait de gagner la première manche.

— Mais qu'est-ce que vous faites encore ici ? s'écria Ramsey en claquant la porte de l'appartement de Bess. Vous êtes censés être à mi-chemin de l'aéroport de Shreveport pour prendre le vol d'Atlanta. Kaldak, je vous préviens, je ne permettrai pas que...

— Kaldak n'y est pour rien, intervint Bess. Et j'aimerais que vous vous adressiez directement à moi, monsieur Ramsey. Je commence à me lasser d'être traitée comme si j'avais le quotient intellectuel d'une vache de concours.

Ramsey lança un regard fatigué à Kaldak qui était installé dans un fauteuil, à l'autre bout de la pièce.

Kaldak haussa les épaules.

— Personne n'a l'intention de vous manquer de respect, madame Grady, reprit Ramsey. Nous partageons tous la peine que vous éprouvez. Je sais que vous étiez très proche de votre sœur et qu'elle était une personne remarquable...

— Emily est morte. Qu'elle ait été remarquable ou non ne concerne maintenant que ceux qui l'ont aimée. Je ne vous ai pas demandé de venir ici pour entendre vos condoléances.

— Alors, pourquoi ?

— Pour obtenir des informations. Vous devez m'éclairer sur un certain nombre de points. Allez-vous vous rendre au Mexique pour capturer Esteban ?

— C'est impossible. Cela risquerait de causer un incident diplomatique. Nous n'avons aucune preuve.

— Vous avez le corps de ma sœur.

— Une confrontation pourrait elle aussi provoquer un incident. Soyez patiente.

— Je ne suis pas patiente. J'ai besoin d'un autre renseignement, reprit-elle après une pause. Je veux en savoir plus sur Kaldak. J'ai remarqué qu'il ne me disait que ce qu'il voulait que je sache.

Mal à l'aise, Ramsey se tourna vers Kaldak.

— Dites-lui, intervint Kaldak.

— Vous êtes son chef ? demanda Bess.

— Kaldak travaille avec nous depuis un certain nombre d'années. Il possède des qualifications qui nous sont précieuses.

— Est-il qualifié dans le domaine du meurtre ou de la guerre bactériologique ? C'est un scientifique, n'est-ce pas ?

— Il vous l'a dit ? Vous avez entendu parler de Nakoa, dans ce cas ? demanda-t-il, non sans une certaine hésitation.

— Non, elle ne sait rien à ce sujet, dit Kaldak, les yeux rivés sur ceux de Bess. Où voulez-vous en venir, Bess ?

— Je veux savoir de quel pouvoir vous disposez par rapport à ces gens. Vous semblez pouvoir les contacter quand ça vous chante mais je ne connais pas l'étendue de votre pouvoir.

— Nous lui accordons une plus grande marge de manœuvre qu'à d'autres, dit Ramsey. Compte tenu des circonstances exceptionnelles qui prévalent actuellement...

— Ils m'utilisent, coupa Kaldak d'un ton brusque. Cette affaire flanque la trouille à tout le monde. Je suis très pratique, car c'est moi qui serai blâmé si tout va de travers. Kaldak adressa un sourire moqueur à Ramsey. Et moi aussi, je les utilise.

— Vous n'avez pas peur ?

— Si, bien sûr ! Mais ça ne doit pas entrer en ligne de compte.

Non, bien entendu, Kaldak ne laisserait pas ce genre de considérations entraver ses plans...

— Si je saisis bien, tout le monde utilise tout le monde ?

— C'est ainsi que fonctionne le monde, madame Grady, dit Ramsey. Vous pouvez être assurée, cependant, que nous mettons tout en œuvre pour arrêter Esteban.

— Je ne suis assurée de rien. Je ne vous fais pas confiance.

— Pensez-vous vraiment que nous le laisserions provoquer un désastre national ? s'impatienta Ramsey. Nous comprenons vos inquiétudes, mais il est stupide de suggérer que...

— Écoutez-la, coupa Kaldak. Elle veut obtenir quelque chose.

— Quoi ?

— Vous devriez dire « qui » et non « quoi », monsieur Ramsey. Je veux Kaldak.

Tout en gardant les yeux fixés sur Ramsey, Bess sentit naître une soudaine tension chez Kaldak.

— Je ne suis pas sûr de comprendre, dit Ramsey avec prudence.

— Tout le monde utilise tout le monde. Je veux utiliser Kaldak.

— De quelle façon ?

— Pour rester en vie. Pour m'aider à trouver Esteban. Elle se tourna vers Kaldak. Pour qu'il m'aide à tuer Esteban, ajouta-t-elle froidement.

— Nous y voilà enfin, murmura Kaldak. Au cœur du problème.

— Vous ne saisissez pas bien la situation, dit Ramsey. Ce n'est pas aussi simple. Le problème dépasse largement...

— Ça m'est indifférent. Votre problème, c'est l'anthrax. Donnez-moi Kaldak et faites en sorte qu'il dispose de l'autorité suffisante pour agir.

— Vous me préférez avec ou sans paquet cadeau ? interrogea Kaldak.

Bess l'ignora pour se concentrer sur Ramsey.

— Je veux Kaldak.

— Je comprends très bien votre douleur et votre colère, mais tous nos efforts doivent viser à empêcher Esteban de créer un autre Tenajo.

— Dans ce cas, nous sommes tous d'accord. J'ai bien l'intention de mettre un terme aux activités d'Esteban.

— Si vous pouviez entendre raison, je suis sûr que...

— Maintenant, c'est vous qui allez m'écouter, continua Bess d'une voix vibrante de colère. J'ignore ce que vous entendez par « raison ». J'ai vu trop d'affaires traitées sous le manteau, trop de scandales étouffés. Aujourd'hui, c'est terminé en ce qui me concerne. Personne ne mènera de petites négociations avec Esteban avant de le laisser s'évanouir dans la nature. Pas question.

— Personne ne songe à négocier avec lui.

D'un geste brusque, Bess se tourna vers Kaldak.

— Vous pensez que ça pourrait arriver ?

Kaldak hocha lentement la tête.

— Allez au diable, Kaldak ! grinça Ramsey. Vous ne me facilitez pas la tâche.

— Cette affaire me concerne de trop près pour que je me charge de mentir à votre place, Ramsey. Je ne suis pas votre esclave.

Ramsey lui lança un regard fielleux avant de s'adresser à Bess.

— Madame Grady, dit-il plus doucement, nous avons tout mis en œuvre afin d'assurer votre sécurité. Nous avons maintenant besoin de votre coopération.

— Je n'ai que faire de votre paternalisme. Soyons clairs. Vous n'avez pas seulement besoin de ma coopération, il vous faut aussi mon sang. Donnez-moi Kaldak et vous aurez mon sang.

— Eurêka ! s'écria Kaldak.

Ramsey semblait pétrifié.

— Vous refuseriez de nous aider ? Des milliers de vies sont en jeu.

— Je suis sûre que la Maison Blanche vous jugerait de façon sévère si, à cause de vous et de vos objections, je décidais de disparaître. Donnez-moi Kaldak.

— Si je vous promettais qu'une fois cette affaire

classée, Kaldak se consacrerait à la capture d'Esteban, accepteriez-vous de vous rendre dans une cache et de nous laisser mener notre enquête à notre guise ?

— Pas question. Je reste ici.

— Mais enfin, vous tenez absolument à mourir ? Vous êtes une cible, pensez-y.

— Non, je ne veux pas mourir. Kaldak assurera ma sécurité et vous l'aiderez. Ici, à découvert. Si je me cache, il sera impossible de démasquer Esteban.

— Esteban enverra un tueur. Il ne viendra pas lui-même.

— Pas dans un premier temps, mais il se sentira de plus en plus frustré de me savoir en vie.

Ramsey secoua la tête.

— Vous êtes trop précieuse pour servir d'appât. Vous ne vous rendez pas compte de ce que vous nous demandez.

— Je ne vous demande rien. Je ne vous laisse aucun choix. Esteban doit payer pour la mort d'Emily. Je n'ai rien à ajouter. Au revoir, monsieur Ramsey.

Ramsey contempla Bess avec une expression de colère et de frustration, puis il se dirigea vers la porte.

— Il faut que je vous parle, Kaldak.

— Je m'y attendais un peu, répondit Kaldak. Je serai de retour dans quelques minutes, Bess. Nous resterons dans le hall.

Bess se rendit dans sa chambre. Deuxième manche. Elle était ravie de sa victoire, mais elle savait que Kaldak serait plus coriace que Ramsey. Il était resté assis dans son fauteuil à observer, calculer, analyser. Elle avait senti son attention, son extrême concentration à chaque minute de son combat avec Ramsey.

Elle se changea rapidement et troqua son ensemble noir contre un jean et une chemise. Avant même de fermer le dernier bouton, elle entendit la porte d'entrée claquer. Elle se força à vite reprendre ses esprits et passa au salon.

Kaldak était assis dans le fauteuil qu'il avait quitté quelques minutes plus tôt.

— Vous avez gagné. Je suis à vous.

— Vraiment ?

— En ce qui concerne Ramsey, oui. Bien entendu, il a suggéré de revenir à sa proposition initiale, c'est-à-dire de vous garder sous calmants tant que nous avons besoin de votre sang. Mais il a fini par céder.

— Ne trouvez-vous pas qu'il existe certains points communs entre ses méthodes et celles d'Esteban ?

— C'est possible. Je dois admettre que vous vous y êtes très bien prise avec lui. Il ne s'est pas aperçu que vous bluffiez.

— Je ne bluffais pas.

— Je pense que si, mais il ne pouvait se permettre de vous provoquer. Votre sang est trop important.

— Vous l'aurez.

— Je sais. J'ai bien l'intention de m'en assurer, rétorqua Kaldak avant d'observer un silence. Pour ça, il faut que vous restiez vivante. Ce qui signifie que je ne dois pas vous quitter une seule minute : vous ne montez pas en voiture, vous n'ouvrez pas la porte sans moi...

— Je ne discute pas.

— Faisons le tour de l'appartement et je vous montrerai les mesures de sécurité que nous avons prises.

Bess le suivit dans le couloir.

— Il n'y a pas d'issue de secours ou de seconde entrée dans votre chambre, ni dans la chambre d'amis. Pas de soucis de ce côté. Kaldak se dirigea vers la porte, à l'autre bout du couloir. La serrure de la porte menant vers la petite cour était trop fragile. Nous avons installé un verrou ; on ne peut l'ouvrir que de ce côté-ci. La cour est protégée de l'extérieur par une grille en fer forgé et par la porte. Il y a une allée assez longue qui va à la rue d'à côté : nous avons posté un homme dans la cour et un autre vers l'entrée principale.

— Ils peuvent se montrer discrets ? Je ne tiens pas à effrayer mes voisins.

— Peterson était de garde ce matin lorsque nous sommes rentrés du cimetière. Il était de l'autre côté de la rue, dans un recoin du magasin. Vous l'avez remarqué ?

— Non.

— J'en conclus donc qu'il est assez discret, conclut Kaldak en ouvrant la porte suivante. Voici votre chambre noire. Allumez la lumière.

Bess appuya sur l'interrupteur à côté de la porte et la pièce se trouva baignée dans une faible lueur rouge. Kaldak observa la fenêtre.

— Vous avez installé des volets, remarqua-t-il. C'est une bonne idée.

— Ce n'était pas dans un souci de sécurité mais juste pour empêcher la lumière du jour de rentrer. C'est pour ça qu'ils sont hermétiquement fermés. Mais pourquoi y avoir fixé des planches ? C'était vraiment nécessaire ?

— Oui, dit Kaldak avec une grimace. Mon Dieu ! Ça pue, ici. Des produits chimiques ?

— J'aime cette odeur.

— Plutôt bizarre.

— Peut-être, mais il vaut mieux que je l'apprécie, car je passe une bonne partie de mon temps dans cette pièce.

— J'espère que vous n'êtes pas claustrophobe.

— J'aime cette pièce. Je m'y suis toujours sentie en sécurité.

Kaldak interrogea Bess du regard.

— Je ne sais pas pourquoi, poursuivit-elle en haussant les épaules. Ou peut-être que si. Lorsque je développe un cliché dans ce bain, je suis sûre au moins qu'il donnera une idée fidèle du monde tel qu'il est. Mais certainement pas conforme à ce que moi ou d'autres voudraient qu'il soit. La vérité ne tient aucun compte des sornettes qu'on nous raconte.

Kaldak éteignit la lampe et quitta la pièce avec Bess.

— C'est une conception originale de la sécurité, remarqua-t-il en ouvrant la porte suivante. Comme je vous l'ai dit, la chambre d'amis est sûre. Je m'y installerai. Elle est proche de votre chambre, je pourrai donc vous entendre en cas de besoin. Laissez votre porte entrouverte la nuit. Pas d'objection ?

— Non, bien sûr ! Vous assurez ma sécurité. C'est pour ça que je tenais à vous garder ici.

— Ce n'est pas la vraie raison. Je ne suis pour vous qu'un moyen d'atteindre un but. Vous voulez la mort d'Esteban et vous voulez que je vous aide. Tout le reste est secondaire. Kaldak se tut quelques secondes. Vous tenez à servir d'appât ? D'accord, mais nous allons agir à ma façon. Vous voulez Esteban ? Je vous le livrerai, mais je ne veux pas risquer la mort de l'un ou l'autre d'entre nous.

— Je n'ai pas besoin qu'on me livre Esteban. Je veux seulement que vous m'aidiez à arriver jusqu'à lui.

— Vous savez combien il a de gardes du corps ? Vous ne pourrez jamais l'approcher.

— Ce ne sera pas toujours le cas. Personne n'est totalement protégé. Si vous m'aidez, j'y arriverai.

— Habin risque alors de paniquer et de déclencher toute l'opération. C'est le but que vous recherchez ?

— Non, je m'arrangerai pour que ça n'arrive pas.

— Vous croyez vraiment que je peux accomplir des miracles ?

Lorsque Kaldak avait réussi à trouver un porte-avions pour atterrir avec Jessie, Bess y avait vraiment cru, au miracle...

— Vous êtes intelligent et efficace. En matière de miracles, ça me suffit. Je ne suis pas idiote au point de croire que je peux réussir seule. J'ai besoin de vous.

Kaldak la dévisagea un instant en silence.

— Ainsi, vous comptez m'utiliser ?

— Oui, répondit Bess en tentant de réprimer un tressaillement.

— Vous voyez, le seul fait d'y penser vous pose problème.

— Je m'en arrangerai. Sa main effleura le pansement qui recouvrait son bras gauche. Vous n'êtes pas le seul à être utilisé. Je ne vous demande pas votre sang.

— Vous pourriez. Mais, comme un bon esclave, je me rendrai utile d'une autre façon. Que désirez-vous pour votre déjeuner ?

Bess ressentit un intense sentiment de soulagement. Jusqu'à présent, elle n'avait jamais été absolument sûre du soutien de Kaldak.

— Je n'ai pas faim.

— Il faut pourtant manger. Vous êtes comme Jessie, vous devez reconstituer vos réserves de sang.

— Alors, donnez-moi ce que vous voulez.

Kaldak approuva et se dirigea vers la cuisine.

— Kaldak ?

Bess hésita lorsque Kaldak lui lança un regard par-dessus son épaule.

— Il m'était impossible d'agir autrement, poursuivit-elle. Tout le monde sait qui est Esteban, mais personne ne le met hors d'état de nuire. Je ne voudrais pas qu'il puisse vous arriver quelque chose : vous êtes la seule personne en qui j'aie confiance.

— Vous avez confiance en moi ? demanda Kaldak.

— Oui.

— Vous avez tort, Bess, lâcha-t-il avant de disparaître dans la cuisine.

Troisième manche. C'était sans doute une victoire pour elle, mais elle ne parvenait pas à s'en réjouir. Kaldak avait cédé de manière provisoire ; il n'avait pas rendu les armes. Elle avait bien senti la frustration et la colère bouillonnant à la surface de tout son être et cela l'avait inquiétée. C'était un peu la même colère qui avait poussé Kaldak à lui dire qu'elle avait tort de lui accorder sa confiance. Elle pouvait lui faire confiance, elle avait confiance, se répéta-t-elle. Elle ignorait ce qu'il avait en tête ; il se montrait parfois dur et d'une franchise brutale, mais il l'avait aidée depuis le début ; il était toujours resté à ses côtés.

« Je vais m'occuper de vous. »

Bess ne tenait pas à ce que l'on s'occupe d'elle, mais elle apprécierait de ne plus être seule.

Car, à présent, elle était fatiguée du poids de la solitude.

— Un steak ? dit Bess en contemplant son assiette d'un air dubitatif. Je suis incapable de manger tout ça au déjeuner.

— Mais si, vous en êtes capable, répondit Kaldak en s'asseyant en face d'elle. Ça vous fera du bien.

Bess haussa les épaules et prit sa fourchette.

— Je vais essayer.

— Je suis heureux de constater que vous êtes prête à coopérer.

— Nous avons conclu un accord. Je tiens mes promesses.

— Si j'ai bonne mémoire, il s'agissait plutôt d'un chantage. Mais les questions de vocabulaire sont sans intérêt, tant que vous mangez votre viande. Je vous ai quelque peu trompée, moi aussi. Je n'ai pas l'intention de consacrer tout mon temps à votre service. J'ai également quelques affaires à régler.

— Quelles affaires ?

— Ne vous inquiétez pas, je ne vous laisserai pas sans protection, éluda Kaldak.

— Quelles affaires ?

— Je tente depuis deux ans d'empêcher Habin et Esteban de déclencher une épidémie massive d'anthrax. Je n'ai pas pu les arrêter à Tenajo, mais ça n'arrivera pas ici. Je peux comprendre que vous souhaitiez la mort d'Esteban. C'est aussi mon cas. J'ai mes propres raisons de désirer la mort de cette ordure. Parfois, lorsque je travaillais avec lui au Mexique, j'avais du mal à me retenir. J'ai pourtant eu de nombreuses occasions de le tuer. Il m'aurait suffi de lui rompre le cou. Mais je me suis retenu et je vous empêcherai de le tuer jusqu'à ce que le temps soit venu de le faire sans problème.

Bess répondit par une mimique négative. Kaldak haussa les épaules.

— Je savais que ça ne servirait à rien de vous parler ainsi. La douleur est encore trop vive en vous. À votre place, je n'aurais pas écouté non plus.

— Vous m'aviez promis de m'aider.

— Je vous aiderai mais je veux être franc avec vous. Si la mort d'Esteban présente trop d'inconvénients, je ferai en sorte que vous attendiez. Kaldak jeta un coup d'œil vers l'assiette de Bess. Vous y avez à peine touché. Mangez encore un peu.

— Non ! Pas maintenant. Nous pourrons peut-être trouver un restaurant quand nous serons sortis.

La fourchette de Kaldak resta suspendue en l'air.

— Sortis ?

— Nous allons nous promener dans le Quartier français. Nous sortirons tous les jours mais à des heures différentes et à des endroits différents. J'ai entendu dire qu'il ne faut jamais observer toujours la même routine.

— Il est hors de question que nous quittions cet appartement.

— Oh, si ! Je veux qu'Esteban sache que je suis à La Nouvelle-Orléans et que j'ai l'intention d'y rester.

— Ce genre de bravade peut causer votre mort.

— Ce n'est pas de la bravade. Je ne suis pas non plus en sécurité dans cet appartement, n'est-ce pas ?

— Vous l'êtes beaucoup plus que dans les rues de la ville.

— Répondez-moi.

Kaldak hocha la tête.

— Vous ne pourrez jamais être totalement en sécurité. Une charge électrique, un serpent venimeux dans le tuyau d'écoulement de la douche... tout est possible. En poussant à l'extrême, ils pourraient même expédier un missile de taille réduite par cette fenêtre.

— Me voilà renseignée en ce qui concerne la sécurité !

— À votre avis, pourquoi voulions-nous vous trouver un refuge sûr ?

— La notion de sécurité est relative, non ? Si nous restons enterrés ici, ils essaieront à tout prix de trouver un moyen de nous atteindre. S'ils pensent qu'un jour ou l'autre, je peux devenir une cible plus facile, ils attendront.

— Peut-être. Vous voulez risquer votre vie sur un pari de ce genre ?

— Oui. Je ne veux pas me cacher et attendre qu'ils viennent me liquider ici. Je préfère aller à leur rencontre.

— Vous n'aurez pas l'avantage. Ils vous connaissent.

— Vous êtes là pour me protéger. Vous n'avez pas le choix, Kaldak.

— Il ne manquait plus que ça, soupira Kaldak. Autre chose ?

— Oui. Je veux recevoir les appels de Ed Katz et du CDC sur ma ligne de téléphone.

— Elle est sans aucun doute sur écoute.

— Esteban saura ce que nous faisons et il s'en inquiétera. Je veux le rendre nerveux.

— J'ai bien peur qu'il ne soit pas le seul à se sentir nerveux !

— Vous n'en mourrez pas. À propos, vous avez déjà mis un serpent dans le tuyau d'écoulement d'une douche ?

— Bon Dieu ! Non ! J'ai peur des serpents mais tout le monde n'est pas aussi délicat que moi.

— C'est rassurant !

— Vous m'avez posé la question, je vous réponds. Si vous souhaitez éviter ce genre de danger, laissez-moi vous conduire dans une cache en Caroline du Nord.

Bess secoua la tête.

— C'est bien ce que je pensais. Nous allons donc nous montrer et leur faire comprendre qu'ils perdent leur temps en se concentrant sur votre appartement. Où voudriez-vous aller ?

— Chez Zontag, répliqua aussitôt Bess.

Kaldak la regarda sans comprendre.

— C'est le meilleur magasin d'équipement photo de la ville. Je dois acheter un nouvel appareil.

Bess était totalement captivée par la vue de l'appareil photo qui trônait dans la vitrine du magasin Zontag.

— Si seulement vous aviez pu regarder le steak que je vous ai préparé à midi avec le même appétit, remarqua Kaldak, songeur.

Bess ne pouvait attendre de voir l'appareil de plus près, de le toucher, de le sentir entre ses mains.

— C'est un bon appareil. Parfaitement équipé. Il a vraiment tout ce qu'il faut.

— Est-ce le même genre d'appareil que celui que vous aviez ?

— Non, c'était un Hasselblad. Oh ! Bien sûr ! J'en ai d'autres mais c'était mon préféré.

— Vous ne voulez pas reprendre le même modèle ?

— Non, je ne pourrais pas en avoir un autre. J'ai vécu avec cet appareil pendant huit ans. Vous ne pouvez pas remplacer de vieux amis lorsqu'ils ne sont plus là... De même, se dit-elle, que vous ne pouvez pas remplacer une sœur. Cette pensée fit renaître en elle la terrible douleur, mais Bess parvint à la garder à distance tandis qu'elle approchait de l'entrée du magasin. Elle reprit : Alors, vous vous faites de nouveaux amis pleins d'excellentes qualités et vous espérez que tout ira bien.

— Où vous allez, je dois aller aussi, dit Kaldak en lui emboîtant le pas.

Il ne l'avait pas quittée d'une semelle au cours du trajet.

— Je ne crois pas que quelqu'un m'attende chez Zontag pour se précipiter sur moi.

— C'est ce que je ferais à leur place. Vous êtes une photographe sans matériel. C'est le meilleur spécialiste de la ville. Comment trouver mieux pour vous atteindre ? Kaldak ouvrit la porte et jeta un coup d'œil circulaire à l'intérieur du magasin. Pas de clients. Si quelqu'un entre et s'approche de vous, écartez-vous. Ne laissez personne vous toucher. Il suffirait d'une piqûre d'épingle.

— Mardi gras débute la semaine prochaine. Il deviendra plutôt difficile d'éviter tout contact rapproché dans le Quartier français. Vous allez devoir bloquer les éventuels assaillants comme un gardien de but dans un match de championnat.

— C'est ce que je ferai. Mais pas sans votre aide, d'accord ?

— Comptez sur moi, répondit Bess d'un air absent.

Elle contemplait l'appareil dans la vitrine avec un plaisir mêlé d'avidité. Elle se sentit soudain coupable. C'est une obsession, aurait dit Emily qu'elle avait enterrée ce matin même. Sûrement, elle ne devrait pas ressentir une telle...

— Vous préférez que je vous ramène chez vous pour que vous puissiez aller pleurer dans un coin ? lui demanda Kaldak d'une voix dure, le regard fixé sur elle. Croyez-vous que c'est ce qu'Emily aurait souhaité ?

Emily aurait voulu que Bess vive et apprécie la vie. Emily ne comprenait pas la passion qui l'animait mais elle n'aurait jamais accepté que Bess se prive de ce qui la rendait heureuse. Elle se serait même battue contre tout ce qui aurait entravé son bonheur. Bien sûr, elle avait tendance à se mêler de tout. Elle l'entendait encore...

Bess se dirigea d'un pas décidé vers le comptoir.

— Non, ce n'est pas ce qu'elle aurait souhaité et ce n'est pas non plus ce que je souhaite.

— Vous caressez cet appareil comme si c'était un chien, observa Kaldak tandis qu'il maintenait la porte ouverte pour laisser passer Bess.

— Je m'habitue à son toucher. Si on le compare à un chien, on dirait un berger allemand. Certainement pas un golden retriever. Nous en avions un quand nous étions enfants ; il était adorable mais vraiment pas très malin. C'est un bel appareil, en tout cas, un objet très intelligent.

Kaldak prit Bess par le bras.

— Je suis heureux que vous l'ayez trouvé, mais il faut maintenant rentrer chez vous. Nous sommes restés exposés aux regards suffisamment longtemps.

Le grand clown aux cheveux verts qui jongle de l'autre côté de la rue.

Mets au point.

Déclenche.

La vieille dame aux joues fardées, avec ses bas épais, assise sur un tabouret au coin de la rue.

Mets au point.

Déclenche.

Le musicien en blouse et en chemise à carreaux qui joue du violon au beau milieu de Royal Street.

Mets au point.

Déclenche.

— Si nous nous arrêtons à chaque instant, nous ne serons pas chez vous avant demain, remarqua Kaldak d'un ton sec.

— Il faut bien que je m'y habitue, répondit Bess

en prenant une nouvelle photo du jongleur. Aucune ville n'est aussi photogénique que La Nouvelle-Orléans. C'est une des raisons qui m'ont amenée à vivre ici. Où que vous alliez, vous découvrez une image qui, à elle seule, raconte toute une histoire.

— Je préfère que vous n'en soyez pas le sujet principal, commenta Kaldak tout en surveillant la foule du coin de l'œil. De plus, mon intuition me dit que vous ne prenez pas ces photos juste pour l'amour de l'art.

— Il pourrait se trouver dans la foule, n'est-ce pas ?

— Il n'est sans doute pas très loin.

— Peut-être pourrons-nous le repérer sur l'une des photos.

— C'est pour ça que vous avez acheté l'appareil ?

— Non, mais je pensais que vous approuveriez mon idée.

— Je suis désolé, dit Kaldak en surveillant un groupe de jeunes gens. Je crains d'être un peu crispé.

Il en fallait sûrement plus pour rendre Kaldak crispé, songea Bess en frissonnant.

— Je ne crois pas que votre tueur se trouve parmi ces jeunes.

— Nous n'en savons rien. Ce pourrait être n'importe qui. Je parierais qu'il est là quelque part et qu'il nous observe. On ne sait jamais.

— Non, on ne sait jamais.

Bess avait déjà pris des photos de meurtriers. En Somalie. En Croatie avec cet homme qui massacrait des jeunes gens. À Chicago. Mais elle n'avait jamais pris de cliché d'un homme qui cherchait à la tuer.

Montre-leur les monstres.

Les mains de Bess tremblaient un peu tandis qu'elle levait l'appareil à la hauteur de ses yeux.

Mets au point.

Déclenche.

Elle l'avait pris en photo.

De Salmo observa la femme Grady et Kaldak jusqu'à ce qu'ils aient disparu au coin de la rue.

Elle l'avait pris par surprise. Il ne s'était pas attendu à la voir se promener librement avec son appareil photo. Les mesures de sécurité étaient si strictes qu'il aurait plutôt cru qu'elle resterait enfermée chez elle. Il avait déjà commencé à dresser des plans pour s'introduire à l'intérieur de l'appartement. Ce salopard prétentieux de Kaldak devait s'imaginer que sa seule présence était suffisamment dissuasive. Ce boulot ne serait, après tout, pas aussi difficile que le pensait Esteban. De l'argent vite gagné.

Mais cette femme l'avait pris en photo et cela ennuyait profondément de Salmo.

11

Un homme était assis sur les marches de l'escalier qui conduisait à l'appartement de Bess.

Kaldak la vit tressaillir et s'empressa de la rassurer.

— C'est Yael. J'ai dit à Ramsey de me l'envoyer dès son arrivée aux États-Unis.

Yael se leva et tendit la main. Seul un léger accent trahissait ses origines étrangères.

— Vous étiez partis pour une petite balade ? Je ne suis pas surpris que Ramsey soit mort de trouille !

Kaldak lui serra la main en souriant.

— Je paierais volontiers pour voir pareil spectacle. Je suis heureux que tu sois là. Bess Grady, Yael Nablett.

Bess murmura une formule de politesse. Ainsi, voilà l'homme parti à la recherche d'Emily, celui qui avait découvert sa tombe dans les collines, pensa la jeune femme. Yael Nablett, mince et musclé mais proche de la quarantaine, avait les yeux verts et des cheveux bruns, coupés court.

— Je n'étais pas sûr que tu puisses quitter le Mexique, dit Kaldak en ouvrant la porte et en s'effaçant devant Bess et Yael.

— Je n'avais plus grand-chose à y faire. Esteban a disparu de la circulation. Il a déposé une demande de congé pour raisons de santé. Nous pensons qu'il a quitté le pays.

— Mauvaise nouvelle. Quand ?

— Hier, répondit Yael. Je suis désolé pour votre sœur, poursuivit-il d'une voix tranquille en se tournant vers Bess. J'aurais souhaité que Kaldak soit le premier à vous apprendre la nouvelle, mais Esteban a été trop rapide. Il avait tout prévu, tout organisé avant même d'envoyer son équipe exhumer le corps de votre sœur.

— Ça n'aurait rien changé.

Rien n'aurait pu la réconforter, d'ailleurs... Mais Bess était reconnaissante à Yael d'avoir essayé.

— Je vous remercie, monsieur Nablett, dit-elle.

— Yael, corrigea Nablett avant de s'adresser de nouveau à Kaldak. Tu penses qu'il est dans les parages ?

— Pas encore mais je préférerais que ce soit le cas. Je suppose qu'il a d'autres chats à fouetter.

— J'espère que non, dit Yael avec une grimace. Où en est-il ?

— Dangereusement proche du but. L'anthrax est presque prêt. Il peut frapper quand il veut. C'est peut-être pour ça qu'il a quitté le Mexique.

— Il a bel et bien disparu ? s'insurgea Bess. Comment est-ce possible ? Il n'était pas surveillé ?

— Il se préparait depuis longtemps déjà. Il est entré dans un immeuble de la Paseo de la Reforma et il n'en est jamais ressorti.

— Ça n'aurait jamais dû arriver, coupa Kaldak.

— Je suis d'accord, dit Yael, mais c'est arrivé tout de même.

— Comment Ramsey a-t-il réagi ?

— Il était fou furieux. Il a envoyé quelqu'un enlever Perez, le secrétaire d'Esteban, et il a sérieusement mis la pression sur lui. Mais Perez ne sait pas grand-chose. Ramsey se demande à quel saint se vouer. Vous avez bouleversé les plans de tout le monde en restant ici, vous savez, conclut Yael en souriant à Bess.

— Tant pis, répondit Bess sans lui rendre son sourire. C'est peut-être le seul moyen d'arriver jusqu'à Esteban. Vous n'avez même pas pu garder sa trace alors qu'il évoluait sous les yeux de tous.

Yael tressaillit.

— C'est vrai, je l'admets. Aide-moi, Kaldak. Donne-lui l'un de tes regards glaçants.

— Inutile. Ils ne lui font aucun effet.

— Non ? Comme c'est intéressant, remarqua-t-il en souriant. Dans ce cas, pourrais-je compter sur votre pitié et vous demander une tasse de café ? Je suis venu directement de l'aéroport.

— Je vais vous en préparer, acquiesça Bess. Si ce n'est pas une excuse pour me laisser seule pendant que vous discutez avec Kaldak.

— C'était bien ça, j'en ai peur.

Yael arborait l'expression d'un enfant surpris le nez dans le placard aux confitures et Bess ne put s'empêcher de sourire.

— Vous devrez donc préparer vous-même votre café. Je ne veux pas de secret.

— Je voulais juste vous éviter des soucis supplémentaires, lui répondit Yael. Ramsey pense savoir qui est le tueur d'Esteban. L'un des indicateurs de la police locale les a avertis que Marco de Salmo était ici.

— De Salmo, murmura Kaldak. J'ai entendu parler de lui.

— Mais tu ne le connais pas ?

— Je ne l'ai vu qu'une fois, à Rome, et de loin.

— Il est compétent ?

— Très.

— Vous pourriez le reconnaître ?

— Je ne pense pas. Yael, Ramsey peut-il m'obtenir une photo de lui ?

— Impossible. De Salmo n'a pas de casier.

— Comment cela est-il possible ? s'étonna Bess.

Yael haussa les épaules.

— Il est apparu, il y a trois ans de cela, comme

s'il venait de nulle part. De Salmo est sans doute un faux nom, mais c'est impossible à vérifier. Nous n'avons presque rien sur ce type.

Yael se tourna vers Kaldak.

— Tu m'avais demandé de rassembler des renseignements sur Esteban avant mon départ du Mexique, mais je n'ai rien de plus que ce que tu sais déjà.

— C'est dommage. J'espérais mieux, ça m'aurait rendu service.

— Que savez-vous déjà, Kaldak ? interrogea Bess.

— Il a grandi dans les bidonvilles de Mexico, dans une famille de douze enfants. Son père était manœuvre. Nous avons localisé une assistante sociale, Señora Ramirez, qui travaillait dans le secteur et qui connaissait bien la famille. D'après elle, ils manquaient de nourriture et vivaient entassés dans deux petites pièces. Le quartier était infesté de rats et à l'âge de huit ans, Esteban a dû être hospitalisé deux fois en un mois, pour de sévères morsures.

— Lui seulement ? Et les autres enfants ?

— Non. Apparemment, les rats appréciaient le petit Esteban.

— Charmant !

— Il s'en est tout de même bien sorti. Son frère Domingo est mort le mois suivant et Esteban n'était plus obligé de dormir par terre. Il a pris le lit de son frère. Puis sa sœur aînée est morte et la nourriture est alors devenue plus abondante.

— Comment sont-ils morts ? s'enquit Bess.

— Empoisonnement par la nourriture.

— Esteban ?

— Peut-être, mais l'assistante sociale nous a expliqué que les cas d'empoisonnement de ce genre étaient assez fréquents. Quand la nourriture est aussi rare, les enfants mangent tout ce qu'ils trouvent. Mais enfin, même s'il n'y est pour rien, il a dû très vite apprécier les avantages d'être fils unique.

— D'autres sont morts ?

— Trois sœurs et quatre frères au cours des cinq années suivantes.

— Comment ?

— Empoisonnements, deux noyés, deux autres poignardés dans des ruelles des bidonvilles.

— L'assistante sociale ne s'est doutée de rien ?

— Jusqu'au moment où nous avons commencé notre enquête, non. En fait, elle était choquée que nous posions tant de questions à son sujet. La Señora Ramirez admire Esteban. D'après elle, il était, à l'époque, un gentil petit garçon, travailleur et poli. Il manquait rarement l'école, ce qui n'était pas fréquent chez les enfants de son âge. Il a réussi à sortir de son trou et s'est enrôlé dans l'armée à l'âge de seize ans. Pour la Señora, c'est l'image même d'une belle réussite. Elle n'a pas dû en connaître beaucoup dans sa carrière.

— Ses parents sont-ils encore en vie ?

— Son père est mort dans un tremblement de terre quand il avait douze ans. Sa mère a été blessée, mais elle a vécu trois ans de plus.

— Il doit lui rester deux frères ou sœurs ?

— Une sœur. Le dernier frère est mort il y a huit ans. Sa sœur Maria est mariée au général Pedro Carmindar depuis cinq ans. Elle a vingt et un ans, il en a soixante-neuf. Esteban les a présentés l'un à l'autre, à l'époque où il servait sous les ordres de Carmindar.

— Vous avez essayé d'entrer en contact avec elle ?

— Elle ne veut parler d'Esteban à personne. Elle est terrorisée.

— Ce qui explique qu'elle soit encore en vie.

— Tu veux essayer de l'utiliser ? intervint Yael.

— Contre Esteban ? Non ! Ça ne servirait à rien. Et si elle a réussi à survivre jusqu'ici, ce serait dommage de mettre sa vie en danger maintenant.

— Mon Dieu ! Ai-je bien entendu ? De la compassion ? Tu deviens vieux, Kaldak, s'exclama Yael qui se tourna vers Bess. Je comprends qu'il ne parvienne pas à vous intimider. C'est devenu une poule mouillée.

— Ce n'est pas le terme que j'emploierais, rétorqua Bess d'un ton cassant. Eh bien, si vous avez terminé, je vais préparer votre café.

Yael leva la main, paume en avant.

— Nous avons terminé, je vous le jure.

Bess se dirigea vers la cuisine et ouvrit la porte du placard.

Des rats qui s'attaquent aux enfants... C'était une image terrifiante, mais l'idée d'un enfant fratricide était encore plus odieuse. Les causes et les effets...

C'était donc ainsi que naissaient les monstres...

Le regard de Yael suivit Bess tandis qu'elle s'éloignait.

— Elle semble bien tenir le coup. Elle t'en fait voir ?

— Quelquefois, répondit Kaldak. C'est une véritable rescapée.

— Ça ne durera pas si elle reste ici.

— Elle ne partira pas.

— Et tu ne veux pas laisser Ramsey agir à sa guise ?

— Je ne veux pas qu'on la traite comme un animal, bon Dieu ! s'emporta soudain Kaldak. Elle mérite mieux que ça.

Les lèvres de Yael se pincèrent dans un sourire silencieux.

— Je crois que tu as un problème. Tu auras vraiment du mal à empêcher Ramsey de te l'enlever.

— Tu penses que je l'ignore ? Ramsey est une menace presque aussi sérieuse que de Salmo. C'est pour ça que j'ai besoin de ta présence ici. Il me faudra parfois m'absenter. Je veux que tu la protèges.

— Ramsey s'en occupera. Il ne peut se permettre de la perdre.

— Je n'ai pas confiance en lui concernant la sécurité de Bess Grady. Tout ce qui l'intéresse, c'est qu'elle soit disponible pour le CDC. J'ai confiance en toi.

— Je ne suis pas venu pour ça. J'ai un travail à accomplir.

— Ton travail consiste à t'occuper d'Esteban. Il se peut très bien qu'il vienne ici.

— C'est pas sûr.

— Bess est la clé du problème. En admettant que nous mettions la main sur Esteban et sur Habin, qui nous garantit que quelqu'un d'autre n'utilisera pas l'anthrax mutant ? Elle doit rester en vie tant que nous n'aurons pas trouvé un antidote. Tu sais à quel point ton gouvernement est terrorisé par cette histoire.

Yael hocha la tête.

— Bon argument.

— Assez bon pour te convaincre ?

— Je resterai... un moment.

Kaldak poussa un soupir de soulagement. Yael observait l'expression de son visage.

— Tu l'aimes bien. Ce n'est pas seulement parce qu'elle est notre seul atout pour sortir de cette mélasse.

— Elle n'a pas mérité ça.

— Des innocents se trouvent souvent mêlés à de sales histoires, c'est toujours ainsi que les choses se passent.

— Elle en a subi assez. Je veux qu'elle s'en sorte.

— Votre café.

Bess entra en portant un plateau. Elle fronça les sourcils en prenant conscience du silence qui régnait soudain dans la pièce.

— Vous parliez.

— Ça ne vous aurait guère passionnée, dit Yael. Je viens de convaincre Kaldak qu'il est incapable d'assurer votre sécurité, depuis qu'il est devenu une poule mouillée. Ça vous gênerait que je lui donne un coup de main, à l'occasion ?

— Pas du tout, répliqua Bess en posant le plateau sur la table, mais c'est un travail ingrat. Il prétend que, même ici, je ne suis pas en sécurité. Elle fusilla Kaldak du regard, avant de poursuivre. Il refuse de me protéger contre les serpents dans la douche. À quoi peut-il donc bien servir ?

— Ah oui ! Le vieux truc du serpent venimeux dans le tuyau d'écoulement ! énonça Yael d'un geste solennel en prenant sa tasse. C'est une de mes spécialités. C'est étonnant de voir tout ce qu'on peut apprendre en regardant les films de James Bond !

— Il n'y a que deux tasses, remarqua Kaldak.

— Je ne prendrai pas de café, dit Bess en se dirigeant vers la porte. Je veux développer les photos que j'ai prises cet après-midi. À moins que vous ne souhaitiez vérifier qu'il n'y a pas de serpent dans le lavabo de la chambre noire.

— Faites-le vous-même, rétorqua Kaldak, imperturbable. Si vous en découvrez un, n'hésitez pas à appeler Yael.

La lueur rouge des lampes de la chambre rendait étranges et sinistres les visages qui apparaissaient peu à peu sur les photographies.

Des visages de clowns, de musiciens, de touristes... Bess avait pris des centaines de fois ce genre de photos dans le Quartier français, mais jamais elle ne s'était sentie aussi mal à l'aise en les observant.

Cette fois, l'un de ces visages était peut-être celui de son meurtrier potentiel.

L'un de ces personnages l'avait peut-être observée, alors qu'elle enterrait sa sœur Emily.

Les larmes commencèrent à brûler les yeux de la jeune femme.

Quelle horreur... Elle se sentait bien, presque normale et, sans prévenir, le souvenir d'Emily réapparaissait comme surgi de nulle part, pour la surprendre. Cela durerait-il toujours ?

— Pourquoi étiez-vous si pressée ? demanda Kaldak lorsque Bess sortit de la chambre noire vingt minutes plus tard. Que pensiez-vous découvrir sur cette pellicule ?

— Rien de spécial. Je n'aime pas garder des films non développés. J'ai toujours peur qu'il leur arrive quelque chose.

— Comme à Danzar ?

Bess approuva et balaya la pièce d'un coup d'œil.

— Où est Yael ?

— Il est sorti pour chercher un appartement dans les environs.

— Il aura du mal, c'est bientôt Mardi gras.

— Yael est très persuasif.

— Comme vous.

— Yael et moi ne nous ressemblons pas. Il est d'un tempérament plus sensible que le mien, plus résigné, aussi.

— Résigné ?

— Sa femme a pris un jour le bus, à Tel-Aviv, il y a douze ans, pour rendre visite à sa mère. Le bus a explosé. Des terroristes palestiniens.

— C'est affreux !

— Une innocente mêlée à une sale histoire, une fois de plus. Les innocents servent de plus en plus souvent de cible, ces temps-ci. Ils sont plus faciles à tuer, dit Kaldak en haussant les épaules. Mais Yael a surmonté le choc. Il s'est remarié, il y a six mois, et il a maintenant un fils.

— Je l'aime beaucoup.

— Moi aussi, dit Kaldak en fixant Bess. Mais je l'ai placé dans une situation dangereuse, entre vous et Esteban.

L'intensité du regard de Kaldak mit Bess mal à l'aise.

— À cause des échantillons de sang ?

— Bien sûr, répondit-il en détournant les yeux. À cause des échantillons de sang.

Le sentiment de malaise qu'éprouvait Bess ne cessait de s'amplifier.

— Je vais me coucher. La journée a été longue. Je vais d'abord essayer de joindre le Dr Kenwood. Puis-je utiliser votre portable ?

— Prévenez-moi s'il y a le moindre problème, n'est-ce pas ? demanda Kaldak en lui tendant l'appareil.

Bess se dirigea vers sa chambre. Elle espérait que Jessie se portait bien. Tout le reste allait de travers. Mon Dieu ! Faites que, au moins, il n'y ait pas de souci avec elle. Elle s'arrêta devant la porte.

— Vous voulez un échantillon aujourd'hui ?

— Non. Peut-être demain.

— Bien ! Mais si vous changez d'avis, n'hésitez pas à...

— Je viens de vous dire que je n'en avais pas besoin, bon Dieu ! répéta-t-il, agacé.

Bess leva les mains devant son visage, comme pour se défendre d'une agression.

— Bon ! D'accord, d'accord !

Elle ferma la porte derrière elle. Il ne manquait plus que ça : un Kaldak de mauvaise humeur qui aboyait en s'adressant à elle ! Elle composa le numéro du Dr Kenwood.

Dix minutes plus tard, elle rendit l'appareil à Kaldak.

— Je n'ai pas pu le joindre, mais j'ai parlé à l'infirmière en chef : Jessie va très bien.

— Bonne nouvelle. Et maintenant, où sont ces photos que vous avez développées ?

— Elles sont encore dans la chambre noire. Pourquoi ?

— Je pensais y jeter un coup œil. Peut-être pourrais-je y reconnaître quelqu'un.

— Vous croyez que c'est possible ?

— Vous savez, nous autres assassins appartenons à un petit groupe très sélect... Je peux tenter ma chance ?

— Ne soyez pas stupide. Vous n'êtes... Vous n'êtes pas comme eux.

— N'en croyez rien. Demandez à Ramsey. Il m'a entraîné pendant huit longs mois pour faire de moi un excellent assassin. Kaldak se dirigea vers la chambre noire et reprit : Allez vous coucher. Je vous promets de ne rien déranger.

— Dans quel but vous a-t-il entraîné ?

— Je le lui avais demandé.

— Pourquoi ?

— Vous voulez vraiment le savoir ?

— Oui, j'y tiens. Ramsey avait mentionné le nom de... Nakoa. C'est quoi Nakoa ?

Kaldak conserva un long silence et Bess crut qu'il allait laisser sa question sans réponse.

— Nakoa était un autre Tenajo, reprit-il enfin. C'était un centre américain de recherche biologique, installé sur une île minuscule du Pacifique Sud pour développer des vaccins en cas d'utilisation de moyens de guerre bactériologique. Un virus, très rare, s'est échappé des laboratoires du niveau 4. Tout le monde est mort. Il n'y a pas eu de survivants.

Bess lui faisait face, les yeux exorbités.

— Aucun survivant ?

— Aucun. Le virus a pénétré dans le système d'air conditionné desservant aussi bien les laboratoires que les logements privés des scientifiques. Quarante-trois hommes, femmes et enfants.

— Esteban était-il mêlé à l'affaire ?

— Oh, oui ! À l'époque, nous ne savions pas qui était responsable, mais nous avons découvert par la suite que l'un des scientifiques de l'île, Jennings, était à la solde d'Esteban. Jennings subtilisait des bactéries et les transmettait à Esteban, qui les revendait à

Saddam Hussein. Mais lorsque Ramsey a commencé à avoir des doutes, Esteban a voulu détruire toutes les preuves de son implication et empêcher toute recherche le concernant. Jennings a donc libéré le virus avant de s'enfuir. Il était impossible pour Ramsey d'envoyer une équipe d'enquêteurs dans l'île. Nakoa restera inhabitable pendant au moins cinquante ans.

Des hommes, des femmes, des enfants... Tous morts par la faute d'Esteban.

— Pourquoi n'en ai-je jamais entendu parler ?

— Nous avons étouffé l'affaire sans grandes difficultés. C'était une installation secrète et, d'ailleurs, personne n'a jamais reconnu officiellement son existence.

— Pourquoi avoir agi de la sorte ?

— Cela vous horrifie ? Je sais à quel point vous haïssez Esteban, mais si c'était à refaire, j'agirais de même. Nous ne savions pas qui était responsable. Il m'a fallu trois ans pour remonter jusqu'à Esteban. J'ai suivi la trace de Jennings jusqu'en Libye. Il m'a révélé le rôle d'Esteban et celui de Habin avant de mourir.

— Faisiez-vous partie des scientifiques qui travaillaient à Nakoa ?

— Oui.

— Vous avez survécu.

— Je m'étais rendu à Washington pour y remettre un rapport. Tout était terminé à mon retour. Ramsey est venu me prévenir à Tahiti.

La voix de Kaldak était neutre, sans émotion. Il aurait tout aussi bien pu parler des cours de la Bourse, mais son indifférence était feinte. Bess commençait à le connaître.

— Je suis désolée.

— Vous n'avez pas à l'être. C'est arrivé il y a longtemps. Je suis devenu un autre homme depuis.

— Je n'en crois pas un mot.

— Vous ne me croyez pas ? demanda Kaldak avec un léger sourire.

— Je pense que vous vous protégez en niant la réalité, comme nous le faisons tous.

— Vous avez peut-être raison, admit-il, lassé. C'est chaque fois un peu plus difficile de discerner ce qui est bon de ce qui est mauvais. C'était plus simple avant. Il était bon de neutraliser Esteban. Tout le reste était mauvais. C'est comme ça que vous voyez les choses vous-même, n'est-ce pas ?

— Oui, c'est vrai.

— Laissez-moi vous poser une question. C'est une pure vue de l'esprit, bien entendu. Si, pour pouvoir tuer Esteban, Jessie devait, elle aussi, mourir, le permettriez-vous ?

— Ne soyez pas stupide. Vous savez bien que non.

— Alors vous n'avez pas d'aussi mauvaises pensées que les miennes. À un certain moment de ma vie, j'aurais laissé mourir la terre entière si ça m'avait permis d'obtenir la peau d'Esteban.

— Non ! Vous n'auriez pas fait ça.

— Vous avez une excellente idée de moi, mais rien ne la justifie. J'étais le diable en personne et maintenant, je...

— Je n'ai jamais prétendu que vous étiez un ange, coupa Bess. Je dis seulement que vous n'êtes pas un monstre. Pas plus que moi. Esteban est le monstre.

— J'espère que vous avez raison.

— Vous pouvez en être sûr.

Bess se dirigea vers sa chambre et ferma la porte derrière elle. Elle avait besoin d'une douche, de sommeil, il lui fallait se protéger, tout oublier. Elle avait appris et vécu assez d'horreurs sans avoir, en plus, besoin de connaître l'histoire de Kaldak. Mais n'avait-elle pas elle-même demandé à l'entendre ? Elle l'avait exigé. Pourquoi cela avait-il tant d'importance à ses yeux ?

Simple curiosité, peut-être ? Kaldak tenait une place

importante dans cette période de sa vie. Il l'aidait à rester vivante. Il était naturel qu'elle souhaite savoir ce qui motivait ses actes.

Kaldak étendit les photos sur la table.

Autant chercher à identifier un inconnu au cours d'un bal masqué...

Un clown maquillé, le violoniste avec sa perruque, la vieille dame à la voilette... Un groupe d'adolescents dont l'un portait un masque du Darth Vader de *La Guerre des étoiles.*

Le tueur était-il parmi eux ? Comment le savoir ?

Il fallait les étudier avec soin. Une pose, une expression pouvait faire revivre un souvenir fugitif.

Kaldak s'assit et se plongea dans la contemplation des photos.

Atlanta, CDC

— Va dormir un moment, Ed.

Ed Katz leva les yeux ; Donovan était debout près de lui.

— C'est ce que je vais faire. Je voudrais juste tenter un nouvel essai. Je ne comprends pas ce qui cloche. L'anthrax devrait être submergé par ces anticorps, mais ce n'est pas le cas.

— Je croyais que le premier test était prometteur.

— Oui, mais le second met en évidence une résistance incroyable.

— Laisse-moi essayer. Tu n'as pas dormi depuis vingt-quatre heures. À quoi sert une équipe si tu ne fais pas appel à tes coéquipiers ?

— Juste un instant.

— Marta m'a appelé et m'a demandé de veiller à ce que tu manges et à ce que tu te reposes. Je ne tiens pas à m'attirer ses foudres, dit Donovan en baissant les yeux vers le microscope de Ed Katz. Puis j'avoue que j'aimerais assez voir cela d'un peu plus près. Le fait qu'ils aient utilisé des billets pour diffuser le virus est assez intéressant.

Intéressant... Donovan était toujours ainsi, froid et objectif. Ed avait réagi longtemps de la même façon. La science avant tout. C'était une attitude plutôt confortable. Cette sensation de sécurité avait vite disparu lorsqu'il avait mené des recherches de terrain sur le virus HIV. Il avait alors appris à associer des noms et des visages aux statistiques des décès dus au sida. Il avait été bouleversé par la mort des bébés infectés par du sang contaminé. Depuis neuf ans, Marta et lui essayaient d'avoir un enfant et il avait ressenti et partagé la douleur des parents de ces malheureux petits.

— Oui, très intéressant, insista-t-il. Ça te plairait de trouver quelques-uns de ces billets de banque dans ton enveloppe, à la fin du mois ?

— Eh ! Ne m'agresse pas comme ça ! C'est pas moi qui ai trafiqué l'anthrax !

— Je te demande pardon.

— Tu peux. Appelle-moi si tu as besoin de moi, répondit Donovan en s'éloignant.

Ed regrettait déjà son emportement. Donovan était un brave type. Ed se sentait seulement frustré du manque de résultats.

La vérité, c'est qu'il avait peur. Si les anticorps ne fonctionnaient pas ? Si le remède n'existait pas ? Si c'était le Virus absolu ? Depuis l'apparition du sida, Ed avait souvent des cauchemars se rapportant tous au Virus absolu, virus contre lequel on ne pouvait rien... Un jour, il apparaîtrait, sa tête ignoble surgirait d'une forêt équatoriale ou d'un laboratoire de génétique. Ce n'était qu'une question de temps. Il était déjà là, quelque part.

Ed espérait seulement qu'il n'était pas devant lui, sur la plaque de verre de son microscope.

12

Le lendemain matin, Ramsey téléphona à Kaldak.

— Esteban est allé à Cheyenne. D'après Perez, il a reçu un coup de fil de Morissey avant son départ.

Morissey. Encore Morissey.

— Je doute qu'Esteban s'y trouve encore, jugea Kaldak. Il ne prendrait pas de risques avec Perez s'il le pensait nuisible. Du nouveau sur Morissey ?

— Il a téléphoné il y a cinq jours à un motel de Jackson Hole, dans le Wyoming et nous avons intercepté l'appel. J'ai envoyé un agent et je crois que nous avons eu de la chance. Morissey a payé la chambre d'avance avec une carte de crédit. Nous arriverons peut-être à le suivre de cette manière.

— D'où venait cet appel ?

— Nous ne le savons pas, il a appelé de son portable.

Kaldak avait de nouveau l'impression de se heurter à un mur. Esteban avançait ses pions et ni lui ni Ramsey ne parvenaient à mettre la main sur Morissey.

— Des nouvelles du CDC ? reprit Ramsey.

— Ils progressent.

— Ce n'est pas suffisant. Notre seule chance est de trouver un contrepoison. La femme devrait être à demeure au CDC, à leur disposition.

— Elle est à leur disposition, insista Kaldak. Je leur envoie un échantillon de sang tous les jours.

— Cela ne durera pas longtemps si elle est tuée. Elle se promenait encore en pleine rue hier, Kaldak !

— Elle se promènera encore en pleine rue aujourd'hui.

— Combien de temps croyez-vous que je vais tolérer ça, Kaldak ? Elle est beaucoup trop précieuse pour que...

— Appelez-moi quand vous aurez des nouvelles de Morissey.

Kaldak coupa la communication.

— Morissey ? interrogea Bess, debout à l'entrée de la pièce.

— Esteban est parti après avoir reçu un appel de lui. Nous savons qu'il s'est rendu à Cheyenne.

— Pourquoi restons-nous ici, si c'est le cas ?

— Il n'y est sans doute déjà plus. Il faut mettre la main sur Morissey et lui arracher les renseignements dont nous avons besoin.

— S'il sait quelque chose. Vous m'avez dit qu'Esteban ne se confiait à personne.

— Morissey connaît le travail qu'Esteban lui a confié. C'est un point de départ.

— Avez-vous reconnu quelqu'un, sur ces photos ?

Kaldak fit un signe de tête négatif.

— Dans ce cas, je vais sortir et en prendre d'autres, reprit Bess.

— Ça ne servira peut-être à rien.

— Peut-être que si, répliqua-t-elle avec une grimace. J'aurai au moins l'impression de me rendre utile. Je ne supporte pas d'attendre.

— Vous n'appréciez pas le rôle d'appât ? Ramsey suit tout cela de très près. Il aimerait vous enfermer dans une chambre stérile et jeter la clé !

— Qu'il aille au diable !

— C'est bien mon avis, répondit Kaldak en se levant de son siège. Vingt minutes. Vous vous montrez, vous prenez quelques photos et nous rentrons.

— Et je m'assure que personne ne vienne me frôler de trop près.

— Je suis moins inquiet à ce sujet depuis que je sais qu'il s'agit de Marco de Salmo. Il préfère les armes à feu ou les couteaux. Les armes à feu ne conviennent guère à ce genre de situation, donc je parierais sur le couteau.

— Comme c'est rassurant ! remarqua Bess en s'éloignant vers la chambre noire. Je suis ravie que vous... vous ne soyez pas inquiet ! Je reviens, il me faut une nouvelle pellicule.

Oh non ! Il n'était pas inquiet. Il était terrifié et n'avait cessé de l'être au cours de leur visite de la veille au magasin d'accessoires pour photographes. Combien de temps allait-il pouvoir continuer ainsi ?

Les lumières de la ville jetaient des ombres sur le mur de brique, évoquant d'étranges gargouilles bossues.

Intéressant, songea Bess. Elle avait regardé des centaines de fois par cette fenêtre et elle n'avait jamais remarqué ce phénomène.

Elle régla la mise au point et se prépara à actionner le déclencheur.

— Que faites-vous ? s'enquit Kaldak, derrière elle. Vous avez vu quelqu'un ?

— Une gargouille.

— Comment ?

— Juste une ombre sur le mur. Ce serait dommage de manquer une aussi bonne photo.

— Je vous avais demandé de ne jamais vous tenir si près d'une fenêtre.

— J'avais oublié, admit Bess en s'écartant d'un pas.

— Je pensais que vous aviez pris assez de photos pour aujourd'hui. Vous êtes restée dans la chambre noire tout l'après-midi.

— Si je ne fais rien, je deviendrai folle !

— Je peux le comprendre, je ne suis pas très loin

de penser la même chose. Cet appareil vous manquait vraiment.

— Oui. Bess se retourna vers Kaldak qui s'était assis dans un fauteuil, à l'autre bout de la pièce. Il était en bras de chemise, ses longues jambes étendues devant lui. Il aurait dû avoir l'air décontracté, mais ce n'était pas le cas. Toujours cette tension. Bess ne l'avait jamais vu vraiment relaxé. Elle reprit : Mais mes yeux me manqueraient aussi, si je ne les avais plus.

— Ou un vieil ami.

Bess hocha la tête en silence.

— Vous arrive-t-il de regarder quelque chose autrement qu'à travers les lentilles d'un appareil ?

— Oui, ça m'arrive, mais pas souvent, je pense. Emily disait que... Bess cessa un instant de parler. Trop de choses la ramenaient à Emily.

— Elle se moquait de moi en disant que j'étais obsédée par mon appareil, ajouta-t-elle.

— C'est vrai ?

— Peut-être. En fait, je pense que oui. Les gargouilles paraissant grandes comme des figures gothiques, elle se décida à faire un autre cliché. Je me sentais comme nue sans lui, dit-elle.

— Comme si vous n'aviez plus d'armure ?

— Comment ? demanda Bess en regardant Kaldak avec surprise.

— Le fait de prendre des photos vous permet ainsi de garder vos distances avec la situation ? De vous protéger de la douleur ?

— Je ne sais pas.

— Dans les pires moments ? Danzar ? Tenajo ?

— Peut-être, admit Bess en fronçant les sourcils. N'insistez pas, Kaldak, je n'ai pas besoin d'un psychanalyste.

— Pardonnez-moi, c'est une habitude chez moi. Vous avez raison, ça ne me regarde pas. Je ne voulais pas non plus insinuer que vous aviez tort de construire des barrières. C'est ce que nous faisons tous. Je trouvais juste intéressant le fait d'utiliser pour ça un appareil photo.

— Et vous, qu'utilisez-vous ?

— Ce que je peux trouver. J'improvise.

— Pour moi, ce n'est pas seulement une barrière. J'aime ce que je fais, insista-t-elle.

— Je sais. Oubliez ce que je vous ai dit. D'ailleurs, je vous envie plutôt.

Bess ne voulait pas oublier les propos de Kaldak. Il était vif, sensible ; il avait bien trop souvent raison et elle ressentit le besoin immédiat de le déconcerter. La jeune femme approcha l'appareil de ses yeux.

— Souriez, Kaldak !

Elle ne put réprimer un sourire devant l'expression de Kaldak. C'était un véritable plaisir de le surprendre alors qu'il n'était pas sur ses gardes.

— Encore !

Mets au point.

Déclenche.

— Qu'est-ce que vous faites ?

— Je prends une photo de vous. Vous êtes un sujet très intéressant.

C'était la vérité. À travers les lentilles de son appareil, le visage de Kaldak devenait un mélange fascinant de hardiesse et de sophistication. Elle regrettait de ne pas disposer d'un éclairage lui permettant de jouer avec les ombres de ses pommettes.

— Parce que je suis un joli spécimen ? demanda Kaldak avec un sourire ironique. Ou peut-être voulez-vous vous livrer à une étude comparative des gargouilles ? Allez-y, mais sachez que votre appareil ne s'en remettra sûrement pas !

Kaldak semblait se relaxer quelque peu, la tension paraissait quitter lentement les muscles de son visage. C'était étrange. Jamais auparavant Bess n'avait pu le contempler avec la moindre objectivité. Depuis leur première rencontre, chaque instant passé avec lui avait été teinté de tout un éventail d'émotions... La colère, la peur, la frustration...

Ses mains étaient grandes, bien formées, songea-t-elle sans même s'en rendre compte. Comme le reste de sa personne. Des cuisses musclées, une taille étroite, des épaules larges.

Du pouvoir, de la grâce, une chaude sensualité.

Bess faillit laisser tomber son appareil.

Sensualité ? Qu'est-ce qui venait de lui passer par la tête ?

Le regard de Kaldak se rétrécit et vint se concentrer sur celui de Bess.

— Quelque chose ne va pas ?

— Non, rien.

Bess abaissa son appareil et se dirigea vers la chambre noire.

Elle se sentait en sécurité. Assez pour sortir en pleine rue, pensa Esteban.

De Salmo n'agissait pas. Il se contentait de fournir des excuses.

Bess Grady essayait de lui montrer qu'elle n'était pas affectée par la mort de sa sœur. Il savait que c'était faux. Elle s'était effondrée au funérarium. Et pourtant, elle sortait, prenait des photos, alors qu'elle aurait dû se cacher, terrorisée. Elle se fichait de lui. Cette pensée l'enrageait.

C'était intolérable.

Le téléphone sonnait lorsque Bess et Kaldak rentrèrent le lendemain, après être allés prendre de nouvelles photos au Quartier français.

— Avez-vous aimé les funérailles, Bess ?

Le choc la laissa presque sans voix.

— Esteban, murmura-t-elle.

D'un pas preste, Kaldak s'éclipsa vers la cuisine, où se trouvait un autre poste.

— Je suis désolé de vous avoir manquée, mais j'avais chargé l'un de mes employés de me représenter. Selon lui, vous vous êtes fort bien comportée, dans la crypte.

— Espèce de salaud, répondit Bess d'une voix tremblante. Vous l'avez tuée.

— Je vous l'avais dit, vous auriez dû me croire. Mais vous m'avez privé du plaisir de vous offrir en personne un cadeau aussi exquis. Elle n'était pourtant pas très présentable, n'est-ce pas ? Qu'avez-vous pensé lorsque...

— Taisez-vous.

— Vous êtes bouleversée. Mais notre Mère Nature doit accomplir son travail, nous le savons. Surtout avec cette chaleur... Vous avez dû vous aussi souffrir de la chaleur dans ces collines.

— Mais vous ne nous avez pas attrapés. Vous avez perdu, salaud.

— Pas à cause de vous. Vous n'êtes qu'une femme. Sans cet hélicoptère, je vous aurais eue. Vous m'écoutez, Kaldak ?

— Oui.

— C'est bien ce que je pensais. Vous vous occupez très bien d'elle, mais ça ne servira à rien. Je l'aurai. Cette garce ne peut pas grand-chose contre moi, mais elle m'a gêné. Pour prouver ma bonté, je lui ai envoyé un autre cadeau.

La main de Bess se crispa sur le combiné.

— Pourquoi vous ne venez pas me le remettre vous-même ?

— Je suis très occupé, vous surestimez votre importance.

— Sûrement pas. Vous ne m'auriez pas appelée si vous ne creviez pas de trouille.

— Il y a une poubelle publique au bout du pâté

de maisons. Votre présent... est posé dessus, conclut Esteban en raccrochant.

Kaldak avait déjà quitté la cuisine et se préparait à sortir.

— Restez ici. Je vais le chercher.

— Je vous accompagne.

— Il n'attend peut-être que ça.

— Alors vous me protégerez. Je vais avec vous.

— Avancez juste d'un pas et je promets de vous assommer. J'enverrai un agent chercher ce satané truc.

Kaldak se précipita dans l'escalier et la porte d'entrée claqua derrière lui. Il était de retour un instant plus tard.

— L'agent sera là dans deux minutes. Il déposera le paquet et rejoindra son poste. Maintenant, restez tranquille.

Le temps parut interminable à Bess. L'agent monta enfin déposer le paquet et se retira sans un mot.

— N'y touchez pas. Reculez. J'appelle le service de déminage, avertit Kaldak.

— Ce n'est pas une bombe. Il savait que vous y penseriez, dit Bess en se mordillant les lèvres. Je l'ai mis en colère, mais ce paquet n'est pas destiné à me tuer. Il veut me blesser, me faire mal.

La main de Bess s'approcha du paquet. Kaldak l'écarta d'un geste.

— Je l'ouvrirai, dit-il en soulevant le couvercle de la boîte.

Le colis contenait un chemisier de coton blanc, un chemisier d'enfant. L'insigne d'une école cousu sur la poche : celle de Julie. Bess l'avait souvent vue porter ce vêtement. Il y avait une tache rouge sombre sous la poche.

Du sang. La panique s'empara de Bess.

— Julie...

Kaldak posa la main sur son bras.

— Du calme. C'est ce qu'il cherche.

— C'est le chemisier de Julie.

— Julie n'aurait pas pris ce vêtement pour aller camper, n'est-ce pas ?

Bess éprouva un tel soulagement qu'elle sentit ses genoux trembler.

— Non. Elle ne le portait qu'à l'école.

— Esteban a dû envoyer un de ses hommes fouiller la maison d'Emily. Julie n'est pas entre leurs mains, Bess. Il ne lui a pas fait de mal.

Et pourtant... La menace d'Esteban restait présente, brûlante comme un fer chauffé à blanc. D'abord Emily, puis sa fille.

— Elle est hors de sa portée, la rassura Kaldak. Un de nos hommes l'attend près du poste de garde forestier.

Hors de portée, mais pour combien de temps ?

Kaldak tentait d'éloigner Bess du paquet.

— Je ferai analyser cette tache. C'est probablement du sang d'un animal.

— Non, c'est du sang humain. Esteban ne se serait pas contenté d'une mise en scène aussi simple.

— Il ne s'agit pas de Julie, Bess. Esteban voulait seulement vous prouver que vous n'étiez pas à l'abri ici. Laissez-moi vous emmener dans cette cache et nous...

— Je sais ce qu'il cherche.

Il avait réussi. Cette dernière monstruosité avait effrayé et blessé Bess de manière profonde.

— Son ego de pacotille est meurtri parce qu'il est incapable de tuer une « simple femme », poursuivit-elle. Qu'il aille se faire foutre.

— Vous ne voulez pas partir ?

— Pour le laisser savourer sa victoire ? Pour qu'il voie qu'il m'a assez terrorisée pour que je m'enfuie ? Je suis contente d'avoir provoqué sa colère. Peut-être finira-t-il par venir lui-même ? Essayez de découvrir pourquoi l'agent qui était censé garder la maison d'Emily a pu laisser passer un des hommes d'Esteban. Assurez-vous que plusieurs hommes attendront au poste de garde forestier et non un seul.

— Vous n'aviez pas besoin de me le dire.

— Si. Rien n'arrivera à Julie ni à Tom... Mon Dieu ! Le sang sur cette chemise... Vous avez compris ?

— Très bien, répondit Kaldak avec calme. J'appellerai Ramsey et je l'engueulerai proprement, je vous le promets.

— N'oubliez pas de lui dire...

— Je sais très bien ce que je vais lui dire.

Évidemment, Kaldak le savait.

— Excusez-moi, c'est seulement...

— C'est seulement parce que vous êtes têtue comme un âne et que vous refusez de quitter cet endroit, alors que vous êtes morte de peur, gronda Kaldak.

Elle avait peur, sans aucun doute. Jusqu'à présent, la colère et l'effet du choc l'avaient protégée comme une armure, mais Esteban avait percé l'armure et la peur rentrait à pleins flots.

— Il ne s'agit pas du sang de Julie, leur annonça Yael au téléphone le lendemain matin. Nous avons contacté son médecin. Les groupes ne correspondent pas.

— Merci, Yael, répondit Bess, éperdue de soulagement.

— Ça a dû vous causer une terrible surprise, Bess.

— J'ai failli devenir folle. Comme vous dites, c'était une terrible surprise.

Bess raccrocha et se tourna vers Kaldak.

— Les groupes sanguins ne correspondent pas. Elle enfila son blouson et prit son appareil photo. Maintenant, allons-y, reprit-elle.

— Vous voulez vraiment sortir ?

— Il n'y a rien de changé pour moi.

Kaldak la contempla, abasourdi, mais sans dire un mot.

— Il ne saura jamais à quel point il m'a fait peur. Il n'aura pas ce plaisir.

Encore des photos.

Elle ne l'avait pas encore repéré, mais elle possédait certainement cinq ou six photographies de lui, désormais.

C'était sans importance. Qui pourrait le reconnaître ?

Et pourtant si, c'était important. Il s'était assuré qu'aucun cliché de lui n'avait été pris depuis qu'il était devenu Marco de Salmo. Les photos étaient dangereuses. Lorsque les gens ne se souvenaient de rien, ils pouvaient encore se souvenir d'un visage. Aujourd'hui, les nouvelles techniques permettaient même de faire parler les images...

Si elle pouvait seulement arrêter de prendre ces fichues photos ! Il avait cru pouvoir la liquider vite fait, mais Kaldak rôdait toujours dans les parages et observait. Il n'avait pas pu s'en approcher et Esteban perdait patience. Il lui faudrait probablement revenir au plan initial et s'attaquer à l'appartement.

Quoi qu'il en soit, il ne pouvait se permettre de laisser traîner ces photos une fois le contrat exécuté. Il fallait entrer chez elle et les trouver.

— Vous êtes enfin satisfaite ? grommela Kaldak entre ses dents, tandis qu'ils remontaient la rue vers l'appartement de Bess. Nous sommes restés dehors plus de deux heures. Vous tenez vraiment à leur fournir une cible parfaite ?

Bess ne répondit pas. Elle avait senti la tension de Kaldak tout au long de leur périple dans les rues de La Nouvelle-Orléans.

Kaldak ouvrit la porte d'entrée.

— Alors ?

Kaldak n'avait visiblement pas l'intention d'abandonner la partie. Bess gravit les premières marches.

— Il n'est rien arrivé. Esteban sait certainement qu'il ne peut absolument rien faire

Des rats.

Des dizaines de rats. Énormes.

Dans l'escalier, en face d'elle. Derrière elle. Ils dévalaient les marches, en haut, en bas, dans tous les sens.

Elle frissonna lorsque l'un des rats passa près d'elle en lui frôlant les pieds.

— Dehors, vite.

Kaldak la saisit par le bras et lui fit descendre les marches pour la guider vers la rue.

Les rats franchirent eux aussi la porte et dévalèrent sur le trottoir.

L'agent Peterson, en faction de l'autre côté de la rue, courut à la rencontre de Bess et de Kaldak.

— Que s'est-il passé ?

— Comment ont-ils pu entrer ? interrogea Kaldak.

— Il n'y avait personne dans l'immeuble. J'ai surveillé...

— Allez me dégager l'escalier !

Peterson disparut à l'intérieur de l'immeuble.

Bess ne cessait de trembler.

— Je hais les rats. C'est monstrueux, c'est répugnant... Esteban ?

Kaldak hocha la tête.

— D'après son propre passé, je pense que oui. Il a voulu vous offrir son pire cauchemar.

Bess ferma les yeux.

— Ça ira ?

— Oui. C'était juste le choc... Je dois entrer chez moi. Il va m'appeler. Il voudra savoir l'effet que cela a eu sur moi.

Bess passa devant Peterson, occupé à chasser les rats de l'escalier, et ouvrit la porte de l'appartement.

Kaldak l'avait suivie. Il l'écarta et la précéda.

— Laissez-moi d'abord jeter un coup œil.

Le téléphone se mit à sonner au moment où Kaldak sortait de la chambre noire.

— Je vais répondre.

— Non ! répliqua Bess. C'est à moi qu'il veut parler. Et moi aussi, je veux lui parler.

— Ah ! Vous voici enfin. C'est la troisième fois que j'appelle, dit Esteban après que Bess eut décroché. Avez-vous aimé mon petit présent ?

— Il en aurait fallu plus pour m'impressionner. Je savais que vous n'aviez pas Julie.

Du calme. Ne lui montre pas ton dégoût, ni ta peur...

— Quant aux rats..., reprit-elle, ils ne me font pas peur. Je les aime bien. J'en avais un, apprivoisé, quand j'étais petite annonça-t-elle avec arrogance.

— Vous mentez, reprit Esteban après un silence.

— Si, si ! C'était un rat blanc, il s'appelait Herman. Il avait une cage avec une petite roue qui tournait et un...

Esteban raccrocha brusquement.

— Vous aviez vraiment un rat quand vous étiez enfant ? demanda Kaldak.

— Grands dieux, non ! Je les hais, soupira Bess. Mais je pense qu'il m'a crue.

— Si c'est vrai, il vous détestera d'autant plus. Sa soif de vengeance ne connaîtra plus de bornes.

Quelqu'un frappa à la porte. Kaldak alla ouvrir. C'était Peterson.

— Je reviens tout de suite, lança Kaldak à Bess. Je dois vérifier quelque chose.

Bess se sentit soulagée de son départ. Elle ne voulait pas montrer à Kaldak à quel point cette dernière agression d'Esteban l'avait atteinte. Il lui faudrait un bon moment pour s'en remettre.

— Ils ont percé un trou dans le mur qui borde l'allée, annonça Kaldak en rentrant. Ça a pu être fait n'importe quand et Peterson ne pouvait rien voir, de l'autre côté de la rue. Il faudra poster un garde dans l'allée.

— C'est par là qu'ils sont venus ?

— Oui. Ils ont installé une sorte de tuyau après avoir percé le trou. Lorsque nous sommes sortis, ils y ont fait passer les rats.

— De Salmo ?

— Un autre complice d'Esteban, je pense. De Salmo est un spécialiste et ça, c'est du petit boulot...

Plutôt le genre de petit boulot dont on fait les cauchemars, se dit Bess...

— Si vous n'aimez pas ça, reprit Kaldak, vous savez ce qu'il nous reste à faire.

— Taisez-vous, Kaldak. Je n'irai nulle part.

— Sauf au Quartier français demain, je suppose ?

— Exact.

— Bravo, murmura Kaldak. C'est vraiment malin...

L'après-midi suivant, Bess posa une nouvelle série de photos sur la desserte, en face du fauteuil de Kaldak.

— Les voilà. Regardez si vous pouvez en tirer quelque chose.

— Vous en avez pris beaucoup, remarqua-t-il en étalant les clichés.

— Quatre pellicules. Je voulais être sûre de le repérer, précisa Bess en s'asseyant sur une chaise. Eh bien ?

— Rien pour le moment. Je dois les étudier de plus près.

— Il faudrait sortir pour en prendre d'autres, dit Bess, déçue.

— Non ! Il y a trop de monde dans les rues. Il vaudrait mieux cesser de sortir.

— Certainement pas !

— Bien sûr que si ! C'est beaucoup trop dangereux, bon Dieu ! Nous resterons ici.

Ne te mets pas en colère, Bess. Garde ton calme.

— Et que dites-vous du missile à travers la fenêtre et du serpent dans la douche ?

— Je m'en occuperai.

— Nous étions d'accord que ça n'était pas plus dangereux de sortir dans les rues que de se morfondre ici, dit Bess en fronçant les sourcils. Vous n'êtes pas logique, Kaldak.

— Nous n'étions d'accord sur rien de tel et je suis parfaitement logique. Vous vouliez que je vous aide à rester en vie. C'est ce que j'ai fait.

— Nous sommes sortis tous les jours et il ne s'est rien passé.

— Nous ne sortirons plus.

— Pourquoi changer d'avis ? La situation est restée la même !

— Je pensais qu'il finirait par se montrer et j'aurais agi à ce moment-là. Mais il joue au chat et à la souris.

— Nous allons y jouer aussi. Pendant ce temps, je continuerai à prendre des photos et vous pourrez...

— Non, c'est trop risqué.

— Ce n'est pas ce que vous pensiez avant.

Kaldak balaya soudain les clichés qui allèrent s'éparpiller sur le sol.

— C'est ce que je pense maintenant, nom de Dieu ! Contentez-vous de m'obéir ! cria-t-il.

La fureur de Kaldak avait explosé comme un volcan, prenant Bess totalement par surprise et la laissant sans voix, choquée. Elle avait déjà été témoin de sa violence, mais ce n'était alors qu'une violence froide, contrôlée. Le « Kaldak » assis en face d'elle semblait n'avoir rien en commun avec l'homme qu'elle avait appris à connaître.

— Qu'est-ce qui ne va pas, Kaldak ?

— Rien ne va ! Esteban veut que vous serviez de pitance à ses rats et il risque de frapper à n'importe quel moment. Ramsey ne parvient pas à savoir où il se cache, ni à trouver Morissey, et de Salmo n'attend qu'un faux pas de notre part pour vous liquider.

— Il n'est peut-être même pas dans le secteur. Il est possible que votre informateur se soit trompé.

— Il est là, mais je n'arrive pas à repérer ce salopard sur ces photos.

— Vous ne l'avez vu qu'une seule fois, de loin.

— Il faudrait trouver quelque chose... un moyen.

Bess s'agenouilla pour ramasser les images. Kaldak se baissa aussitôt.

— Je les ai fait tomber. Je les ramasserai.

— Encore un précepte de votre maman ?

— Un de mes principes, à moi : tu casses quelque chose, tu répares, dit Kaldak en posant les photos sur la table. Il faut au moins essayer. Il arrive que les choses soient hors d'usage de façon irrémédiable.

— Eh bien, ce n'est apparemment pas le cas, rassurez-vous, conclut Bess.

Kaldak évitait son regard.

— Je vous demande pardon.

Avant que Bess n'ait pu répondre, Kaldak avait disparu dans la cuisine.

13

Bess n'avait encore jamais vu Kaldak dans un tel état. Il marchait comme un lion en cage, fébrile, et la pièce entière semblait imprégnée de sa nervosité.

Toute la soirée, Bess avait tenté de garder les yeux sur les pages de son roman, mais les mots qu'elle lisait étaient aussitôt oubliés.

Elle finit par abandonner et laissa tomber son livre sur la table.

— Je crains qu'Anne Rice ne parvienne pas à me garder éveillée. Je vais aller me coucher.

— Elle écrit sur le thème des vampires, n'est-ce pas ? s'enquit Kaldak en lançant un regard vers la couverture de l'ouvrage.

— Oui ! Les vampires et La Nouvelle-Orléans. Je suis une inconditionnelle de ses livres.

— Je comprends que vous cherchiez à éviter les vampires en ce moment, commenta Kaldak avec un sourire en coin. Vous partagez déjà la vie de l'un d'entre eux.

— Vous prenez mon sang, c'est vrai, mais vous avez l'esprit trop cartésien pour un vampire.

— Vraiment ?

Bess détourna le regard avec précipitation.

— Vous le sauriez si vous aviez lu un de ses romans. Lestat n'a rien d'un scientifique. C'est un personnage à la personnalité très complexe, qui...

Le téléphone se mit à sonner et Bess sentit ses nerfs se tendre comme des arcs. Elle décrocha le combiné.

— Allô !

— Kaldak. Je dois parler à Kaldak.

Ce n'était pas Esteban. Bess tenta de masquer son soulagement par un haussement d'épaules et tendit l'appareil à Kaldak.

— Je me souviens d'une époque où je recevais des coups de fil normaux. Je pense qu'il s'agit d'Ed Katz. Quand on parle de vampires...

Elle se leva et alla vers la fenêtre. L'ombre en forme de gargouille paraissait plus petite que la veille au soir. Elle se demanda à quoi elle pouvait ressembler juste avant que les lumières ne s'éteignent le matin. Peut-être devrait-elle régler son réveil plus tôt pour le savoir.

— Il me faut un autre échantillon.

Bess se retourna. Kaldak venait de reposer l'appareil.

— Pourquoi ? Vous en avez envoyé un ce matin.

— Plus il approche de la solution, plus il se montre gourmand.

— Où en est-il ?

— C'est difficile à dire. Lorsque l'on cherche à développer un antidote, c'est généralement un pas en avant, puis deux pas en arrière.

— Il avait l'air assez excité.

— Il pense peut-être avoir accompli un pas et demi en avant tout récemment, répondit Kaldak. Je ne veux pas vous forcer. Je peux attendre jusqu'à demain matin.

Bess haussa les épaules et s'assit à la table de la salle à manger avant de remonter sa manche.

— Allez-y. Cela n'a pas d'importance.

Kaldak sortit le matériel de prise de sang d'un tiroir du bureau.

— Si, ça en a beaucoup. Je refuserais de vous faire subir tout ça, si la vie de tant de gens n'était pas concernée. Enfin, ce n'est pas ce que je voulais dire, je...

— Prenez cet échantillon et laissez-moi aller dormir, Kaldak.

— C'est ce que je fais.

Bess détestait voir le sang remplir le tube de la seringue. Elle concentra son regard sur le visage de Kaldak. Les muscles de son cou étaient rigides tandis qu'il enfonçait l'aiguille avec beaucoup de précaution.

— Je vous ai fait mal ? demanda-t-il d'une voix grave.

— Vous ne me faites jamais mal.

Les yeux de Kaldak ne quittaient pas la seringue.

— Oh, si ! Mais pas cette fois, peut-être, insista-t-il en retirant l'aiguille. C'est terminé, maintenant.

— Pourquoi vous excusez-vous ? J'ai déjà donné plus de sang à la Croix-Rouge.

— Mais ce n'était pas moi qui vous le prenais. Kaldak maintint le bras de Bess tout en pressant l'endroit de la piqûre, puis il y appliqua une compresse. Je n'aime pas...

Kaldak se tut soudain, les yeux rivés sur le bras de Bess.

— Ça ne va pas ?

— Non, répondit-il d'une voix sourde. Ça ne va pas.

Il souleva le bras de Bess avec douceur et pressa ses lèvres sur la minuscule blessure.

Bess pouvait à peine respirer. Elle ne parvenait pas à faire un geste. Pourquoi un tel désir, si brutal et si soudain ? C'était de la folie. Pas avec Kaldak. Jamais.

Il leva la tête et regarda Bess droit dans les yeux.

— Voilà ce qui ne va pas.

— Non, murmura-t-elle.

— Si... Ses lèvres glissèrent le long du bras de Bess jusqu'aux veines de son poignet. Une vague de chaleur s'empara d'elle. Je le veux et... depuis longtemps.

Votre odeur à elle seule me trouble... Je sais que je ne suis pas un objet de fantasmes, mais vous ne serez pas déçue. Les hommes laids doivent en savoir plus que les autres. Je peux vous...

— Arrêtez, murmura Bess. Je ne peux pas.

— Emily.

— Votre sœur ne souhaiterait-elle pas que vous viviez votre vie ? Pensez-vous que vous l'aimeriez moins si nous passions la nuit ensemble ?

— Bien sûr que non.

— Et vous en avez envie.

Oui ! Elle en avait envie. Elle voulait, oui elle voulait Kaldak. Il la touchait à peine et déjà son corps réagissait.

— J'ai peur que ça n'interfère avec...

— C'est déjà fait. Ça ne peut pas être pire. Je ne peux pas... Il se tut, ses yeux plongés dans ceux de Bess. Non ? Il libéra son bras avec une extrême douceur. Vous êtes sûre ?

Elle n'était sûre de rien. Elle se sentait perdue, hésitante et... troublée, terriblement troublée...

Kaldak se leva et rassembla la seringue et la compresse dans leur étui.

— Ne vous inquiétez pas, je n'insisterai pas. J'ai envie de vous. Vous n'imaginez même pas à quel point. Mais je vous ai déjà demandé et pris beaucoup. Il se dirigea vers la cuisine. Je vais préparer l'échantillon pour Ed.

Bess ferma les yeux et s'enfonça dans son fauteuil. Elle avait envie de lui. Elle voulait qu'il la touche. Elle le voulait en elle. Elle n'avait rien ressenti de tel depuis ces premières semaines enivrantes passées avec Matt. Mais non, comment comparer Kaldak et Matt ? On ne pouvait comparer personne à Kaldak.

— Je vous ai dit de ne pas vous inquiéter.

Bess ouvrit les yeux. Kaldak se tenait près de la porte, le paquet contenant l'échantillon de sang à la main.

— Si vous n'avez pas envie de moi, poursuivit-il, ce n'est pas grave. Mais vous ne devez pas vous sentir coupable. Ça n'a rien à voir avec ce qui est arrivé à Emily. Le sexe a souvent une façon bien particulière de s'annoncer, comme ça, au beau milieu d'une période de crise. Probablement un rapport avec la préservation de l'espèce. Je vais donner ça à Peterson pour qu'il l'envoie dès ce soir. Allez vous coucher.

« Vous ne devez pas vous sentir coupable. Allez vous coucher. »

Pourquoi devait-il toujours lui dire ce qu'elle avait à faire ? Il était persuadé de tout savoir mieux qu'elle. Depuis le début, il avait toujours cherché à la conduire là où il voulait qu'elle aille.

Sauf ce soir. Il avait reculé. Il lui avait laissé le choix.

L'obscurité régnait dans l'appartement lorsque Kaldak rentra, vingt minutes plus tard.

Bess était partie se coucher.

Ou peut-être se cachait-elle dans sa chambre, essayant de croire que rien ne s'était passé entre eux, que tout cela n'avait jamais existé.

Quel imbécile ! Il savait pourtant ce qu'était la discipline. Il avait été élevé à la dure. Pourquoi ne s'en était-il pas servi ce soir ? Pourquoi avoir choisi un aussi mauvais moment ? Mais le bon moment n'existait pas. Pas pour lui. Pas pour eux. Ils avaient déjà vécu tant de choses que...

— Vous avez l'intention de rester là toute la nuit, Kaldak ? Pour l'amour du ciel, venez au lit.

Kaldak se figea, immobile. Il se tourna lentement vers la chambre de Bess.

— Bess ?

— Qui d'autre ? Nous ne sommes que deux dans cet appartement. Bess marqua une pause. Lorsqu'elle reprit la parole, sa voix tremblait un peu. Et l'un de nous deux a vraiment peur de ce qui nous arrive.

Kaldak s'approcha de la porte ; son cœur battait à tout rompre.

— Nous avons peur tous les deux, Bess, murmura-t-il. Tous les deux.

La Nouvelle-Orléans convenait parfaitement à Marco de Salmo. Les rues grouillantes de monde, toujours pratiques dans sa profession, lui rappelaient celles de Rome.

L'homme était juste devant lui : costume gris, sans cravate, calvitie naissante.

Marco évita deux ivrognes qui sortaient d'un bar et accéléra le pas. Il ne devait pas perdre son gibier. Esteban était sur les nerfs mais il allait s'employer à calmer ce salopard.

L'homme au costume gris descendait Bourbon Street en direction de Canal Street, où il avait sans doute trouvé une place pour garer sa voiture.

Marco coupa par Royal Street, puis se mit à courir à vive allure avant de reprendre Bourbon Street.

Il soufflait beaucoup lorsqu'il arriva près de l'allée.

Il attendit.

Une femme en jupe courte et talons hauts ornés d'un motif léopard passa devant l'allée.

Il attendit encore.

Costume gris, cheveux rares.

« Le voilà. »

La lame fine et étroite de son stylet perça le tissu gris pour s'enfoncer droit dans le cœur. Marco traîna le corps au fond de l'allée.

— Kaldak ?

Il se rapprocha d'elle et sa bouche se referma sur le bout de l'un de ses seins.

— Oui ?
— J'ai besoin de mon appareil.
— Pardon ?
— Mon appareil photo.
— Non. Je suis déjà occupé.
— Je veux vous prendre en photo.
— Plus tard, gloussa Kaldak. Vous avez découvert quelque chose de sensationnel en moi que vous voulez immortaliser, j'en suis sûr.
— Prétentieux !
C'était pourtant la pure vérité. Elle avait découvert quelque chose d'extraordinaire en Kaldak. Faire l'amour avec lui était une expérience qui valait la peine... Après s'être montré ardent et passionné, il était devenu presque joueur et sa façon ludique de faire l'amour était complètement inattendue.
— Je veux prendre une photo de l'homme le plus vaniteux que je connaisse.
— Du meilleur amant que vous connaissiez...
— Je ne me souviens pas. Elle eut un instant le souffle coupé tandis que Kaldak lui caressait la poitrine. Enfin, presque le meilleur.
— Le meilleur ?
— Je ne sais pas si je dois encourager votre vanité...
Elle ne parvenait plus à parler. Elle était proche de l'orgasme.
— Encouragez-moi, Bess, murmura-t-il. J'en ai besoin. J'ai besoin de vous...

Bess se blottit contre Kaldak, son regard rêveur plongé dans l'obscurité de la chambre. Elle se sentait si petite et si faible à côté de ce corps musclé et solide mais, étrangement, elle éprouvait un profond sentiment de bien-être, de satisfaction.
— Quelle heure est-il ?
Kaldak jeta un coup d'œil aux chiffres lumineux

du réveil posé sur la table de nuit avant d'embrasser Bess sur la tempe.

— 4 h 35. Pourquoi ? Vous avez un autre rendez-vous ?

— Ne vous fâchez pas. Je suis une femme occupée. Vous avez eu de la chance de me trouver entre deux contrats.

— Heureusement, c'est la seule bonne chose qui me soit arrivée récemment !

Le sentiment de plénitude et de plaisir s'estompa en Bess tandis que les souvenirs affluaient. Non ! À elle non plus, il ne lui était arrivé rien de bon ces derniers temps.

— Allons, n'y pensez pas, murmura Kaldak en la serrant contre lui. Cet instant est trop beau. Au diable les...

— Vous vous appelez comment, Kaldak ?

— Comment ?

— Eh bien, je suis sûre que Kaldak n'est pas votre vrai nom. Esteban vous aurait démasqué, il connaissait les noms des scientifiques de Nakoa. Je pense que, quand une femme partage le lit d'un homme, elle a le droit de connaître son nom.

— David.

— David comment ?

— David Gardiner.

— David Gardiner... Il me faudra du temps pour m'y habituer.

— Il ne faut pas vous y habituer. David Gardiner n'existe plus, je vous l'ai dit.

— Vous n'avez jamais pensé à le ressusciter ? J'aurais cru qu'un homme comme...

Bess fut interrompue par la sonnerie du téléphone. Bess resta figée.

Kaldak allongea le bras et décrocha le téléphone.

— Allô !

Il poussa un soupir, s'assit au bord du lit et alluma la lumière.

— Bon Dieu ! Ed, j'espère que tu as une bonne raison de me déranger.

Ed Katz ? Pourquoi appelait-il à une heure pareille ? Bess s'assit elle aussi et cala son dos contre l'oreiller.

— Comment ça ? Je te l'ai envoyé. Tu aurais dû l'avoir au plus tard vers... Comment puis-je savoir... D'accord, d'accord, je contacte Ramsey. Kaldak raccrocha et se tourna vers Bess. Ed n'a pas reçu l'échantillon. Il faudra peut-être en prendre un autre. Je vais voir avec Ramsey ce qui a pu se passer.

Bess quitta le lit avec une grimace et enfila un peignoir.

— Parfait ! Exactement ce qu'il fallait pour finir la soirée. Je vais grignoter quelque chose.

Kaldak la rejoignit dans la cuisine quelques minutes plus tard.

— Alors ? Devrais-je encore verser mon sang, ou ont-ils...

Elle s'interrompit brusquement en voyant l'expression du visage de Kaldak.

— Qu'est-ce qui ne va pas ?

— Ramsey n'est au courant de rien. Il n'a aucune nouvelle de Peterson. Ils sont en train de le rechercher.

— Peut-être s'agit-il simplement d'une erreur ?

— Peut-être.

— Vous n'en avez pas l'air convaincu. Je ne comprends pas. Il a sûrement...

Bess sursauta lorsque le téléphone portable se mit à sonner entre les mains de Kaldak.

— Kaldak à l'appareil.

Il demeura quelques secondes silencieux avant de couper la communication.

— Ils ont trouvé Peterson dans une allée à quelques pâtés de maisons d'ici. Il est mort.

— Mort ?

— Un stylet dans le dos. Pas d'échantillon sur lui.

Un stylet.

— De Salmo ?

Kaldak hocha la tête.

— Je ne comprends pas, dit Bess. Pourquoi tuer Peterson pour un échantillon de sang ? Il sait bien que nous pourrons en envoyer d'autres.

— De Salmo pensait peut-être que ça aiderait Esteban à patienter.

C'était elle qui avait insisté pour que les appels du CDC passent par sa ligne habituelle, songea Bess. Peterson serait encore en vie si de Salmo n'avait pas mis son téléphone sur écoute.

— Ça suffit, dit Kaldak d'un ton assez dur. Peterson était un agent. Le risque faisait partie de son métier. Sa mort n'a pas forcément de rapport avec cet appel. Esteban voulait vous effrayer, une fois de plus.

Bess croisa les bras pour les empêcher de trembler.

— Alors, pourquoi prendre l'échantillon ? Tout est ma faute !

— Oui, tout est votre faute. Pas directement, mais à cause du problème d'immunité. Esteban et de Salmo sont furieux parce que cette fois le temps joue en notre faveur.

— Peut-être. Katz n'en est pas sûr. Vous non plus.

— Calmez-vous. Il le faut. Ramsey ne va pas tarder à arriver.

— Pour quoi faire ?

— Pour vous frapper au point faible. Il sait qu'il ne me convaincra pas. Il va donc essayer de vous persuader de changer d'avis pour que vous quittiez cet endroit.

Bess sentait la colère monter en elle. Non seulement de Salmo et Esteban cherchaient à la tuer, mais en plus Ramsey essayait de l'intimider.

— Je n'ai pas l'intention de changer d'avis. Ramsey devrait se contenter de faire son boulot et capturer ce salaud.

— Vous n'avez qu'à le lui dire.

Bess s'assit près de la table et remonta sa manche.

— C'est bien mon intention. Maintenant, préparez le matériel et prenez un autre échantillon.

— C'était de la pure bêtise, jugea froidement Esteban. Tu pensais qu'un simple retard pouvait m'aider ? C'est la femme qu'il faut tuer. Tu m'as beaucoup déçu, Marco.

— Le travail sera fait, mais lorsque j'ai appris qu'ils étaient proches de...

— Tu as appris ce qu'ils voulaient que tu apprennes. Tu crois peut-être que Kaldak se permettrait ce genre de négligence ?

— Il ne la quitte pas. Il faudra plus de temps que je...

Esteban maîtrisait sa fureur avec difficulté.

— Je n'ai pas de temps. Tu m'entends ? hurla-t-il. Je n'ai pas de temps. Tout le problème est là.

— Quelques jours...

Dans quelques jours, ce Katz et le CDC auraient peut-être déjà découvert l'antidote, pensa Esteban avec dépit. Et ses projets seraient ruinés.

Il fallait réfléchir.

Il existait forcément une solution.

Yael arriva à l'appartement avant Ramsey.

— Elle va bien ? s'enquit-il aussitôt auprès de Kaldak.

— Je vais très bien, s'écria Bess depuis la salle à manger. Est-ce que tout le monde pense vraiment que je vais m'effondrer ?

— C'est certainement ce qu'espère Ramsey, répondit Yael. J'ai l'impression que la mort de Peterson ne le gênerait pas trop si elle vous poussait à changer d'avis.

— Comment est-ce possible ? s'indigna Bess,

révoltée. Quel genre d'homme est-il donc ? Est-ce le type d'individu que produit la CIA ?

— Ne blâmez pas l'Agence à cause de Ramsey, intervint Kaldak. C'est un ambitieux qui se trouve malgré lui le dos au mur. Si Esteban mettait ses menaces à exécution, ça ruinerait sa carrière politique.

— Et tant pis pour les morts. Bess se leva et se dirigea vers la salle de bains. Si elle devait se battre avec Ramsey, elle ne voulait pas être désavantagée par son peignoir et ses cheveux en désordre. Je vais prendre une douche et m'habiller. Appelez-moi lorsque Ramsey sera là.

Il n'était pas encore six heures, constata-t-elle en entrant dans la salle de bains. Il était impossible de réaliser qu'une heure et demie plus tôt, elle était encore au lit avec Kaldak. Les preuves de leur intimité étaient pourtant évidentes : les draps en bataille, les marques de leurs têtes sur les oreillers.

Non seulement le sexe, mais aussi l'intimité, songea-t-elle en ouvrant le robinet de la douche. Le fait en lui-même était choquant. Que se serait-il passé si elle n'avait pas été brusquement forcée de s'éveiller de cet incroyable état d'euphorie ? Tant mieux, après tout. Kaldak était un amant superbe mais elle se sentait trop vulnérable. Elle ne s'imaginait pas gérer une relation avec un homme aussi compliqué et tourmenté que lui, et ce d'autant moins qu'elle était torturée par de semblables démons.

— Madame Grady ? Mon temps est compté et je dois absolument vous parler.

Oh ! C'était Ramsey qui frappait à la porte de la salle de bains ! Bess coupa le robinet d'eau.

— Je sors dans une minute. Vous ne verrez sûrement pas d'inconvénient à ce que je me sèche avant de vous voir ?

— Je sais que je vous dérange. J'attendrai dans le salon.

Bess était presque surprise que Ramsey ne soit pas

entré pour la tirer de force hors de la douche. Plus elle connaissait Ramsey, moins elle aimait ses manières.

Elle passa la main dans ses cheveux encore mouillés en entrant dans le salon quelques minutes plus tard.

— Désolé, dit Kaldak. Je n'ai pas pu lui briser le cou, ni l'empêcher de venir vous importuner.

Lui briser le cou ? L'idée n'était pas si mauvaise.

— Vous lui avez donné le nouvel échantillon ?

— Oui, répondit Kaldak. Mais il aimerait bien disposer de la vache, en plus du lait.

— Quel langage, murmura Yael. Vous ne ressemblez pas le moins du monde à une vache, Bess. À moins que votre nom... Il n'y a pas une publicité au sujet de Bessie la vache ou quelque chose... ?

— Vous devez bien comprendre que vous ne pouvez pas continuer comme ça, coupa Ramsey. C'est désastreux pour votre sécurité et aussi pour la population. Sans parler de mes hommes. Peterson avait une famille. Souhaitez-vous aller leur annoncer que...

— Cessez immédiatement, Ramsey, intervint Kaldak.

— Non ! Je ne souhaite pas leur dire, s'exclama Bess d'une voix qu'elle tentait de raffermir. Je suis désolée pour eux. Mais cela ne change rien au fait qu'il est préférable pour moi de rester ici si nous voulons atteindre Esteban. À moins d'une meilleure solution, je reste ici.

Ramsey se tourna brusquement vers Kaldak.

— C'est votre faute, Kaldak, dit Ramsey dont la voix tremblait de fureur. Je sais bien que vous utilisez Mme Grady pour parvenir à Esteban. Vous vous en fichez de me sacrifier au passage. Je ne vous laisserai pas faire, pas question !

Ramsey sortit en claquant la porte.

— Je pense qu'il est un peu irrité, dit Yael en secouant la tête d'un air de reproche. Vraiment, Kaldak, se servir d'une femme sans défense comme Bess. C'est lamentable.

— Je suis surpris qu'il pense que je puisse vous manipuler, dit Kaldak à Bess. Nous avons tous agi selon vos plans.

Bess lança un regard vers la chambre. Ramsey était peut-être un monstre d'égoïsme, mais il n'était pas idiot. Il avait vu la chambre et avait remarqué le désordre du lit et les marques sur les oreillers.

— Je ne suis pas si surprise. Mais il se trompe.

— Je crois qu'il est temps pour moi de vous offrir le petit déjeuner, intervint Yael en se levant de son siège. Et comme je n'ai aucun talent de cuisinier, je vais aller au Café du Monde acheter quelques beignets. Je ne marche pas vite, mais je devrais être de retour d'ici une heure.

— Vous pouvez rester, Yael, dit Bess.

Yael avait déjà quitté l'appartement.

— Je n'ai pas essayé de me servir de vous, Bess.

Bess alla s'accouder à la fenêtre.

— Ne soyez pas stupide. Je le sais bien.

— Pourquoi ne me regardez-vous pas ?

— Je me sens... mal à l'aise. Je n'ai pas l'habitude des aventures d'une nuit.

— Mais enfin, ce n'est absolument pas le cas !

— Ça ne peut pas être autre chose. Ce serait de la folie de croire que nous puissions avoir une relation saine à long terme.

Le silence se fit derrière Bess.

— Oh ! Je vois. Vous voudriez que je fasse simplement partie de la liste des erreurs que vous avez commises, comme votre don Juan de mari ?

Avait-elle blessé Kaldak ? C'était pourtant la dernière chose que Bess souhaitait.

— Regardez-moi, Bess.

— Vous n'êtes pas responsable. J'étais seule et

j'avais besoin... S'il vous plaît, ne rendez pas les choses encore plus difficiles.

— Nous ferons encore l'amour ensemble, reprit Kaldak après un instant de silence. Nous sommes trop proches l'un de l'autre et nous savons à quel point nous nous sommes aimés la nuit dernière. Je ne tenterai rien, mais je ne me défendrai pas lorsque ça arrivera. Bess entendit Kaldak s'éloigner. Je vais prendre une douche. J'ai encore votre odeur sur ma peau et ça me rend fou.

Bess se sentait toujours aussi tendue, même après le départ de Kaldak. Ses derniers mots avaient ramené à sa mémoire les souvenirs tumultueux de la dernière nuit. Oublie cela. Elle avait bien agi. Elle devait garder les idées claires. Il ne fallait pas penser à Kaldak.

Elle devait se souvenir d'Emily.

— Tu es sûr qu'il est compétent ? interrogea Habin d'une voix cassante. Je persiste à penser que l'un de mes hommes aurait mieux fait l'affaire. On ne peut pas acheter leur loyauté.

Les mains d'Esteban se crispèrent sur le téléphone. La loyauté était précisément la qualité qu'Esteban souhaitait à tout prix éviter. S'il avait passé tant de temps à chercher un homme tel que Jeffers, c'était parce qu'il se savait incapable de contrôler les hommes de Habin. La corruption et les menaces n'ont pas de prise sur les fanatiques.

— Jeffers est un excellent élément et il serait dommage de risquer de perdre tes hommes sur ce travail. Les autorités américaines te recherchent et tu as besoin de protection. Tu as trouvé un endroit sûr ?

— Une ferme, proche de Kansas City. Et la femme ? Si mes hommes s'en étaient occupés, elle serait déjà morte.

Le sourire d'Esteban s'évanouit brusquement. Si les

tueurs de Habin s'étaient chargés de Bess Grady, Kaldak les aurait neutralisés, puis les aurait fait parler sans pitié. De Salmo ne s'était pas montré très efficace, mais au moins il n'avait pas été pris.

— Kaldak connaît tous tes hommes et ils le connaissent. Ça nous aurait posé des problèmes. Tu seras heureux d'apprendre que j'ai décidé de prendre les choses en main personnellement.

— Bien ! Mais je ne peux pas encore agir. J'ai besoin de trois jours.

— Tu les auras, conclut Esteban avant de raccrocher.

Trois jours. Esteban sentait une raideur pénible lui envahir la nuque et il haussa les épaules pour se relaxer. Il ne fallait pas laisser la pression croître en lui. Il attendait ce moment depuis trop longtemps. Tout devait se passer selon ses plans et rien maintenant ne devait pouvoir l'arrêter.

La femme n'était qu'un obstacle de plus sur sa route.

Lorsqu'on ne peut attaquer un obstacle de front, il suffit de faire le tour et le prendre à revers.

Trois jours...

14

Premier jour
Atlanta, 6 h 05

— Je suppose que tu n'iras pas à la Bar Mitzvah d'Alison ce soir ? interrogea Marta d'un air désapprobateur. Toi qui ne peux pas supporter un costume et une cravate.

— C'est cela, je me suis arrangé pour que Kaldak me flanque ce satané boulot sur les bras pour éviter de sortir ce soir, c'est ce que tu penses ? dit Ed en vidant son verre de jus d'orange.

— Ce n'est pas parce que tu n'aimes pas ma sœur que tu dois offenser sa fille.

— Je lui offrirai un superbe cadeau.

— Mais tu n'aimes pas ma sœur, pas vrai ?

Ed se sentait trop fatigué pour tenter de nier.

— Leslie est une snob. Elle pense que tu t'es mariée en dessous de ta condition. Ce qui signifie qu'elle est stupide.

— Peut-être. J'en doute parfois. Tu n'es pas rentré à la maison depuis trois jours.

Ed lui lança un regard sombre.

— Mais j'étais à la maison hier soir !

— Tu n'es resté que quatre heures et juste parce que tu savais que c'était ma période fertile.

Ed se leva et embrassa sa femme sur le nez.

— Je crois que nous avons touché le jackpot. Est-ce que je n'ai pas été un véritable étalon ? D'ici à neuf mois, nous passerons notre temps à changer des couches.

— C'est moi, encore et toujours moi qui changerai les couches. Toi, tu seras encore dans ton laboratoire avec tes sales petits virus, lança-t-elle tandis que Ed s'emparait de sa serviette et se hâtait vers la porte d'entrée. Regarde-toi. Pour si peu de temps, tu n'aurais pas pu laisser ton travail à la maison ?

— Je te demande pardon. Je voulais juste vérifier quelques chiffres dans la voiture avant d'arriver au labo.

— Essaie de passer au moins une heure à la Bar Mitzvah ?

— J'essaierai, ma chérie. Mais nous avons besoin de résultats.

— Et Donovan ? Il ne peut pas travailler un peu tout seul ?

— Peut-être, mais nous sommes pressés. Tu sais bien que j'irais avec toi, ce soir, si je le pouvais.

Marta approuva d'un air résigné et le suivit vers la porte.

— Très bien ! Je m'excuserai pour toi, dit-elle en retenant Ed par la manche. Viens ici.

Elle entoura de ses mains le visage de son mari et l'embrassa.

— C'est vrai. Un véritable étalon. Attention de ne pas trop travailler. Je ne veux pas que tu aies une attaque avant la naissance des enfants...

— Aucun risque ! Je trouverai peut-être le temps de passer chez ta sœur ce soir, tu sais.

— On peut rêver !

Marta fronça soudain les sourcils en apercevant la Ford grise garée au bout de la rue.

— Attends ! Je vais porter un peu de café à tes policiers ! Je les avais oubliés.

— Nous allons nous arrêter au McDonald en chemin. Paul adore leurs frites.

— Paul est celui qui conduit, n'est-ce pas ?

— Non, Jim conduit. Paul est son équipier.

— Pourquoi ces policiers, Ed ? C'est le virus Ebola, ou quelque chose du même genre ?

— Je te l'ai déjà dit, je suis un homme important. Le président, le maire et moi, nous avons besoin de gardes du corps, lança Ed en clignant de l'œil. Rentre, maintenant. Il fait frais dehors.

— Mon peignoir est chaud, ne t'inquiète pas.

Ed sentit le regard de Marta qui le suivait alors qu'il se dirigeait vers la voiture. Peut-être pourrait-il l'emmener quelque part pour des vacances, le mois prochain. Avec un peu de chance, l'antidote serait prêt d'ici à une semaine. Les derniers tests semblaient prometteurs. À vrai dire, il n'avait jamais ressenti une telle excitation ! Ce n'est pas tous les jours qu'un scientifique peut espérer trouver une thérapie pour une maladie mortelle.

— Salut les gars ! lança-t-il en s'installant sur le siège arrière de la voiture. Il faudra s'arrêter au McDonald. J'ai oublié votre café. Marta était...

Pas de réponse. Jim et Paul regardaient droit devant eux. Un fin ruisselet de sang coulait lentement derrière le col de chemise de Paul.

Mon Dieu !

Ed avança son bras vers la poignée de la portière.

Il n'entendit jamais le hurlement de Marta.

— Vous êtes sûr ?

Bess se dressa dans son fauteuil. Elle n'avait jamais vu une telle expression de douleur sur le visage de Kaldak.

— Oui, j'y vais. Vous avez raison. C'est mon boulot.

Kaldak raccrocha.

— C'était Ramsey ?

— Oui. Je dois aller à Atlanta.

— Pourquoi ?

— Ed Katz est mort.

— Quoi ? Quoi ? répéta-t-elle.

— Sa voiture a explosé. Lui et deux officiers de police ont été tués. Son poing écrasa soudain le bras de son fauteuil. Le salaud ! cria-t-il.

— C'était votre ami ?

— Nous avons étudié au collège, ensemble. J'ai assisté à son mariage. Oh, oui ! J'étais son ami et quel ami, ajouta-t-il amèrement. Je l'ai forcé à travailler sur ce virus. Je n'ai jamais pensé qu'il pouvait servir de cible, surtout que Ramsey avait pris sa sécurité en charge.

— De Salmo ?

— Je ne sais pas. Il préfère l'arme blanche, mais il a déjà utilisé des explosifs. Ce peut être de Salmo ou l'un des hommes de Habin.

— Est-ce que cela va affecter les recherches ?

— J'en ai bien peur : c'était un travail d'équipe, mais Ed dirigeait l'ensemble, confirma Kaldak en se dirigeant vers la porte. Ça fera gagner du temps à Esteban. Il n'a pas pu vous atteindre, il s'en est donc pris à Ed.

— J'aimerais pouvoir faire quelque chose. Je suis désolée, Kaldak.

— Désolée d'être en vie ? Ne vous en faites pas, Esteban fera son possible pour que ça ne dure pas. Mais il n'y parviendra pas. Je reviendrai cette nuit car je dois vérifier où en sont les recherches et j'irai voir l'épouse de Ed. Ramsey a contacté Yael. Il sera là dans quelques minutes. Je l'attendrai en bas, mais je ne partirai pas avant qu'il arrive. Si vous voulez m'aider, ne sortez pas de chez vous aujourd'hui.

— Je ferai ce que vous voulez.

— C'est ça. Ce que je veux.

La porte se referma derrière lui.

Bess n'avait rencontré qu'une seule fois Ed Katz, mais elle avait gardé en mémoire l'image de cet homme, debout sous la pluie dans un parking. Il avait eu peur à ce moment-là, mais il n'avait pas abandonné sa tâche.

Il était mort, maintenant. Esteban l'avait tué, comme il avait tué Emily et tous les autres...

Quelqu'un frappait à la porte.

— Une minute !

Bess se leva et s'approcha de la porte. Elle s'arrêta, la main sur la poignée.

— Yael ?

— Ramsey.

Ramsey... Une catastrophe survenait et Ramsey était là, comme un vautour qui tournoie autour d'une charogne. Elle ouvrit la porte.

— Où est Yael ?

— Il sera bientôt là, annonça Ramsey en souriant. Je l'ai intercepté au bas de l'escalier et je lui ai demandé d'attendre, le temps que nous parlions un peu.

— Je n'ai pas envie de parler. Nous nous sommes déjà tout dit.

Ramsey entra et ferma la porte derrière lui.

— La mort de Katz est la goutte qui fait déborder le vase. Nous ne pouvons plus attendre. Vous devez me faire confiance pour ce qui est de votre sécurité.

— Je n'en ai pas l'intention. Je n'ai pas confiance en vous. Je n'ai confiance qu'en moi-même.

— Et en Kaldak.

Bess plongea son regard dans celui de Ramsey.

— Et en Kaldak.

— Vous sentez-vous en sécurité avec lui ?

— Je vous prie de sortir, monsieur Ramsey.

— Vous avez tort. C'est un homme dangereux. Il vous utilise, comme il nous utilise tous. Il s'est servi d'Ed Katz et vous voyez le résultat.

— Je ne me souviens pas de vous avoir entendu lui reprocher d'employer les services d'Ed Katz.

— Je pense parfois que Kaldak n'est pas très équilibré. Cet homme est obsédé par une idée fixe.

— C'est aussi mon cas. Nous formons donc une bonne équipe.

— Laissez-moi vous aider, insista Ramsey dont le sourire se faisait de plus en plus persuasif tandis qu'il s'approchait de Bess. Vous n'avez pas besoin de Kaldak. Soyez patiente et écoutez ce que j'ai à vous dire.

— Je n'ai pas cessé de le harceler, murmura Marta. Je voulais qu'il vienne avec moi à une Bar Mitzvah. Je savais qu'il était épuisé et j'ai continué à l'ennuyer.

Les mains de Kaldak se refermèrent sur les siennes. Elle enfouit son visage sur sa poitrine.

— J'aurais dû... Oh, mon Dieu ! J'aurais dû me taire.

C'était plus que Kaldak ne pouvait en supporter...

— Vous avez passé seize ans ensemble. Ed vous aimait. Il se moquait de...

— Je voulais un enfant. C'est pour ça qu'il est rentré à la maison hier soir. C'était ma bonne période. Sinon, il serait resté au centre, il serait encore en vie. Je ne comprends pas. Personne ne tue les scientifiques. Cela arrive aux politiciens, aux évangélistes, aux parrains de la mafia, mais pas aux gens comme Ed.

— Quelqu'un a appelé votre famille ?

— J'ai dit à ma sœur de ne pas venir. Elle ne s'entendait pas avec Ed.

— Quelqu'un d'autre ?

— Ma mère arrive en avion de Rhode Island. Marta repoussa Kaldak et s'assit, toute droite sur sa chaise. Je suis confuse, je vous embarrasse. Vous ne savez que faire et moi non plus.

— Vous ne m'embarrassez pas.

— Bien sûr que si ! Vous n'avez jamais su comment... Marta hésita un instant. C'est à cause de son travail, n'est-ce pas ?

— Oui.

— Et ça l'a tué.

— Oui.

— Il était votre ami, dit-elle dans un souffle. Pourquoi ?

— C'était important.

— Assez important pour qu'il meure ?

Chaque mot était comme un coup de fouet pour Kaldak.

— Je pensais qu'il était en sécurité, Marta.

— Il ne l'était pas. C'était une faute. Vous avez commis une faute.

— Je sais, admit-il d'une voix rauque. Je sais.

— Et moi aussi, j'ai commis une terrible faute. Le bébé. Oh, mon Dieu ! Et si j'avais un bébé ? chuchota-t-elle, les yeux inondés de larmes. Je ne pourrais pas le supporter. Ça me tuerait. Je ne pourrais pas supporter d'avoir un enfant sans Ed.

— Où en est-on des recherches ? demanda Ramsey lorsque Kaldak répondit à son appel, sur la route qui le conduisait à l'aéroport d'Atlanta.

— L'équipe est sous le choc, mais ils tiendront le coup. Donovan le remplacera, mais certains documents ont été détruits par l'explosion.

— Combien de temps leur faudra-t-il ?

— Je l'ignore, mais Donovan est compétent et il semble avoir bon espoir d'y arriver assez vite.

Kaldak aurait aimé offrir quelque chose de plus positif. Il s'attendait à ce que Ramsey en profite pour lui demander le départ de Bess de La Nouvelle-Orléans et il se préparait à batailler dur, mais Ramsey changea très vite de sujet.

— Je viens d'avoir des nouvelles de l'agent qui s'occupe de Morissey. Il y a une semaine, le Majestic Hotel de Cheyenne a demandé une garantie sur sa carte de crédit. Nous avons vérifié avec la direction de l'hôtel : ils ont toujours un client enregistré au nom de John Morissey.

Un frisson d'excitation parcourut la colonne vertébrale de Kaldak.

— Vous pourriez vous y rendre directement d'Atlanta, poursuivit Ramsey. Je pensais que vous aimeriez vous en occuper vous-même.

Kaldak ne voulait que ça et jusqu'à l'obsession. Morissey était peut-être le plus sûr moyen de remonter jusqu'à Esteban et il craignait qu'il ne file entre les doigts des hommes de Ramsey.

Mais cela signifierait que Bess...

— Je ne peux pas laisser Bess maintenant. Une fois rendu à La Nouvelle-Orléans, je demanderai à Yael de s'en charger.

Il y eut un silence au bout du fil.

— Eh bien, si vous changez d'avis, finit par conclure Ramsey, faites-le-moi savoir.

— Je ne changerai pas d'avis, dit Kaldak avant de couper la communication.

L'attitude conciliante de Ramsey le déconcertait. D'habitude, Kaldak arrivait à prévoir dans quel sens le vent allait tourner, mais Ramsey, cette fois-là, le surprenait.

Et ça ne plaisait pas à Kaldak.

— Tu as une mine affreuse, commenta Yael lorsque Kaldak ouvrit la porte de l'appartement de Bess. Ça a été difficile ?

— Ça n'aurait pas pu être pire.

— Tu sais que je suis vraiment désolé.

Oui, Kaldak savait. Le monde entier était désolé, mais ça ne ressusciterait pas Ed. Kaldak tourna son regard vers la chambre de Bess.

— Où est-elle ? Dans sa chambre ?

— Je préférerais qu'elle y soit. Elle n'a pas quitté la chambre noire depuis que je suis arrivé.

— La chambre noire ? Elle travaille ?

— Je ne pense pas. Ramsey est venu la voir.

— Que s'est-il passé ?

— J'ignore ce qu'il lui a dit, mais elle semble avoir du mal à s'en remettre.

Je me sens en sécurité ici.

Ces mots de Bess au sujet de la chambre noire revinrent soudain à la mémoire de Kaldak. Après l'entrevue avec Ramsey, Bess était allée y chercher la paix et la sécurité.

Il aurait dû s'y attendre. Ramsey avait sur-le-champ, saisi sa chance. Kaldak voyait tout s'effondrer autour de lui. Ce dernier coup n'était pas une surprise.

— Tu préfères que je parte ? demanda Yael.

— Non, reste. Je vais lui parler, dit Kaldak en se dirigeant vers la chambre noire.

Il s'arrêta devant la porte. Va et parle-lui en face. Il prit une lente et profonde respiration, puis frappa.

— Je peux entrer, Bess ? Nous devons parler.

— Plutôt, oui.

Bess ouvrit la porte. Les yeux étincelants, elle recula d'un pas et le gifla.

— Espèce de salaud !

— Bess, je ne voulais pas...

Elle le gifla de nouveau.

— Salaud ! Comment pouvez-vous prétendre ça ? cria Bess, les joues ruisselantes de larmes. Vous saviez tout. Rien de tout ça n'aurait dû arriver. Emily n'aurait pas dû mourir. Pourquoi ne nous avez-vous pas laissées tranquilles ?

— Je vous demande pardon. Je ne voulais pas qu'il vous arrive quoi que ce soit. Je croyais qu'il n'y avait pas de risque.

— Vous m'avez envoyée à Tenajo, vous avez laissé ma sœur m'accompagner. Vous savez à quel point je me sens coupable depuis sa mort ? Vous êtes responsable de tout, espèce d'ordure ! Et maintenant, Emily est morte !

Bess pleurait si fort qu'elle pouvait à peine articuler ses mots.

— Elle n'était pas censée vous accompagner. Vous aviez un contrat. Vous deviez vous y rendre seule.

— Vous avez tout arrangé. Ramsey m'a dit que vous vous étiez arrangé avec la direction du magazine pour que j'obtienne ce reportage. Vous vouliez que j'aille à Tenajo.

Un muscle tressaillit sur le visage de Kaldak.

— Oui, c'est vrai.

— Pourquoi ?

— Ramsey ne vous l'a pas dit ?

— Il n'a parlé que de la façon dont vous m'avez trompée et de la confiance que je devais lui témoigner. Maintenant, Kaldak, dit-elle entre ses dents et en s'avançant d'un pas, vous allez me dire pourquoi vous vouliez que je meure.

— Je n'ai jamais voulu que vous mouriez. Je savais que vous aviez de bonnes chances de survivre.

— Vous ne pouviez pas savoir que je... Les yeux de Bess s'élargirent soudain. Vous saviez ! cria-t-elle... Vous saviez que j'étais immunisée. Comment pouviez-vous...

— Danzar.

Bess le contempla, ahurie.

— Vous avez ingurgité une faible dose de l'anthrax mutant à Danzar. Il était beaucoup plus faible que celui utilisé à Tenajo. Mais assez puissant pour tuer tout le monde dans le village.

— Vous voulez dire que Danzar était un autre de leurs terrains d'expérience ?

— Le premier. L'occasion était parfaite pour Esteban. Il a fourni l'anthrax aux miliciens, ils l'ont distribué dans le village dans des rations de vivres.

— C'est faux. Tout le monde à Danzar a été massacré. J'y étais. Je l'ai vu.

— Ça faisait partie du marché. Les miliciens sont revenus ensuite et ont monté cette mise en scène pour faire croire à une boucherie.

— C'était une boucherie.

Kaldak secoua la tête et reprit :

— Vous saviez ? Vous saviez pour les bébés ?

— Non, j'étais avec Habin à ce moment-là. Esteban était le seul à s'occuper de Danzar, mais je l'ai appris plus tard.

— Et vous n'avez rien fait ?

— Que voulez-vous que je vous dise ? demanda Kaldak d'une voix rocailleuse. Non ! Je n'ai rien fait, pas plus qu'après Nakoa, parce que je n'avais pas de preuves. Mais après Danzar, j'ai pensé que nous pouvions agir. Quand vous étiez hospitalisée à Sarajevo, j'ai demandé que l'on analyse votre sang. Vous aviez développé des anticorps contre l'anthrax.

— Vous étiez à l'hôpital à Sarajevo ?

— Il fallait que je sois sûr.

— Vous avez toujours été là.

— Oui.

— Si vous saviez que j'étais immunisée, pourquoi n'avez-vous pas pris de ce fichu sang ? Vous auriez pu sauver Tenajo.

— Esteban considérait Danzar comme un échec et il continuait à travailler sur le virus. Nous ne savions pas quelles allaient être les nouvelles mutations. Développer un antidote à ce moment-là aurait été inutile.

— Aussi, vous m'avez envoyée à Tenajo.

— Il fallait vous exposer. Je devais m'assurer que vous étiez immunisée.

— Un mort de plus ou de moins vous importait peu.

— Bien sûr que si, ça faisait une réelle différence. Mais je ne pouvais laisser ça rentrer en ligne de compte.

— Vous avez tué Emily.

— D'accord, je l'ai tuée. C'est ma faute.

— Vous l'avez tuée, vous m'avez menti et vous m'avez baisée, lança-t-elle en fixant Kaldak avec dégoût. Et je vous ai laissé faire.

— Je ne vous ai pas baisée, je vous ai fait l'amour,

répondit Kaldak en s'avançant d'un pas. Bess, ce n'était pas...

— Ne me touchez pas ! cria la jeune femme en reculant promptement. Je ne m'étonne plus que vous vous soyez montré si prévenant et si gentil. Vous vous sentiez coupable. J'ai envie de vous tuer. Je pourrais vous couper la gorge.

— Il faudra attendre votre tour, dit Kaldak d'un ton las.

— Sortez de chez moi, salopard.

— De Salmo vous guette toujours.

— Je m'en fiche.

— Je ne m'en fiche pas. Allez-vous laisser Ramsey vous emmener...

— Ramsey ne m'emmènera nulle part. Je n'ai pas plus confiance en lui qu'en vous. Sortez ! cria-t-elle d'une voix tremblante. Je ne peux même plus supporter de vous voir.

— Bess, c'est exactement ce que veulent de Salmo et Esteban.

— Sortez ! hurla-t-elle à présent.

Elle lui claqua la porte de la chambre noire au visage.

Kaldak serra les poings. Il s'était attendu à ça. Il avait toujours su que Bess découvrirait la vérité, mais il ne s'attendait pas à ce que ça fasse aussi mal.

Il revint à grands pas vers le salon.

— Ramsey a craché le morceau ? interrogea Yael. Elle est au courant de tout ?

— Oui. Elle veut que je parte. Ce qui signifie que tu me remplaces. On ne peut pas la laisser seule.

Yael passa dans la chambre d'amis et prit sa valise. Yael lui emboîta le pas.

— Je ne t'ai jamais promis de m'engager à long terme dans cette histoire, Kaldak.

Kaldak jeta ses vêtements dans la valise.

— Tu veux qu'elle meure ?

— Mais Ramsey...

— Garde Ramsey à distance. Il était censé protéger Ed Katz et... Ed est mort.

— Que comptes-tu faire ?

— Il n'y a qu'une seule chose que je puisse faire, répondit Kaldak en fermant sa valise. Je vais aller à Cheyenne pour coincer Morissey. Ramsey a fini par retrouver sa trace. Appelle Ramsey et dis-lui que je pars. Il n'était d'ailleurs guère utile de prévenir Ramsey qui savait très bien que Bess aurait Kaldak en horreur après ses révélations. Kaldak se serait volontiers offert le plaisir de briser la nuque de ce pourceau. Il reprit : J'espère seulement que tout ne se terminera pas en eau de boudin. Veux-tu rester, Yael, je t'en prie ? Prends soin de Bess. Nous avons besoin d'elle. Elle est réellement... précieuse.

— Dans tous les sens du terme, bien sûr, répondit Yael. Très bien, je prendrai soin d'elle.

Comme ça faisait mal !

Bess était blottie dans un coin de la chambre noire, les bras repliés autour des épaules.

Pourquoi lui avait-elle fait confiance ? Elle savait pourtant que Kaldak se souciait d'Esteban et de personne d'autre au monde. Il l'avait même mise en garde, en lui disant de ne pas lui accorder sa confiance.

Elle n'avait pas écouté. Elle l'avait laissé se servir d'elle comme il se servait de tous les autres. Il l'avait envoyée à Tenajo et Emily était morte.

Bess avait l'impression de vivre un calvaire. Elle n'avait pas été assez bête pour laisser Kaldak prendre trop d'importance à ses yeux, Dieu merci ! Alors pourquoi était-elle recroquevillée ainsi dans son coin comme un animal blessé dans la nuit ?

C'était juste à cause du choc. Elle irait très vite beaucoup mieux. Elle resterait un tout petit peu de temps ici, pour reprendre des forces. Elle sortirait ensuite de la chambre noire et tout se passerait à merveille.

Encore un petit peu de temps, rien de plus.

Kaldak était parti.

C'était une chance inespérée pour Marco. Les gardes en bas de l'immeuble ne lui créeraient que peu de soucis.... Esteban s'était montré satisfait de l'adresse avec laquelle il avait réglé le problème de ces policiers, à Atlanta. C'était Kaldak qui lui causait le plus de tracas et il était loin, désormais.

Les sourires de la chance sont rares et ils durent rarement très longtemps.

Raison de plus pour en profiter sans tarder.

Deux heures plus tard, Yael était absorbé par la retransmission d'un match de basket-ball lorsque Bess entra dans le salon.

— Vous avez faim ? cria Yael pour couvrir le vacarme de la télévision. Il est plus de neuf heures et vous n'avez rien mangé de la journée.

— Je vais me coucher. Je suis fatiguée.

— Je comprends pourquoi.

Bess lui lança un regard de côté.

— Vous étiez au courant de tout.

— Presque tout. J'ai appris le reste par Ramsey après mon arrivée ici.

— Tout le monde savait, sauf moi. C'est impardonnable.

— On peut pardonner beaucoup, vous savez. Mais ne croyez pas que j'essaie de vous convaincre de la bonne foi de Kaldak.

— Vous auriez du mal.

— Je veux seulement vous faire comprendre que nous avons tous nos priorités. Kaldak n'est pas le démon et il se soucie vraiment de votre sécurité.

— C'est la raison pour laquelle il m'a envoyée à Tenajo, je suppose ?

Yael poussa un profond soupir.

— J'ai mal choisi le moment de vous parler, je crois, dit Yael en se levant. Je vais descendre et demander à l'un des gardes de passer chez moi et de me préparer une valise. Je le remplacerai en bas jusqu'à son retour. Ce ne sera pas long.

— Vous n'êtes pas obligé de vous installer ici. Je me débrouillerai.

— Je l'ai promis à Kaldak. Je commençais à me sentir un peu seul chez moi, d'ailleurs. Ma femme et mon fils me manquent. À propos, avez-vous l'intention de me traîner dans les rues demain ?

— Bien sûr.

— C'est bien ce que je craignais.

— Yael, je viens de m'en souvenir : il faut envoyer un échantillon de sang avant demain matin. C'est Kaldak qui s'en chargeait, d'habitude.

— Je suis désolé, je ne suis vraiment pas qualifié pour ce genre d'opération, mais je trouverai sans doute un agent capable de faire une prise de sang. Je demanderai à Ramsey de m'envoyer quelqu'un assez tôt demain matin.

— Merci. Pourriez-vous aussi me prêter votre portable ? J'utilisais toujours celui de Kaldak et je ne tiens pas à me servir de ma ligne lorsque je prends des nouvelles de Jessie.

— Aucun problème, répondit Yael en lui tendant l'appareil. Je préfère vous rendre ce genre de service que vous pomper votre sang.

Bess se dirigea vers sa chambre. Après avoir pris une douche, elle appellerait l'hôpital, puis elle essaierait de dormir.

Elle savait pourtant qu'elle ne parviendrait pas à trouver le sommeil ; ses nerfs étaient encore trop à vif.

Inutile de perdre son temps. Elle entra dans la

chambre noire et rassembla toutes les photos qu'elle avait prises depuis son retour à La Nouvelle-Orléans, puis elle se rendit dans sa chambre.

Vingt minutes plus tard et lassée, elle posa les clichés sur la table de nuit. Rien. Pourquoi insister ? Toutes ces images se brouillaient devant ses yeux. Certains clichés étaient d'ailleurs assez flous. Elle avait sûrement...

Mais pourquoi ces images étaient-elles floues ? Elle ne se souvenait d'aucune bousculade, d'aucun faux mouvement qui puisse justifier la mauvaise qualité des photos.

Elle les passa en revue une par une. Seulement quatre d'entre elles étaient floues.

Le clown. Le grand clown aux cheveux verts et au visage fardé de blanc. Chaque fois, il s'éloignait de l'appareil lorsque Bess appuyait sur le déclencheur. Était-ce une coïncidence ou essayait-il d'éviter l'objectif ? Avait-il quelque chose à cacher pour s'enfuir ainsi, même déguisé ?

Bess courut à la chambre noire, prit une loupe et examina avec une minutieuse attention le visage du clown.

— Bess ?

Yael frappait à la porte d'entrée. Bess courut lui ouvrir.

— J'ai trouvé de Salmo ! Je crois que je l'ai reconnu !

Yael posa sa valise et prit les photos que Bess lui tendait.

— Le clown ?

— Il était là tous les jours. La première photo est nette, mais les jours suivants, il a visiblement cherché à éviter d'être photographié.

— Possible, dit Yael en souriant. Très possible. Il faut que Ramsey s'en assure tout de suite.

Bess l'observa tandis qu'il appelait Ramsey. Ils appréhenderaient le clown suspect et, si ses soupçons étaient justifiés, elle n'aurait plus à craindre la présence d'un tueur sans cesse attaché à ses pas. Elle aurait dû se sentir en sécurité, mais elle n'y parvenait guère. Esteban enverrait un second tueur.

Ou peut-être se déplacerait-il en personne ? La neutralisation de son homme de main pouvait le pousser à réagir.

Yael avait déjà coupé la communication.

— C'est fait. Nous n'avons plus qu'à attendre, annonça-t-il en s'asseyant. Maintenant, dites-moi comment se porte Jessie.

Jessie... Bess avait oublié d'appeler le Dr Kenwood.

Elle se précipita sur le téléphone de Yael et composa le numéro. Quelques instants plus tard, on lui passait le docteur.

— Vous avez eu de la chance, madame Grady, dit-il d'une voix que la fatigue rendait traînante. J'allais partir.

— Comment va Jessie ?

— Mieux. Beaucoup mieux. Je pense l'opérer demain matin.

Le cœur de Bess fit un bond dans sa poitrine.

— À quelle heure ?

— Huit heures. Vous pensez pouvoir être là ? Sinon, ne vous inquiétez pas, nous prendrons bien soin d'elle.

Bess souffrait d'imaginer Jessie, seule et malade au milieu d'étrangers.

— Quand saurez-vous si... Bess ne pouvait se résoudre à employer le mot « paralysée »... si l'opération est un succès ? finit-elle par dire.

— Nous pourrons nous faire une idée demain soir. Appelez-nous à ce moment-là.

Bess était fatiguée d'alterner prières et coups de téléphone comme elle n'avait cessé de le faire depuis qu'elle avait laissé Jessie à l'hôpital. Elle en avait plus qu'assez.

— Je serai là demain matin.

Le Dr Kenwood réprima un gloussement.

— Pour me surveiller ?

— Bien sûr ! À demain, docteur Kenwood.

En reposant l'appareil sur la table, Bess sentait sur elle le regard de Yael.

— Comment va-t-elle ?

— Bien. Ils l'opéreront demain matin.

— Je vois.

— J'ai l'intention d'y être.

— J'ai bien envie de m'y opposer, mais je n'en ferai rien. À votre place, j'agirais de la même manière.

— Ramsey essaiera de m'empêcher de partir. Vous voulez bien m'aider ?

— Pourquoi ne bouclez-vous pas votre valise pendant que j'étudie une stratégie possible ? Yael jeta un coup d'œil à sa valise, posée à ses pieds. Quant à moi, je suis prêt à partir. Vous pensez que je suis cinglé ?

— Je pense que vous êtes quelqu'un de très gentil.

Le visage de Yael s'éclaira d'un sourire.

— Cela va sans dire.

Cheyenne, Wyoming
Majestic Hotel, 23 h 45

L'hôtel était vieux et délabré. La neige elle-même ne parvenait pas à l'embellir. À l'intérieur, le bureau de la réception, écorné et décoloré, était tenu par un adolescent boutonneux en jean et chemise à carreaux, plongé dans la lecture de *United States Today.*

— Je cherche John Morissey, dit Kaldak. Quelle chambre ?

Le gamin ne leva pas les yeux.

— Il faut l'appeler. Nous ne donnons pas ce genre de renseignements.

— Quelle chambre ?

— Je viens de vous dire que... Le garçon leva enfin

les yeux. Il se figea sur place en croisant le regard de Kaldak. C'est contraire au règlement, dit-il.

— Je n'en parlerai à personne. Quelle chambre ?

— 234.

— Il a reçu des visites ?

— Seulement Cody.

— Cody ?

— Cody Jeffers.

— Vous connaissez ce Jeffers ?

— Bien sûr. Il habite à l'hôtel. Vous êtes de la police ou quoi ?

Kaldak lui tendit sa carte.

— CIA ? Super !

— Personne d'autre ? Un homme plus vieux, cheveux gris, nez crochu ?

— Pas vu. Je suis de l'équipe de nuit. Je n'ai même pas vu Morissey depuis deux jours.

— Il est encore enregistré comme client ?

Le gamin approuva d'un geste.

— Depuis combien de temps Morissey est-il ici ?

— Deux semaines, répondit le gosse en fronçant les sourcils. Cody n'a pas d'ennuis, j'espère. C'est un type bien. Il picole un peu, mais pour lui, un vrai champion ne touche pas à la drogue.

— Un champion ?

— Il fait du stock-car, expliqua l'adolescent en pointant un doigt vers la droite. Vous verrez son nom sur l'affiche du stade, là-bas. C'est en petites lettres, mais d'après Cody, la direction du stade pense qu'il assure comme un dieu. Ils vont le passer en vedette l'année prochaine.

Quel genre de relations pouvait donc exister entre Esteban et un type comme ce Jeffers ? se demanda Kaldak. Il se retourna et se dirigea vers l'ascenseur.

— Ne prévenez pas Morissey de ma visite.

Deux minutes plus tard, il se trouvait devant la porte de la chambre, ornée de l'affichette *Do Not Disturb.* Il frappa. Pas de réponse. Il tourna la poignée :

fermée. Morissey avait-il déjà mis la clé sous la porte ? Le gamin avait dit qu'il ne l'avait pas vu depuis deux jours.

Kaldak frappa encore. Toujours pas de réponse.

Il s'aperçut soudain que la porte était glacée. Il l'enfonça d'un coup de pied.

La fenêtre qui lui faisait face était grande ouverte et le tapis était couvert de neige. Un homme était étendu sur le lit, une poignée de billets serrée dans la main.

« Merde ! »

Kaldak recula de quelques pas et claqua la porte. Il sortit son portable et composa le numéro de Ramsey.

— Envoyez une équipe immédiatement. Morissey est mort et le lit est couvert de billets. Chambre 234.

Ramsey étouffa un juron.

— L'anthrax ?

— Probablement. Dites à vos hommes de passer la chambre au peigne fin. On trouvera peut-être quelques indices, conclut Kaldak.

Il n'y croyait guère. Esteban n'était pas le genre d'homme à commettre des négligences.

— Ils seront là d'ici une demi-heure.

— Dites-leur de passer par-derrière. Je ne tiens pas à ce que cette affaire passe au journal télévisé du matin.

Il raccrocha et revint vers la réception. L'employé sursauta en le voyant approcher.

— Je ne l'ai pas prévenu. S'il n'était pas là, je n'y suis pour rien.

— Je sais, dit Kaldak en posant ses coudes sur le bureau. Quel est votre nom ?

— Don Sloburn.

— Je m'appelle Kaldak. J'ai besoin de votre aide. Avez-vous vu Morissey avec quelqu'un d'autre que Jeffers ? N'importe qui d'autre.

— Personne, à part les gars du circuit. C'est un

vrai fan, comme moi. Il va souvent au Shea's bar, au coin de la rue, et il parle avec les coureurs. Mais je ne l'ai jamais vu dealer de la dope, jamais.

— Il parle à d'autres coureurs que Jeffers ?

— Ouais, bien sûr ! Mais lui et Jeffers sont vraiment potes. Cody a des emmerdements, lui aussi ? demanda-t-il après un instant d'hésitation.

— C'est possible. Vous pouvez me dire où je peux le trouver ?

Le gosse secoua la tête. Kaldak se demandait s'il lui disait ou non la vérité. Il allait falloir un peu le secouer.

— Morissey est mort. Assassiné. Ça remonte à plusieurs jours.

Les yeux de Sloburn s'agrandirent sous le choc.

— Cody l'a tué ?

— Je ne pense pas, mais il est possible qu'il sache quelque chose. Puis, s'il a vu des choses qu'il n'aurait pas dû voir, il est peut-être lui-même en danger. Il faut le trouver.

— De la drogue ? La mafia ?

— Possible. Où est Cody Jeffers ?

— Je ne sais pas. Je ne l'ai pas vu depuis deux ou trois jours. Je pensais qu'il était allé voir sa mère dans le Kansas.

— Il n'est pas sur le circuit ou au bar ?

— Non.

— Vous savez où habite sa mère ?

Sloburn fronça les sourcils.

— Je ne m'en souviens pas... Une banlieue qui s'appelle... Northern Lights, peut-être.

— Northern Lights ?

— Je ne m'en souviens plus.

— Il a une copine ?

— Pas ici. Il disait toujours qu'un coureur ne doit pas se laisser distraire s'il veut devenir un champion.

— Vous avez une photo de lui ?

— Non. Dunston en a peut-être une, reprit-il après

une seconde d'hésitation. Ils prennent des tas de photos pour la publicité.

— Dunston ?

— Irwin Dunston. C'est lui qui dirige le circuit de stock-car.

— Où je peux le trouver ?

— La course est finie depuis 23 heures. Il doit être au Shea's bar avec les autres.

— Merci, dit Kaldak en se penchant vers Sloburn. Maintenant, écoutez-moi très attentivement. Personne ne doit entrer dans la chambre de Morissey. Cette affaire doit être traitée avec discrétion. Une équipe de techniciens doit bientôt arriver pour emmener le corps et mettre la chambre en ordre.

— Des techniciens ?

— Nous ne savons pas ce qui l'a tué. La pègre utilise toutes sortes de poudres et de gaz, de nos jours. Je suis sûr que le directeur de l'hôtel n'aimerait pas que l'on sache qu'une des chambres est peut-être contaminée.

— Non.

— Bien ! Alors vous allez m'aider et la presse ne saura rien de tout ça.

Sloburn fronçait les sourcils d'un air indécis.

— J'ai regardé le procès d'O.J. Simpson à la télé. Ce n'est pas comme ça qu'il faut faire. Vous dissimulez les preuves.

Ah ! Tous ces gens qui avaient vu le fameux procès et qui se prenaient tous pour des experts !

— Oh ! Vraiment ?

— Oui ! Et qui me prouve que votre carte n'est pas fausse ? Vous n'êtes peut-être pas de la CIA. Vous pourriez être n'importe qui.

Kaldak regarda Sloburn droit dans les yeux.

— C'est vrai. Il y a un homme, dans une chambre de cet hôtel, qui a été tué par la pègre. À votre avis, si je ne fais pas partie des Bons, qui pourrais-je bien être ?

Sloburn déglutit péniblement.
— Personne. Vous êtes de la CIA. Aucun doute.
— Et vous allez collaborer gentiment avec les messieurs qui veulent éviter de gros ennuis à votre patron ?
Sloburn approuva en silence.
— Vous ne savez rien de plus sur Cody Jeffers ?
— Je vous ai tout dit.
Et c'était peu.
— La serrure de la chambre est cassée. Allez-y et montez la garde en attendant les techniciens.
— Je n'ai pas le droit de quitter la réception.
Kaldak braqua à nouveau son regard sur le malheureux employé.
Sloburn approuva en hâte et fit le tour de son bureau.
— Je suppose que c'est plus urgent, n'est-ce pas ?
— Oui, beaucoup plus urgent.
Tellement urgent que le pauvre Sloburn en était pâle et terrifié, remarqua Kaldak en prenant le chemin de la sortie. La mort de Morissey était-elle une nouvelle expérimentation destinée à s'assurer de l'efficacité de l'anthrax ?
Elle pouvait aussi signifier qu'Esteban avait enfin décidé de jeter le gant.

15

Deuxième jour, 0 h 35

Kaldak était à mi-chemin du Shea's bar lorsqu'il reçut un appel téléphonique de Yael.

— Bess quitte La Nouvelle-Orléans. J'ai pensé que je devais te prévenir.

— Comment ?

— Elle prépare ses bagages et elle va à l'hôpital Johns Hopkins : la gamine doit être opérée demain matin.

La loi de l'emmerdement maximal. Il aurait dû se douter que le seul événement qui puisse décider Bess au départ allait survenir au moment précis où il se trouvait à des centaines de kilomètres d'elle.

— Tu l'accompagnes ?

— Il semblerait que oui, puisque j'ai eu le malheur de te faire une promesse. Il devient de plus en plus difficile de la protéger. J'ai tout de même une bonne nouvelle pour toi : nous avons repéré de Salmo.

— Comment ?

Yael lui raconta la découverte du clown sur les photos de Bess.

— Ramsey a donné l'ordre de l'intercepter pour l'interroger.

— Ramsey sait que vous quittez la ville ?

— Pas encore. Tu crois que je devrais l'avertir ?

— Après votre départ. Il ne pourra rien faire

d'autre que d'assurer la protection de Bess à l'hôpital.

— C'est bien mon avis.

— Passez par l'escalier de la cour pour sortir. Tu as une voiture ?

— Elle est garée sur Canal Street. Comment ne pas me faire repérer par le garde dans la cour ?

— J'en ai pas la moindre idée. Improvise. Tu as l'habitude...

— Je te remercie !

— Achète un billet pour Milwaukee *via* Chicago. Une fois à Chicago, assure-toi que vous n'êtes pas suivis et prends un vol pour Baltimore.

— D'autres ordres ?

— Désolé, Yael.

Yael avait parfaitement raison de se montrer sarcastique. Kaldak essayait de contrôler la situation à distance. Il se sentait désemparé, impuissant. Il aurait voulu être là, présent. Il avait si peur que la douleur lui tordait l'estomac.

— Pas de problème, enchaîna Yael. Tu as trouvé Morissey ?

— Mort.

— Nom de Dieu !

— J'ai peut-être une piste. Je te raconterai ça plus tard. Appelle-moi de l'hôpital.

— Dès que je pourrai le faire discrètement. Bess ne serait pas très contente de m'entendre te donner mon rapport. Elle risquerait de m'arracher les yeux, et tu n'aimerais pas ça.

— Appelle dès que tu peux, dans ce cas, dit Kaldak avant de couper la communication.

Maintenant, il s'agit de dénicher Cody Jeffers, se dit-il. Ne pas penser à Bess. Yael était intelligent et prudent. Il allait très bien s'occuper d'elle.

Ne pense surtout pas à Bess.

Yael était au téléphone. Bess n'entendait pas la

conversation, mais elle savait fort bien qui était à l'autre bout du fil. Elle se fichait que Kaldak sache ou non où elle se rendait, mais elle n'appréciait guère le fait que Yael ait attendu qu'elle soit dans sa chambre pour l'appeler.

Elle enfila son blouson, passa la courroie de son appareil photo autour de son cou et se rendit dans le salon.

— Je suis prête. J'espère que Kaldak vous a soufflé une solution pour sortir d'ici sans être repérés.

Yael sursauta de manière imperceptible, puis se leva et prit sa valise et celle de Bess.

— Je voulais seulement être discret.

— Je préférerais que vous soyez honnête, plutôt que discret. Par où sortons-nous ?

— Par la cour, répondit Yael en ouvrant la porte. Restez au sommet de l'escalier ; je vais descendre et parler à l'agent de Ramsey pour essayer de nous en débarrasser.

— Que ferez-vous en cas d'échec ?

— Je pense que je lui frapperai gentiment le crâne.

— Je ne crois pas que vous soyez capable de frapper, aussi gentiment que vous le dites, qui que ce soit sur la tête. Ramsey sera furieux.

— Pourquoi serais-je différent des autres ? Restez ici.

La cour n'était pas allumée et Yael disparut comme s'il avait été englouti par l'obscurité. Bess s'efforçait de percer les ténèbres, mais elle ne voyait ni Yael, ni le garde.

Elle se sentit soudain mal à l'aise. Elle aurait dû entendre des pas, la voix de Yael. Quelque chose.

Le silence.

— Bess, appela Yael.

Bess sursauta.

— Venez, Bess. Dépêchez-vous.

Bess dévala les marches et Yael l'aida à traverser la cour.

— Comment vous êtes-vous débarrassé du garde ?

— Il n'était pas là, murmura Yael.

— Comment ?

— Il n'y avait personne et je n'aime pas ça. Ramsey ne lui aurait jamais donné l'ordre de quitter son poste.

— L'autre garde, Peterson...

Peterson était mort. Assassiné. Yael garda le silence, mais la pression de sa main se fit plus pressante sur le bras de Bess.

L'allée qui conduisait à la rue était sombre et menaçante.

— Restez quelques pas en arrière. Je marcherai devant.

Yael disparut dans l'obscurité.

Seule. La peur lui glaçait l'échine. Quelqu'un l'observait. Elle le sentait... Pas devant, là où se trouvait Yael. Mais derrière elle...

Elle jeta un coup d'œil par-dessus son épaule. Elle ne vit que des gargouilles, des ombres, puis elle sentit que quelque chose bougeait...

Mon Dieu...

Elle se mit à courir pour rattraper Yael. Elle voyait les lumières de la rue et la silhouette de Yael.

— Yael !

— Bess, que se passe...

Une main se referma sur sa tête, la forçant à s'arrêter brusquement.

Bess regarda par-dessus son épaule. Un visage fardé de blanc qui brillait dans le noir. Un crâne. Comme celui d'un squelette. Quelque chose d'autre brillait, une lame.

— Courez, Bess !

Yael l'arracha de l'étreinte de de Salmo avec une force telle qu'elle se trouva projetée contre le mur de brique.

Elle ne pouvait pas s'enfuir, abandonner comme ça Yael. D'ailleurs, où était-il ? Elle distinguait à peine les deux silhouettes qui luttaient dans l'obscurité. Le combat ne dura qu'un instant, puis l'un des hommes se releva et se dirigea vers elle.

Yael ?

De Salmo ?

Bess se retourna et se mit à courir.

Il était juste derrière elle.

Il lui saisit le bras.

— Bess !

Une vague de soulagement s'empara de Bess.

— Yael ? Je pensais... Je n'étais pas sûre que...

— Je ne l'étais pas non plus il y a moins d'une minute, souffla Yael, la respiration haletante. Il se défendait vraiment bien.

— De Salmo ?

— Je présume, oui. Je ne connais pas beaucoup de gens avec des cheveux verts et vous ?

— Que lui avez-vous fait ?

— Il ne vous ennuiera plus.

— Il est mort ?

— À coup sûr ! Je ne suis pas mauvais dans ce genre d'exercice, vous savez !

Ils venaient de déboucher sur la rue, inondée de lumière, d'une merveilleuse lumière... Merci, mon Dieu !

— Qu'est-ce que vous allez en faire ?

— À moins que vous ne souhaitiez plus vous rendre à Baltimore, nous le laisserons à Ramsey. Je ne pense pas qu'il ferait un compagnon de voyage très plaisant.

— Je n'ai pas changé d'avis.

— Ça ne me surprend pas, dit Yael. Maintenant, voyons si nous pouvons quitter le Quartier français sans buter sur Ramsey ou l'un de ses hommes.

Cheyenne, 1 h 40

La lumière était douce et diffuse dans le bureau du stade où se trouvait la piste de stock-car et Kaldak dut s'approcher pour étudier la photo de groupe que lui montrait Dunston.

— Voici Jeffers. Deuxième rang, troisième en partant de la gauche, expliqua Dunston en pointant du doigt un homme coiffé d'un Stetson. Je lui ai dit de ne pas porter ce chapeau, mais il ne m'écoute pas. Une vraie tête de lard.

Jeffers semblait être âgé d'une vingtaine d'années, avec un visage large et des yeux très enfoncés dans les orbites.

— Il est bon ?

— Pas mauvais, mais pas aussi bon qu'il le croit.

Le chapeau cachait presque entièrement les cheveux de Jeffers.

— De quelle couleur sont ses cheveux ?

— Châtain clair, presque blonds.

— Courts ?

— Courts et frisés. Il se peigne sans arrêt pour les aplatir.

— Je n'arrive pas à distinguer la couleur de ses yeux.

— Bleus.

— Vous avez un dossier sur lui ?

— Vous croyez que le fisc me laisserait tenir une affaire comme celle-là si mes dossiers n'étaient pas à jour ? Dunston se dirigea vers un grand classeur de métal installé contre le mur et commença à feuilleter les dossiers. Jeffers, annonça-t-il au bout d'un instant, en tendant le document à Kaldak. Vous savez, tout ça ne me surprend guère. J'ai toujours su que Cody finirait par avoir des ennuis.

— Pourquoi ? interrogea Kaldak en ouvrant le dossier.

Dunston haussa les épaules.

— Rien de bien précis. De drôles de choses arrivent quand il est dans les parages. Surtout aux gens que Cody n'aime pas.

La mère de Jeffers était divorcée et vivait à Aurora, une banlieue de Kansas City. Pas d'autres parents.

— Que savez-vous de la mère de Jeffers ?

— Il allait la voir assez souvent. Elle est venue le mois dernier et je lui ai donné un ticket gratuit pour la course. Il se pavanait devant elle. C'est vraiment une garce arrogante : elle a eu le culot de me demander pourquoi son fiston chéri n'était pas au sommet de l'affiche. J'en avais presque honte pour lui. Il est clair que Cody ne vaut rien à ses yeux s'il n'est pas le champion des champions.

— A-t-il demandé un congé avant son départ ?

— Non, un jour il était là, le lendemain il était parti.

— Je peux garder le dossier et l'affiche ?

— À condition que je puisse récupérer le dossier. Je ne veux pas que les impôts m'accusent d'embaucher des employés fantômes.

Dunston prit un feutre et entoura d'un cercle le visage de Jeffers sur l'affiche.

— Je vous le rendrai, dit Kaldak.

— Est-ce que je peux fermer le bureau et aller au bar ? Je n'avais pas l'intention de passer ma soirée ici, vous savez.

— Je vous en prie. Merci de m'avoir consacré autant de temps. Appelez-moi à ce numéro si vous avez des nouvelles de Jeffers.

— C'est peu probable, vous ne croyez pas ? Vous ne seriez pas venu jusqu'ici s'il n'avait pas commis quelque chose de grave.

— On ne sait jamais.

Kaldak quitta le bureau et gagna la sortie du stade. Il doutait de ses chances d'entendre à nouveau parler de Jeffers par l'intermédiaire de Dunston. Si Esteban avait extrait le jeune homme de son monde, c'était dans un but précis et il s'arrangerait, en général, pour que tous les ponts soient coupés avec son ancien milieu.

Kaldak tenait pourtant une piste. Il est toujours difficile de forcer un homme à rompre tout lien avec sa mère, surtout une femme d'un caractère dominateur comme celle de Jeffers. Il enverrait l'affiche et le dossier par fax à Ramsey, puis il filerait prendre le prochain avion pour Kansas City.

Plus Kaldak en apprenait au sujet de Jeffers, plus il se sentait inquiet. Jeffers semblait instable, fanfaron et vaniteux. Un homme tel que lui deviendrait rapidement une marionnette entre les mains d'Esteban.

De drôles de choses arrivent quand il est dans les parages.

Kaldak priait pour que les paroles de Dunston n'aient aucun caractère prophétique.

Des Moines, Iowa, 6 h 50

Cody vérifia sa montre. Il était temps de partir pour Waterloo. Esteban aimait que ses ordres soient exécutés avec soin et à l'heure dite. Il payait assez bien pour cela.

Cody allait lui en donner pour son argent.

8 h 30

De Salmo était mort.

Esteban raccrocha le téléphone. Mauvaise nouvelle.

Peut-être pas. Il aurait fallu qu'il s'en débarrasse à un moment ou à un autre, et de Salmo n'avait guère fait preuve d'efficacité pour ce qui était de Bess Grady. Esteban avait d'ailleurs d'autres chats à fouetter.

L'heure approchait. Cody Jeffers devait déjà être arrivé à Waterloo.

Après tout ce temps, tout ce travail, le compte à rebours avait enfin commencé.

Waterloo, Iowa, 10 h 50

Cody, appuyé sur le pare-chocs avant du camion, étouffa un bâillement.

L'attente était fastidieuse mais, apparemment, il n'y en avait plus pour très longtemps.

Il retourna s'asseoir sur le siège du chauffeur. Tout était trop facile. Rien d'excitant. Même le petit boulot supplémentaire que lui avait confié Esteban ne lui avait causé aucun tracas. Ces Arabes ne l'avaient même pas surveillé lorsqu'il leur avait dit qu'il allait pisser.

Il les regardait s'affairer autour du camion. Si le bahut lui avait appartenu, il n'aurait jamais laissé ces étrangers le tripoter. On ne pouvait faire confiance qu'à des bons et solides Américains, Blancs de préférence. Tout le monde savait ça...

Ils en avaient visiblement terminé et lui faisaient de grands signes depuis la grange. Exactement comme ces Japs prétentieux dans ce vieux film de John Wayne.

Mais John Wayne leur avait montré ce qu'il avait dans le caleçon.

Cody le leur montrerait, lui aussi.

Hôpital Johns Hopkins, 11 h 20

— Pourquoi ne sort-il pas du bloc opératoire ? s'inquiéta Bess. Tout devrait être terminé depuis longtemps.

— Oh ! Vraiment ? ironisa Yael. J'ignorais que vous étiez chirurgien. Vous devriez peut-être y aller et remplacer le Dr Kenwood.

— Taisez-vous, Yael. Je suis terrorisée. Elle est si petite...

— Je sais, dit Yael. C'est pour ça que l'opération est si longue. C'est sans doute une intervention très délicate.

Yael avait raison, réalisa Bess avec soulagement. Tout se passerait bien. C'était une bonne chose que Yael l'ait accompagnée, plutôt que Kaldak.

— Je suppose que vous avez appelé Kaldak en arrivant ici ?

— Oui, pendant que vous parliez au Dr Kenwood avant l'opération. J'ai aussi téléphoné à Ramsey, ajouta-t-il après un silence de quelques secondes.

Bess ne put s'empêcher de tressaillir.

— Il le fallait. Il était nécessaire d'assurer votre sécurité ici.

— Avez-vous appris ce qui était arrivé au garde, dans la cour ?

Yael fit une grimace.

— Mort ? demanda Bess.

— Ils l'ont découvert sous l'escalier de la cour. De Salmo essayait apparemment de pénétrer à l'intérieur de l'appartement.

Bess fit un effort pour sourire.

— Un serpent venimeux dans la douche ?

— Je ne pense pas que de Salmo était assez malin pour apprécier les films de James Bond. Ne vous faites pas de soucis. Vous êtes en sécurité ici.

— Vous n'auriez pas dû prévenir Ramsey. C'était une idée de Kaldak ?

— Oui, mais j'étais d'accord avec lui. Il tenait à ce que vous n'ayez pas de problème ici.

— Il se fiche de ce qui peut nous arriver.

— C'est faux et vous le savez. Il ne pouvait se laisser détourner de son chemin. Il attend depuis si longtemps, il est maintenant proche du but.

— Il a eu tort. Je comprends qu'il ait été bouleversé par la mort de ses collègues à Nakoa, mais ça n'excuse pas...

— Ses collègues ? C'est ce qu'il vous a dit ?

— Oui, répondit Bess, troublée par la réaction de Yael.

— Son père et sa mère étaient des scientifiques et ils étaient à Nakoa. Sa mère était à l'origine du projet. Ce sont eux qui ont encouragé Kaldak à venir les rejoindre. Sa femme, Lea, était assistante de laboratoire. Ils avaient un fils de quatre ans.

— Ils sont tous morts à Nakoa ? s'écria Bess, secouée par la révélation de Yael.

— Oui ! Ça explique tout de même l'obsession de Kaldak, je pense...

— Il ne m'en a rien dit.

— À moi non plus. J'ai dû me renseigner moi-même pour l'apprendre.

— Pourquoi ? murmura Bess. Pourquoi me l'a-t-il caché ?

— Je l'ignore. Je ne suis pas Kaldak.

Qui était vraiment Kaldak ? Lui qui avait raconté les événements de Nakoa avec aussi peu d'émotion qu'un robot ; lui qui avait prétendu qu'il n'était plus le même homme. La douleur et la peine devaient pourtant être encore terribles et présentes, puisqu'il était incapable d'en parler, après toutes ces années.

— Il s'est tout de même comporté de manière inqualifiable.

— Je ne cherche pas à l'excuser, mais à expliquer, dit Yael en souriant. Je voulais juste vous distraire un peu. Je n'aime pas vous voir...

— Les voici !

Bess se leva d'un bond au moment où les portes de la salle d'opération s'ouvraient pour laisser le passage à une nuée d'infirmières et de médecins. Au milieu de ce groupe, un chariot sur lequel était étendue Jessie.

Le Dr Kenwood enleva son masque et sourit à la jeune femme.

— L'opération s'est bien passée. Son état est stationnaire, dit-il à Bess.

— C'est tout ?

— C'est déjà un bon résultat pour une opération aussi longue. Vous serez heureuse d'apprendre que j'ai effectué un travail tout à fait brillant.

— Je suis heureuse, insista-t-elle, mais je le serais encore plus si vous m'annonciez que les perspectives d'avenir de Jessie sont brillantes, elles aussi.

— Je ne peux pas vous en dire plus pour l'instant, malheureusement.

Bess se sentit soudain déçue, abattue. Le Dr Kenwood ne faisait que répéter ce qu'il lui avait déjà dit plus tôt, mais elle avait espéré...

— Je vous préviendrai dès que j'aurai du nouveau, la rassura le chirurgien avant de se retirer.

Yael posa sa main sur son bras.

— Jessie a survécu à l'opération. Ce n'était pas gagné d'avance.

— Je sais. J'espère que... Bess aurait tant voulu être sûre que Jessie allait pleinement se rétablir. Elle n'en pouvait plus d'attendre. Je vais trouver quelqu'un qui puisse me faire une prise de sang pour que vous puissiez en envoyer à Atlanta, reprit-elle. J'irai ensuite en salle de réveil pour attendre des nouvelles.

— Je vous accompagne.

Aurora, Kansas, 15 h 50

La demeure des Jeffers était une maison à bardeaux, petite et soignée, identique à toutes celles qui l'entouraient.

La femme qui ouvrit la porte était en train d'enfiler un manteau brun.

— Oui ? dit-elle d'un ton impatient.

— Madame Jeffers ? demanda Kaldak.

— Vous êtes représentant ? Pour l'amour du ciel, j'allais partir ! Je suis déjà en retard à mon rendez-vous.

Donna Jeffers avait probablement une cinquantaine

d'années. Mais, dans un ensemble de tweed avec une jupe courte révélant des jambes aux courbes pleines et à peine musclées, des cheveux blonds coiffés avec minutie et un maquillage impeccable, elle semblait plus jeune.

— Je cherche votre fils, Cody.

Les lèvres de Mme Jeffers se pincèrent et elle toisa son interlocuteur.

— Pour quoi faire ? Un recouvrement de créance ?

— Non ! Je pensais ouvrir un circuit de stock-car dans la région et je pensais lui proposer un emploi.

— Cody a déjà un emploi.

— Je peux peut-être lui offrir mieux. Où puis-je le trouver ?

— Cody n'habite plus ici.

— Vous êtes certainement restée en contact avec lui.

— Pour quelle raison le devrais-je ? Nous sommes un peu en froid, depuis un moment, ajouta-t-elle en regardant sa montre. Et il ne me reste qu'une demi-heure pour aller à l'autre bout de la ville pour faire visiter une maison.

— Vous travaillez dans l'immobilier ?

— Ça vous intéresse ? demanda-t-elle en passant devant Kaldak pour se diriger vers une Chrysler garée devant la maison. Vous voulez aussi me proposer du travail ?

— J'apprécierais beaucoup si vous pouviez...

— Je ne peux rien pour vous, monsieur... ?

— Breen. Larry Breen.

— Je ne sais pas du tout où se trouve Cody, monsieur Breen. Nous avons perdu le contact au fil des années.

Kaldak la regarda s'éloigner avant de revenir vers sa voiture de location, parquée au bout de la rue.

Il avait fait son boulot. Il avait éveillé la suspicion de Donna Jeffers. Il n'avait plus qu'à attendre pour voir si Ramsey avait fait le sien en mettant le téléphone de Mme Jeffers et celui de sa voiture sur écoute.

Si elle savait où joindre son fils, elle ne résisterait pas à l'envie de l'appeler. *Si*...

Kaldak longea quelques pâtés de maisons et se gara dans le parking d'un supermarché pour attendre l'appel de Ramsey.

20 h 15

Le Dr Kenwood s'approcha de Bess.

Elle sentit la tension croître en elle. Il ne souriait pas. Il avait juste l'air... absent.

Le chirurgien s'arrêta près d'elle et sourit.

— Tout se passe bien, annonça-t-il. Elle a bien sûr une longue convalescence devant elle mais elle se rétablira complètement.

— Dieu merci !

— Amen ! dit Yael.

— Et maintenant, vous devriez aller dormir, dit le chirurgien en fronçant les sourcils. Votre ami s'est arrangé pour que vous disposiez d'une chambre à côté de celle de Jessie. Comment, je n'en sais rien. Il n'y avait plus une chambre de libre.

Que Dieu bénisse Yael. Qu'il bénisse le Dr Kenwood et le monde entier !

— Je voudrais aller la voir et rester un peu avec elle.

— Elle est encore sous sédatifs.

— Peu importe.

— Je me suis bien débrouillé, non ? demanda Kenwood en souriant.

— Merveilleusement. Vous êtes le meilleur !

21 h 30

— Des Moines, annonça Ramsey au téléphone. 1523, Jasper Street.

— Elle l'a appelé ? s'informa Kaldak.

— C'est lui qui a appelé. Apparemment, elle n'a pas son numéro, car elle le lui a demandé. Il n'a pas voulu le lui donner, ce qu'elle n'a visiblement pas apprécié. Il n'a pas non plus aimé la visite que vous avez rendue à sa mère. Je m'occupe de vous trouver un moyen de transport et j'envoie aussi des hommes à Saint Louis au cas où vous n'arriveriez pas assez vite.

— Que voulez-vous que je vous dise ? Je vous aurais demandé de le faire arrêter par la police locale si je n'avais pas eu peur qu'ils fichent tout en l'air. Je vais à l'aéroport.

Kaldak accéléra et sortit du parking.

Il y avait une chance pour que Jeffers soit déjà parti et Kaldak avait dû prendre le risque d'éveiller ses soupçons par le simple fait d'aller voir sa mère. Était-il inquiet au point de prendre contact avec Esteban ou d'agir de sa propre initiative ?

Kaldak espérait que non. Il n'y avait plus de temps à perdre.

23 h 10

— Allez-vous enfin vous coucher, Bess ? Il est presque minuit. Vous ne pouvez rien faire pour elle.

Bess s'enfonça dans son fauteuil, les yeux fixés sur Jessie.

— Je sais. Je crois que j'ai peur de la quitter, dit-elle en souriant. Elle a ouvert les yeux il y a cinq minutes. Je pense qu'elle m'a reconnue.

— Très bien !

— Avez-vous appelé Kaldak pour lui annoncer que l'opération avait réussi ?

— Vous pensez que ça l'intéresse ? Un homme froid et cruel comme Kaldak ?

— Taisez-vous, Yael. Il est tout ça, bien sûr, mais il aime Jessie. D'ailleurs, comment pourrait-on ne pas l'aimer ?

Bess se souvenait de la nuit passée sur le *Montana*. Kaldak était resté avec elle jusqu'à ce qu'ils soient sûrs que Jessie allait survivre. Il n'avait pas menti cette nuit-là. Il était sincèrement inquiet pour Jessie.

Yael approuva, le regard posé sur l'enfant.

— Elle me rappelle mon fils lorsqu'il avait son âge. Ils grandissent si vite !

— Quel âge a-t-il ?

— Quatre ans. L'âge du fils de Kaldak quand il est mort, ajouta-t-il après un silence.

— Je ne veux pas parler du fils de Kaldak, mais du vôtre.

— Ce n'était qu'une observation. Et maintenant, si vous alliez vous coucher ?

— Je suis très bien ici. Je veux être là si elle se réveille encore.

— Vous devriez vraiment... Mais je n'arriverai pas à vous convaincre, n'est-ce pas ?

— Non ! En effet ! Prenez le lit.

— Je ne me permettrais pas une pareille impolitesse, dit Yael en s'asseyant sur une chaise à l'autre bout de la chambre. Je resterai ici au cas où vous changiez d'avis.

Un silence apaisant s'installa dans la pièce.

— Yael, appelez donc Kaldak pour lui donner des nouvelles de Jessie, reprit enfin Bess.

— Il est déjà au courant : il m'a téléphoné sur la route de l'aéroport de Kansas City et il était très heureux de savoir que tout allait bien.

— Kansas City ?

— Il suit les traces d'un homme qui pourrait le conduire à Esteban.

Esteban. Depuis la veille, Bess avait été uniquement

préoccupée de l'état de santé de Jessie. Kaldak, lui, ne l'avait pas oublié. Il était toujours aussi fanatique dans sa quête. Pouvait-elle l'en blâmer ? Lorsque Emily était morte, elle avait failli devenir folle. Comment aurait-elle réagi si toute sa famille avait été assassinée ?

Bess tenta de se ressaisir. Pourquoi chercher des excuses à la conduite de Kaldak ? Il était impardonnable. Il s'était servi d'elle et s'était livré à des manipulations pour pouvoir...

Avait-elle agi différemment après l'enterrement d'Emily ? Elle n'avait pas hésité à utiliser Kaldak, comme elle aurait utilisé n'importe qui pour avoir une chance d'atteindre Esteban. Les monstres ne devaient pas vivre.

Il faut démasquer les monstres et les montrer au monde.

Non ! Pas maintenant. Le temps viendrait pour la passion et pour la vengeance, mais ce soir, elle ne voulait penser ni à Esteban ni à Kaldak. Elle voulait se reposer et savourer cet instant de bonheur. Jessie était en vie et, un jour, elle courrait et jouerait, comme tous les autres enfants.

Bess pouvait sûrement oublier les monstres un petit peu plus longtemps.

16

Des Moines, Iowa,
troisième jour, 3 h 30

À l'arrivée de Kaldak, trois voitures étaient garées dans l'allée du 1523, Jasper Street et la maison était pleine de lumière.

Mauvais signe.

Un homme trapu, en cravate et vêtu d'un costume, sortit de la maison par la porte principale.

— Trop tard ? interrogea Kaldak.

— Je le crains.

— Merde ! insista-t-il.

— Je suis Harvey Best. Jeffers était déjà parti lorsque nous sommes arrivés.

— Vous avez fouillé la maison ?

— Sans résultat. Nous avons réveillé les voisins mais ils ne savent pas grand-chose de lui. Il n'a emménagé que depuis quelques jours et, paraît-il, il conduisait un camion.

— Quel genre ?

— Un gros bahut, un fourgon, avec l'inscription *Iowa's Pride Cleaning Service* peinte sur les flancs. Le gamin d'un des voisins dit l'avoir vu se diriger vers le sud, par l'autoroute.

Le sud. Quel indice ! Jeffers pouvait changer de direction à n'importe quel moment. Kaldak composa le numéro de Ramsey.

— Il est grand temps d'agir. Nous ne pouvons plus attendre. Je veux que vous préveniez le président.

— Ne paniquez pas, Kaldak. Nous n'avons aucune preuve de l'implication de Jeffers.

— Bien sûr ! Je panique, j'ai de bonnes raisons pour ça.

— Nous attendrons, répliqua Ramsey. Voyons si nous pouvons mettre la main sur Jeffers et alors...

— Trouvez-le et vite, coupa Kaldak. Tout ça ne me dit rien qui vaille, Ramsey.

— Je ne vais pas appeler la Maison Blanche et risquer ma tête à cause de l'une de vos intuitions, Kaldak.

— Réfléchissez, Ramsey. Esteban a chargé Morissey de chercher un homme qui possède les qualifications de Cody Jeffers. Il l'a trouvé. Cody Jeffers se dirige vers l'Iowa, où nous pensons que se trouvent les installations où sont falsifiés les billets.

— Ce ne sont encore que des spéculations.

La main de Kaldak se crispa sur le téléphone. Il aurait aimé qu'il s'agisse de la gorge de Ramsey.

— Si vous n'appelez pas la Maison Blanche, contactez au moins la police routière. Dites-leur d'arrêter le camion de Jeffers et qu'ils ne le fouillent surtout pas.

— Vous pensez que le camion transporte l'argent ?

— Soit c'est le cas, soit Jeffers est en route pour le chercher. Je ne parierais pas là-dessus.

— Encore une intuition, Kaldak ? demanda Ramsey d'un ton acide. D'accord, d'accord, je préviens la police routière. Restez où vous êtes jusqu'à ce que j'aie du nouveau. Quelle direction a-t-il prise ?

— Le sud.

Pourvu que ce soit vrai, songea Kaldak...

Collinsville, Illinois, 13 h 40

Cody Jeffers décrocha le téléphone dès la première sonnerie.

— Esteban ?

— Tu es arrivé sans encombre ?

— J'ai tracé sans que la police se manifeste. Je me suis garé à l'extérieur de Des Moines et j'ai enlevé les inscriptions *Iowa's Pride Cleaning Service,* comme tu me l'avais dit.

— L'argent ?

— Chargé et prêt à partir.

— Les colis supplémentaires ?

— Je les ai laissés au moulin.

— Le petit travail que je t'avais demandé de faire ?

— C'est fait.

— Excellent. Continue, dit Esteban. Tout doit être terminé à quinze heures.

— Selon le plan établi ?

— Aucune modification. Ne touche surtout pas toi-même à l'argent. Tu seras payé plus tard, comme prévu, quand je te verrai demain à Springfield.

— D'accord.

— Tu as fait le plein de la voiture pour pouvoir ensuite filer ?

— Oui.

— Tu ne dois sous aucun prétexte t'arrêter à un endroit où l'on puisse te reconnaître. Si t'es fatigué, trouve un lieu isolé pour te reposer. Pas d'autres questions ?

— Tu me paies pas pour poser des questions. Je sais que l'argent est faux, je ne suis pas idiot, mais il est super-bien imité. Tout le monde s'y tromperait.

— Merci, répondit Esteban d'une voix cassante.

— Il est plutôt bizarre, votre business, mais ça vous regarde.

— Oui, c'est vrai, ça me regarde.

Cody Jeffers raccrocha, en proie à une délicieuse

excitation. C'était la chance de sa vie. Un gros coup. Il n'allait pas manquer ça !

Il se mit sur pied d'un bond, boutonna sa chemise et passa sur son épaule la courroie de son holster. Il aimait ce revolver, ayant ainsi l'impression d'être John Wayne. Il s'accroupit et dégaina d'un seul geste.

— Bang ! Dans le mille !

Il éprouvait un tel plaisir qu'il recommença une autre fois.

Puis, il replaça à regret l'arme dans le holster, s'assit sur le lit et chercha ses bottes. Esteban lui avait recommandé de porter des chaussures noires ordinaires, mais qu'il aille au diable ! D'accord pour l'uniforme, mais les bottes étaient trop importantes. Imaginez un peu John Wayne avec des pompes noires ordinaires !

Kansas City, Missouri, 13 h 55

— Tout est prêt, Habin.

Esteban se dirigea à grands pas vers l'hélicoptère, où Habin l'attendait.

— Tout sera terminé dans quelques heures, poursuivit-il. Il faudra alors formuler nos exigences.

— J'y ai pensé, dit Habin. Il vaudrait mieux se montrer moins gourmands pour ce qui est de l'argent et plutôt insister sur la libération des prisonniers.

— Moins gourmands ? répéta Esteban. Tu veux baisser de combien ?

— Demandons vingt-cinq millions de dollars au lieu de cinquante et nous pourrons...

— OK si tu les prends à ton compte.

— Ne sois pas ridicule, il ne me resterait rien.

C'était tout ce que cet idiot prétentieux méritait.

— Il te resterait tes idées politiques ? C'est ça qui compte pour toi, non ?

— C'est à moi de décider. Tu n'aurais rien pu faire

sans moi. Je me suis occupé des billets de banque et j'ai fourni les hommes et l'argent.

Esteban jugea qu'il avait protesté assez pour être crédible. Peut-être fallait-il encore un peu insister.

— J'y réfléchirai. Nous avons encore quelques heures devant nous. Je t'appellerai à la ferme quand tout sera fini.

Il ferma la porte de l'hélicoptère et s'éloigna vers sa voiture. Il aurait vraiment aimé donner une leçon de modestie à ce petit salaud, mais l'homme sage évite les complications...

Il démarra, tout en surveillant l'hélicoptère qui prenait de la hauteur. Il distinguait Habin assis côté passager ; il se pencha à la fenêtre, sourit, et lui adressa un signe de la main.

Esteban continua de saluer, puis il plongea négligemment sa main dans sa poche et appuya sur le bouton de la télécommande.

L'hélicoptère se transforma en une boule de feu et plongea à pic vers le sol.

Collinsville, Illinois, 14 h 30

Cody Jeffers écrasa l'accélérateur et les énormes pneus hurlèrent alors qu'il négociait le virage.

Une femme en short et en tee-shirt grimpa en toute hâte sur le bord de la route en lui criant une obscénité. Jeffers sourit en réalisant à quel point il l'avait effrayée.

Le public des courses de stock-car n'avait jamais peur de lui. Les gens étaient là pour assister au spectacle, mais il n'était jamais en vedette.

Aujourd'hui, c'était lui la vedette.

Le volant était doux au toucher et répondait avec docilité à toutes ses sollicitations. Il n'avait jamais conduit un véhicule aussi lourd, même sur circuit : il avait le pouvoir...

Il passa devant la banque, un bloc d'immeubles,

encore trois supplémentaires avant d'atteindre North Avenue. Esteban avait bien précisé que ça devait se passer là.

Le quartier n'avait rien de glorieux : des immeubles en ruine, des prostituées à chaque coin de rue.

Encore un bloc. Un groupe d'adolescents était rassemblé autour d'une Cadillac verte, modèle 1987. Mauvais millésime pour les bonnes vieilles Cadillac. Voyantes, mais rien dans le ventre.

Pendant qu'il les dépassait, les gamins lui jetèrent des œillades hargneuses. Jeffers savait très bien ce qu'ils ressentaient, puisqu'il représentait à leurs yeux l'autorité. S'ils avaient la moindre occasion, ils lui sauteraient au cou et lui couperaient les burnes.

Encore un bloc.

Voilà. North Avenue.

Maintenant.

Un frisson d'excitation lui monta dans le ventre lui faisant peser de tout son poids sur l'accélérateur. Le prochain carrefour. Vas-y à fond. Fonce.

Il était John Wayne.

Il était Terminator.

Il était le Champion.

Le camion vint s'écraser sur le flanc après une longue glissade. Jeffers en eut le souffle coupé.

Il se libéra des arceaux de sécurité et sortit en rampant de la cabine.

Tout avait déjà commencé.

Les portes arrière à double battant étaient ouvertes et les enveloppes en plastique pleines de billets jonchaient la chaussée.

Les gamins se pressaient autour du fabuleux trésor et ramassaient des poignées d'enveloppes avant de s'enfuir en courant.

Deux femmes qui venaient de sortir d'un magasin, de l'autre côté de la rue, s'approchèrent du camion.

— Arrêtez ! cria Jeffers. Cet argent appartient à la Réserve fédérale.

Personne ne sembla l'entendre mais ce n'était pas une surprise. Il n'aurait pas réagi autrement à leur place.

Des gens apparaissaient, venus d'on ne sait où, en une foule mouvante qui venait se servir avant de repartir avec empressement.

— J'appelle la police ! hurla Jeffers. Ne touchez pas à cet argent ! Vous commettez un délit.

Il attendit un moment, puis s'éloigna d'un pas tranquille. Il avait garé la Honda une centaine de mètres plus loin. D'ici à quelques minutes, il serait déjà loin.

Au moment où il atteignait le coin de la rue, il regarda par-dessus son épaule.

La foule envahissait maintenant l'arrière du camion de la Réserve fédérale pour piller les enveloppes.

Quel dommage qu'il ne puisse attendre les équipes des journaux et de la télé ! Personne ne saurait jamais à quel point il avait bien travaillé. Il est vrai qu'il était bien payé pour ça. Mieux que les champions de stock-car.

D'un geste, il s'assura de la présence d'une ceinture de billets, bien enfermés dans leur enveloppe, sous sa chemise. Un petit extra, Esteban n'en saurait rien.

Même John Wayne lui aurait envié pareil butin.

Des Moines, 17 h 36

— Où êtes-vous, Kaldak ? demanda Yael.

— Chez Jeffers, à Des Moines.

— Tu as une télévision près de toi ?

— Pour quoi faire ?

— Regarde CNN. J'étais devant la télé dans la salle d'attente quand ils ont passé un flash. Je crois qu'ils sont passés à l'acte.

Kaldak se tourna vers Harvey Best.

— Il me faut une télévision.

Harvey fit un geste en direction du salon.

La première chose que vit Kaldak, lorsqu'il alluma le poste, fut le camion de la Réserve fédérale, gisant sur le côté dans la rue et la foule qui l'entourait se précipitant avec avidité sur les enveloppes de plastique éparpillées à même le sol.

Les mêmes enveloppes que dans le tronc du curé, à Tenajo.

Le visage d'une speakerine blonde vint remplacer la scène de pillage.

— Le conducteur du camion a disparu peu après l'accident, mais la vidéo amateur que vous venez de voir a été tournée cinq minutes après l'accident sur North Avenue, à East Collinsville. Le porte-parole de la Réserve fédérale à Saint Louis se refuse à tout commentaire sur le montant dérobé.

Kaldak reprit le téléphone.

— Trouve un autre portable, Yael, et appelle la Réserve fédérale à Saint Louis. Dis-leur qui tu es. J'attendrai. Je parie que rien ne leur a été volé.

— Tu crois qu'Esteban a frappé le grand coup ?

— J'espère que non. Demande-leur comment ils conditionnent les billets.

Kaldak regarda une rediffusion de la vidéo pendant que Yael appelait la Réserve fédérale. Tous ces gens rampaient sur les enveloppes, s'en emparant à pleines mains avant de s'enfuir. Des gamins, des adultes.

— Ce n'est pas un de leurs camions, confirma Yael lorsqu'il reprit la communication. Leur dernier bahut est rentré il y a un quart d'heure. Ils ne conditionnent pas les billets dans des enveloppes transparentes comme celles-ci. Ils ne comprennent rien à ce qui se passe.

— Quand a eu lieu l'accident ?

— Un peu avant quinze heures.

— Deux heures trente de passées. Combien d'argent a déjà été volé ?

— Quand la police est arrivée, le camion avait été pillé intégralement. Trop bien organisé pour que ça puisse être une coïncidence...

— Si c'est Esteban, il fera connaître très vite ses revendications, jugea Kaldak. J'appelle Ramsey pour savoir s'il a du nouveau. Mais pourquoi Esteban aurait-il choisi Collinsville ?

— C'est pas étonnant. C'est proche de Saint Louis, où se trouve la banque de la Réserve fédérale. Les gens ont l'habitude de voir passer ces camions et Esteban a visé l'un des quartiers les plus pauvres de la ville. Quand les portes se sont ouvertes à l'arrière, ces malheureux ont dû penser qu'ils avaient gagné le gros lot. Dans combien de temps l'anthrax commencera-t-il à faire son effet, Kaldak ?

— À n'importe quel moment... Il va falloir envoyer des secours. J'ignore combien de temps ces gens vont survivre. Il faut mettre la ville en quarantaine et les médias doivent commencer dès maintenant à diffuser...

— Ce n'est pas à moi qu'il faut raconter ça, Kaldak, mais à Ramsey.

— Oh ! Je vais lui en parler, grogna Kaldak. J'ai déjà dit hier soir à cet enfant de putain de contacter le président. Vieux camarade ou pas, le président cherchera des boucs émissaires et la CIA fera parfaitement l'affaire. J'espère qu'ils feront rôtir Ramsey à petit feu.

— C'est ce qui arrivera s'il ne parvient pas à passer le flambeau à quelqu'un d'autre. Fais attention à toi, Kaldak.

— Ne t'inquiète pas pour moi, Yael. Préviens-moi si tu as du nouveau.

Kaldak coupa la communication et composa le numéro de Ramsey.

— Je n'ai pas le temps de vous parler, Kaldak, répondit Ramsey d'une voix altérée par la tension.

— Parlez-moi d'Esteban, insista-t-il.

— Nous venons de recevoir ses revendications. Cinquante millions de dollars, sinon, il frappera une autre ville. Si nous payons, il nous remettra tous les billets contaminés encore en sa possession.

— Il a mentionné des prisonniers palestiniens ?

— Non ! Habin est hors du coup. Esteban nous a prévenus qu'il serait notre seul interlocuteur. Il nous a conseillé de vérifier si une explosion d'un hélicoptère avait eu lieu à Kansas City.

Esteban s'était donc débarrassé d'un obstacle supplémentaire en tuant Habin.

— Qui conduisait le camion ? Jeffers ?

— Oui, d'après le signalement.

— Où est-ce qu'il est passé ?

— On l'ignore. Il faut que je vous laisse, Kaldak. J'ai le CDC en ligne. Donovan et son équipe sont sur la route de Collinsville.

— Ils ont trouvé quelque chose ?

— Peut-être. Ils n'en sont pas sûrs. Personne ne sait rien, bon Dieu ! Sauf que je suis responsable du désastre. Mais je n'ai pas l'intention de plonger, Kaldak. Pas question. Je trouverai un moyen de sauver mon cul.

Ramsey raccrocha aussitôt.

Kaldak avait échoué. Toutes ces années à traquer Esteban pour rien. Nakoa, Danzar, Tenajo et, à présent, Collinsville. Il aurait dû pouvoir empêcher tout ça, ignorer les ordres de Ramsey et...

Je trouverai un moyen de sauver mon cul.

Ramsey se débattait comme un beau diable pour surnager.

Il était en contact avec le CDC.

Bess !

Hôpital Johns Hopkins, 19 h 45

Dans la salle d'attente, Bess frissonnait en observant le visage du président à la télévision. Il s'exprimait sur un ton sévère, mais se voulait rassurant. Oui, ils avaient reçu un message qui menaçait une autre ville, mais il importait de conserver son calme. L'argent contaminé allait être rassemblé et brûlé. Tous les services de l'État travaillaient à capturer les terroristes qui avaient commis cet acte de barbarie.

— Il n'a pas tout dit, murmura Yael. Le salaud. Il n'a même pas précisé qu'il n'existait pas d'antidote. Il ne devrait pas rassurer les gens comme ça, mais les effrayer pour qu'ils ne quittent pas leurs maisons. Tout ce qui l'intéresse, ce sont les cours de la Bourse.

La télévision diffusa ensuite des images de Collinsville. Des immeubles entiers étaient la proie des flammes.

— Des émeutes ! s'écria Bess, qui n'en croyait pas ses yeux.

Puis l'écran montrait des victimes convoyées vers les hôpitaux, aux services de quarantaine, et partout des visages paniqués.

— Soixante-dix morts, déjà, murmura Bess, et combien d'autres vont encore mourir ?

— Il faut espérer que les gens auront gardé l'argent pour eux, sans le partager.

— Oh, mon Dieu ! Si seulement je pouvais être utile à quelque chose ! Si nous avions disposé d'un peu plus de temps, nous aurions pu sauver au moins quelques personnes.

— Vous faites ce que vous pouvez, Bess.

— Allez dire ça aux habitants de Collinsville !

— On ne peut pas toujours prévenir les désastres, Bess.

— Ce n'est pas un désastre, c'est un meurtre !

— Alors, pourquoi vous culpabiliser ? Esteban est le meurtrier qui...

— Prends ta voiture et attends-nous vers la sortie de secours, Yael, coupa Kaldak qui venait d'entrer dans la pièce. Bess, il faut partir d'ici.

Bess le regarda, les yeux ronds, le souffle coupé par la surprise.

— Je n'irai nulle part avec vous, Kaldak. Jessie est...

— Vous venez avec moi ou vous partirez avec Ramsey. Dans les deux cas, il faudra laisser Jessie ici. Si vous me suivez, vous serez libre et vous pourrez organiser la sécurité de Jessie. Si vous laissez Ramsey vous emmener, vous perdrez tout pouvoir. Il vous enverra dans un hôpital quelconque ou au CDC et on vous mettra sous sédatifs, le temps de pomper assez de sang pour satisfaire le laboratoire de Donovan.

— Ramsey n'a jamais osé m'emmener de force.

— Il avait le temps, mais maintenant, il est aux abois. Il vous présentera comme son arme secrète, une arme qui doit être gardée à l'abri. Tout le monde sait que, en cas de péril national, les libertés individuelles sont suspendues, insista Kaldak. Yael, dépêche-toi, nous n'avons plus beaucoup de temps.

— Moi, je refuse. Je n'abandonnerai pas Jessie, reprit Bess.

— Kaldak a raison, dit Yael. Faites ce qu'il vous dit.

Il sortit de la salle d'attente, laissant Bess et Kaldak seuls.

— Écoutez-moi, dit Kaldak d'une voix tendue, proche du désespoir. Je sais que vous me détestez, mais peu importe. Les choses ont changé. C'est l'affolement général et Ramsey aura besoin de toute l'autorité dont il peut disposer. Le seul moyen de garder une marge de manœuvre, c'est d'éviter de tomber entre ses mains. Ramsey se fiche de vous ou de Jessie, il ne s'intéresse qu'à lui-même. Tant que vous êtes libre, vous pouvez encore marchander. Il désigna d'un geste l'écran de télévision qui montrait les émeutes dans les rues de Collinsville. Vous voyez bien que je ne vous mens pas ! Je tiens à votre sécurité et à celle de Jessie. Croyez-moi.

Bess le croyait, en effet. Elle connaissait assez Kaldak pour comprendre que le tableau qu'il brossait de la situation était d'une effrayante exactitude.

Kaldak prit son sac et le lui tendit.

— Nous passerons par l'escalier de secours.

Bess demeura immobile.

— Bess, je vous en supplie. Il ne faut pas qu'il vous arrive du mal, à vous et à Jessie.

Jessie.

Jessie était sans défense. Elle était incapable de se protéger et si Ramsey emmenait Bess, il ne lui resterait personne.

— Je viens, dit Bess en avançant vers la porte.

Kaldak s'approcha.

— Bess, je vous promets que...

— Ne promettez rien. Je ne veux pas de vos promesses.

Elle s'arrêta subitement.

— Des agents de Ramsey, là... les deux hommes qui viennent vers nous.

Le bras de Kaldak se posa sur son coude. Il poussa Bess en avant.

— Ramsey a dû leur dire de venir vous chercher. Courez !

Bess se mit à courir vers l'escalier de secours qu'elle dévala aussi vite qu'elle put. Kaldak était derrière elle. Une porte s'ouvrit au-dessus d'elle. Les hommes de Ramsey. Elle entendait l'écho de leurs pas sur les marches de métal.

Troisième étage.

Les agents de Ramsey gagnaient du terrain. Les bruits de pas se rapprochaient.

Deuxième étage.

Kaldak la dépassa et ouvrit la porte du premier étage.

— À gauche. Traversez le hall de réception.

Un sol de marbre, des colonnes, un magasin de cadeaux.

— Arrêtez-les !

Une porte à deux battants surmontée d'une lampe rouge.

Une pièce remplie de gens en blouses blanches. Encore une porte.

Enfin dehors ! La voiture de Yael s'arrêta dans un crissement de pneus.

Les deux hommes avaient rattrapé Kaldak. Il en expédia un d'un coup de coude dans l'estomac et l'autre d'un crochet au menton.

— Démarre ! hurla-t-il en plongeant à l'intérieur de la voiture.

La voiture fit un bond en avant et Yael dévala l'allée, la portière arrière encore ouverte.

Ils arrivaient sur la rue et atteignaient le croisement. Feu vert. Ils pouvaient y arriver.

Bess se retourna. Les agents de Ramsey couraient toujours derrière eux...

Le feu passa au rouge.

Yael écrasa l'accélérateur.

Les deux hommes étaient en plein milieu de la rue et les regardaient s'éloigner.

— Ils ont notre numéro d'immatriculation, dit Kaldak en se retournant pour fermer la porte arrière. Il ne faut pas rester dans cette voiture. À l'aéroport, vite, Yael !

— Que ferons-nous une fois arrivés là-bas ?

— Nous déciderons quand nous serons à bord de l'avion.

— Vous avez un avion ? demanda Bess.

— Oui, celui que Ramsey a fait préparer à mon intention. C'est la raison pour laquelle je suis arrivé à l'hôpital si peu de temps après ton appel, Yael. N'est-ce pas une idée plaisante, ajouta-t-il en souriant, de s'enfuir avec un avion que Ramsey a mis à notre disposition ?

— Je ne crois pas que Ramsey partagera cette opinion, commenta Yael. Mon Premier ministre non plus, d'ailleurs. C'est ce qu'on appelle un abus d'immunité diplomatique. Oh ! Après tout, c'est la vie !

— Je veux que Jessie soit protégée en permanence, intervint Bess. Il faut poster des gardes à son étage. Esteban peut très bien avoir vent de sa présence à l'hôpital.

— Je ne pense pas que ça pose un problème dans l'immédiat. Il est très occupé en ce moment. Je sais, ajouta-t-il en levant la main pour couper court aux protestations de Bess. Priorité absolue. Ce sera fait.

Bess lui avait dit qu'elle ne voulait pas de ses promesses. Il les avait pourtant toujours tenues, jusqu'à présent. Contre toute attente et grâce à lui, Jessie avait été soignée et elle était vivante.

Kaldak l'observait, cherchant à lire ses sentiments sur son visage.

— D'accord ?

Bess détourna le regard.

— D'accord. Je suis prête à accepter de l'aide, d'où qu'elle vienne. Même de vous.

L'infâme salaud !

Cody Jeffers, incrédule, les poings serrés, contemplait son propre visage sur l'écran de télévision placé au-dessus du comptoir. L'image était tirée de la photographie de groupe prise au stade. Elle était très agrandie et assez floue, mais on pouvait le reconnaître très facilement.

— Autre chose ? demanda le vendeur de la boutique.

— Non.

Cody prit les cigarettes sur le comptoir, les fourra dans la poche de sa chemise et sortit en hâte. Il jeta un coup d'œil derrière lui pour voir si le vendeur l'observait. Il constata avec soulagement que l'homme s'occupait déjà du client suivant.

Il sauta dans sa voiture et sortit en trombe de la station-service. Ce fumier de terroriste l'avait embobiné. La police ne le lâcherait plus jamais et le pays entier serait désormais sur ses gardes. Et s'il n'avait pas été à court de cigarettes, il n'aurait même pas su tout cela... Ne t'arrête pas, lui avait ordonné Esteban.

Oh, non ! Ne t'arrête nulle part ! S'il s'arrêtait, il apprendrait comment Esteban l'avait roulé dans la farine. La voiture n'avait même pas de radio. Il était comme l'agneau que l'on conduit au sacrifice.

Le sacrifice.

Pris de panique, il sentit son estomac se révulser. Qu'allait-il faire ?

Maman. Oui, maman était futée. Elle lui fournirait un abri. Elle trouverait un moyen de l'aider.

Il fallait contacter maman.

17

20 h 52

Un groupe de pilotes et de mécaniciens était agglutiné devant le poste de télévision du bureau qui se trouvait à côté du hangar.

NBC, remarqua Bess, mais les images étaient identiques à celles qu'avait diffusées CNN.

— Il faut partir, Walter, dit Kaldak à un homme de taille moyenne, vêtu d'un coupe-vent rouge. Vous avez fait le plein ?

— C'est fait, répondit le pilote sans quitter l'écran du regard. Les enfoirés. Vous avez entendu ? Encore six cas déclarés et le CDC vient d'annoncer qu'il manquait d'antidote. Il s'agirait d'un genre de virus fabriqué en laboratoire.

— Nous devons partir, Walter, répéta Kaldak.

Walter hocha la tête dans un mouvement nerveux.

— Il faudrait bombarder ces salauds.

— Ils ont dit qui était le responsable ?

— Non ! Mais c'est certainement Saddam Hussein ou un autre cinglé du même genre. Des bombes, voilà ce qu'ils méritent. Nous aurions dû nous en débarrasser pendant la guerre du Golfe.

Une des phrases prononcées par le pilote frappa soudain Bess.

— Vous avez dit qu'ils manquaient d'antidote. Ça veut dire qu'ils en ont découvert un ?

— Un produit expérimental quelconque. Les gens du CDC l'ont injecté à une petite fille il y a à peu près deux heures de cela.

— Elle est encore en vie ?

— Jusqu'à présent, oui, répondit Walter dont les yeux quittèrent enfin le poste de télévision. Je m'occupe de la liste de contrôle. Ça ne sera pas long, conclut-il en se dirigeant vers le hangar.

— Un antidote, murmura Bess.

— Ce n'est pas un antidote, dit Kaldak. Je pense qu'ils ont tout simplement utilisé le dernier échantillon que vous leur avez envoyé et ils l'ont injecté à la gamine.

— Comment peuvent-ils faire cela ?

— Ils reproduisent les cellules de l'échantillon de sang et les activent, puis ils les modifient grâce aux gènes auto-immunes. Ils ont expérimenté la méthode avec des malades atteints du virus HIV. L'équipe de Donovan a certainement accéléré la procédure.

— Ça fonctionne. La petite est vivante. C'est un début.

— Pure propagande. Le gouvernement ne veut pas admettre qu'il ne dispose d'aucune thérapie et il prétend avoir découvert le remède miracle.

— C'est un miracle, insista-t-elle. Elle est vivante.

Le regard de Kaldak se concentra sur le visage de Bess.

— À quoi pensez-vous ?

Bess sentait les yeux de Kaldak fixés sur elle tandis qu'ils montaient à bord et s'installaient sur leurs sièges. Il resta cependant silencieux jusqu'au décollage.

— Eh bien !

— Dites au pilote de faire route à l'ouest.

— C'est bien ce que je craignais, dit Kaldak. Collinsville ?

— Exactement. C'est là que se trouve l'équipe du CDC. Je dois y aller.

— Vous savez que la ville est en quarantaine.

— Oh ! Ils me laisseront passer.

— Vous allez vous livrer à Ramsey.

— Mon sang a sauvé cette enfant. D'autres ont besoin de mon aide.

— L'affaire a été tellement médiatisée que personne d'un peu sensé n'irait ouvrir une de ces enveloppes.

— La petite en a ouvert une.

— Écoutez. Il faut encore que votre groupe sanguin soit compatible. Ça diminue les chances de succès. Et quelle quantité de sang pensez-vous pouvoir leur donner ?

Bess secoua la tête.

— Il a raison, Bess, intervint Yael.

— Il a tort, répliqua Bess. Vous croyez que j'ai envie de me cacher et de regarder ce qui se passe sans agir ? J'y vais. À vous de voir comment assurer la sécurité de Jessie.

— Ce sera tout ?

— Vous me le devez, Kaldak. Depuis Tenajo.

Kaldak la regarda en silence pendant une longue minute, puis il se leva de son siège.

— Je vais dire à Walter de se diriger vers Collinsville.

Kaldak ne sortit du cockpit que peu de temps avant l'atterrissage à l'aéroport de Collinsville. Bess l'avait entendu parler presque sans discontinuer à la radio, mais elle n'avait pu saisir le sens de ses propos.

— Que faisiez-vous dans le cockpit ? demanda Bess.

— Attachez votre ceinture, nous allons atterrir dans quelques minutes, répondit Kaldak après s'être assis. Et préparez-vous au comité d'accueil.

— Qui cela ?

— J'ai prévenu le CDC, CBS, CNN, et le *St. Louis*

Post Dispatch, dit Kaldak en souriant. Ils devraient tous attendre avec impatience l'arrivée de la nouvelle Mère Teresa.

Bess fronça les sourcils.

— Mère Teresa ?

— Vous êtes en passe de devenir une héroïne nationale. Une femme courageuse, le cœur empli de compassion, prête à braver tous les dangers pour donner son sang et soigner les malheureux.

— Très bien ! murmura Yael.

— Votre sacrifice a d'autant plus de valeur que vous avez dû quitter un enfant malade pour vous rendre à Collinsville, un enfant que vous avez sauvé de la mort.

— Mon Dieu ! On dirait un roman-feuilleton, soupira Bess.

— Ce n'en est pas un. C'est la pure vérité, comme pourront le constater les journalistes entreprenants.

— Vous leur avez parlé d'Esteban ?

— Je leur ai parlé de Tenajo. Les médias sont ravis que l'héroïne soit issue de leurs rangs.

— Je ne suis pas une héroïne.

— Maintenant, vous l'êtes. Vous allez rendre visite à la petite fille à qui on a donné votre sang. Ils vous filmeront pendant vos prises de sang, avec les victimes, vous irez dans les quartiers où ont eu lieu les émeutes, afin de prouver que l'on peut survivre à l'anthrax. Vous donnerez des interviews sur Jessie et Emily.

— Non !

— Si. Il le faut. Je veux aussi que le Dr Kenwood devienne le chirurgien le plus célèbre d'Amérique, parce qu'il a opéré Jessie. Je veux qu'ils interviewent l'infirmière en chef. Surtout, je veux qu'une armée de gardes empêche tout contact entre Jessie et les médias.

Les yeux de Bess s'agrandissaient au fur et à mesure qu'elle comprenait les intentions de Kaldak.

— Vous voulez dire que ça permettra aussi de tenir Esteban à l'écart ?

— Je pense que l'on peut faire confiance à Ramsey à ce sujet. Il se retrouverait dans une situation plus que précaire s'il arrivait quoi que ce soit à la nouvelle enfant chérie de l'Amérique.

— Comme tous vos mouvements seront très largement médiatisés, Bess, Ramsey n'aura aucune chance de pouvoir vous mettre à l'écart, ajouta Yael.

— Tu as très bien compris mon plan, Yael, confirma Kaldak.

C'était un excellent plan, dut admettre Bess, et qui avait toutes les chances de fonctionner.

— Autre chose, dit Kaldak. Vous devrez dire aux médias que le CDC est plus proche d'une thérapie efficace et permanente que le communiqué officiel ne le laissait entendre.

— Pourquoi ? interrogea Bess.

— Je veux qu'Esteban se sente piégé. S'il croit que nous avons trouvé une thérapie, il se tiendra tranquille.

— Ou il frappera ailleurs...

— Non ! Il n'osera pas. Tout le monde est sur ses gardes.

— On n'en est pas sûrs.

— On n'est sûrs de rien. J'espère juste ne pas me tromper. Quant à Esteban, je ne pense pas qu'il se risquerait à venir à Collinsville pour vous trancher la gorge, c'est déjà un bon point pour vous, dit Kaldak tandis que le train d'atterrissage heurtait le sol.

— Je ne parierais pas là-dessus non plus, fit observer Yael. Il est intelligent, mais obéit à une étrange logique.

— Nous devrons donc veiller à la sécurité de Bess. Kaldak jeta un coup d'œil par la vitre, déboucla sa ceinture et se leva. Les voici, dit-il. Il y a autant de photographes et de caméras que pour la cérémonie des Oscars.

— Je crois que je vais détester tout ce cinéma, dit Bess.

— Vous verrez à quel point les choses sont différentes quand on est de l'autre côté des objectifs, dit Kaldak. Allons-y. Le spectacle commence.

Collinsvillle, 23 h 07

Les reporters affluèrent en masse au moment où Bess posa le pied sur le sol de l'aéroport.

Kaldak se mit à l'écart et se contenta d'observer la scène.

Bess détestait peut-être le rôle qu'elle devait jouer, mais elle souriait et répondait aux questions de la presse avec une tranquille assurance. Au moment critique, elle ne s'était jamais démontée, Kaldak était bien placé pour le savoir.

— Espèce d'ordure.

Kaldak se retourna et aperçut Ramsey.

— Je ne pensais pas vous revoir aussi vite, Ramsey.

— J'étais déjà en route lorsque l'on m'a averti de cette mascarade, siffla Ramsey. Vous me le paierez, Kaldak.

— Je vous avais prévenu de ne pas vous en prendre à elle.

— J'aurais dû me passer de vos services dès le début. Nous aurions pu éviter ce désastre.

— Parce que ce qui a eu lieu à Collinsville est entièrement de ma faute, c'est bien ça ? Vous n'avez peut-être joué aucun rôle dans l'affaire ? Ça ne marche pas, Ramsey. Je ne suis qu'un simple rouage. C'est vous, l'homme qui commande, le responsable... Si vous lui faites le moindre mal, vous aurez très vite l'impression qu'un camion vous est passé dessus.

— C'est une menace ?

— Oui ! C'en est une. Vous vous croyez désespéré ? Vous ne savez même pas ce que le mot signifie. Je ne perdrai pas Bess Grady et je ne perdrai pas Esteban.

— Vous avez déjà perdu Esteban. Vous n'êtes pas près de l'attraper. Il camoufle toutes les pistes qui pourraient mener à lui. Deux heures après l'explosion de l'hélicoptère où se trouvait Habin, on nous a signalé une autre explosion dans une grange près de Waterloo, dans l'Iowa.

— Là où étaient fabriqués les faux billets ?

— C'est probable. Nous avons envoyé une équipe là-bas pour tout passer au peigne fin, mais le feu a tout brûlé, y compris les hommes qui se trouvaient à l'intérieur de l'installation. Nous ne découvrirons certainement rien de probant.

— Cody Jeffers ?

— Il a appelé sa mère il y a trois heures. Elle lui a raccroché au nez.

Kaldak dressa l'oreille.

— Il l'a appelée ?

— Il l'a suppliée et implorée, mais elle a coupé la communication avant que nous puissions le localiser. Pas de nouvelles de lui depuis. Je crains qu'Esteban ne s'en soit aussi occupé.

— Quel est le dernier délai pour la rançon ?

— Après-demain, dit Ramsey qui lança ensuite un regard acide à Yael. Votre gouvernement fait pression sur le président pour qu'il refuse de libérer les terroristes.

— Mon gouvernement a raison. Il n'est rien de pire que de céder aux exigences de terroristes.

— Le risque de voir Esteban lâcher des billets contaminés en plein New York ne vaut guère mieux, dit Ramsey.

— C'est ce qu'il a menacé de faire ? demanda Kaldak.

Ramsey approuva d'un bref mouvement de tête.

— Savez-vous comment la Bourse réagirait à un nouvel incident ? poursuivit Ramsey.

— Je sais seulement que je n'aimerais pas donner de l'argent à Esteban pour le voir ensuite partir en possession de l'anthrax. Qu'est-ce qui nous garantit qu'il ne l'utilisera pas à nouveau ?

— Elle ! répliqua Ramsey en désignant Bess. Et vous me l'avez enlevée, espèce d'abruti.

— Quel dommage ! Vous n'avez plus qu'à vous soucier de retrouver Esteban au lieu de vous en prendre à une femme innocente.

— Vous n'êtes pas le mieux placé pour parler de la sorte, Kaldak.

Kaldak ne put s'empêcher de tressaillir.

— Oui, je suppose que, sur ce point, vous avez raison. Kaldak s'avança et se fraya un chemin à travers la foule des journalistes. Ça suffira pour l'instant, s'il vous plaît. Mme Grady est très fatiguée, mais elle sera heureuse de vous parler et de répondre à vos questions dès demain matin. Elle doit encore se rendre à la permanence du CDC pour y donner son sang.

Une des caméras se tourna aussitôt dans sa direction.

— Qui êtes-vous, monsieur ?

— Je suis là pour escorter et protéger Mme Grady. Le gouvernement est conscient de l'extrême importance de sa contribution, dit Kaldak en se tournant vers Ramsey. Le directeur adjoint de l'Agence, M. Ramsey, m'a confié le soin de lui faciliter la tâche autant qu'il est possible de le faire. N'est-ce pas, monsieur Ramsey ?

Ramsey lui lança un regard empoisonné avant de pouvoir afficher un sourire.

— Bien entendu. Il est juste et normal que nous prenions le plus grand soin de Mme Grady.

— M. Ramsey me confiait qu'il venait justement d'envoyer des forces de sécurité à l'hôpital Johns Hopkins, poursuivit Kaldak. Il aura le plaisir de vous en expliquer les raisons pendant que je conduirai Mme Grady à la permanence du CDC.

Les reporters entourèrent aussitôt Ramsey et Kaldak se mit en devoir d'arracher Bess aux griffes d'un ou deux cameramen récalcitrants.

— Par ici, dit Yael. Je vous présente Mel Donovan, du CDC.

— Nous nous sommes déjà rencontrés, dit Kaldak en lui serrant la main. Voici Bess Grady. Mel Donovan. Mel remplace Ed Katz au CDC.

— Ravi de vous connaître, madame Grady. J'aurais bien sûr préféré vous rencontrer en d'autres circonstances. Notre équipe se trouve au Ramada Inn, dans la zone de quarantaine, juste à côté de l'hôpital. Je vous ai réservé des chambres.

— Y a-t-il de nouveaux cas déclarés ? interrogea Bess.

— Un seul. Il est mort il y a une heure.

Donovan les conduisit vers une voiture garée près du terminal de l'aéroport. Un véhicule de la police de Collinsville était stationné en face, gyrophare allumé.

— Vous savez que nous avons utilisé le dernier échantillon pour une transfusion ? demanda Donovan.

— C'est pour ça que je suis venue, dit Bess en s'installant dans la voiture. J'espérais... Peu importe ce que j'espérais. Je suis arrivée et je ferai ce que je peux. Pensez-vous pouvoir trouver rapidement un antidote ?

Donovan haussa les épaules.

— Nous essayons de reconstituer les documents détruits par l'explosion, mais ça prend du temps, expliqua Donovan en s'asseyant à la place du chauffeur. Croyez-moi, nous avons travaillé jour et nuit depuis la mort d'Ed et ce désastre n'a fait qu'augmenter la pression. Tout le monde veut des réponses et nous ne pouvons en donner aucune.

Yael s'assit à côté de Donovan tandis que Kaldak montait à l'arrière et claquait la porte.

— Allons-y, dit Kaldak. Les journalistes seront là

dans une minute. Il nous faudra des voitures avec des badges du CDC pour circuler dans la zone mise en quarantaine.

— Le maire a mis les véhicules de la municipalité à notre disposition, expliqua Donovan. Vous aurez des badges dès notre arrivée à l'hôtel.

Il adressa un signe à la voiture de police, qui démarra aussitôt.

— Ne sortez pas sans escorte policière, insista Donovan. La ville est encore trop dangereuse.

Cette garce leur souriait et leur racontait des mensonges.

Esteban était installé dans sa chambre d'hôtel, tout en regardant les bulletins d'informations à la télévision. Il se réjouissait du désastre qui allait se révéler si profitable pour lui, lorsque Bess était apparue à l'écran.

Elle leur mentait bien... Le CDC n'avait trouvé aucune thérapie. Il s'en était assuré à l'avance en tuant Ed Katz.

Mais si tous ces gens la croyaient ? Si la pression était telle que le président refusait de payer ? Ces satanés juifs mettaient toujours leur grain de sel partout.

Bess Grady répétait une fois de plus ses propos rassurants.

La furie s'empara d'Esteban.

— Tu mens ! Tais-toi, salope ! Arrête de dire ça ! hurlait-il.

Il avait lâché la Bête des Ténèbres et leur avait montré qu'il n'existait pas de salut. Pourtant, ils croyaient encore que cette femme pouvait les secourir. S'il voulait gagner la partie, ils devaient demeurer sous l'emprise de la terreur.

Il fallait leur ôter tout espoir.

La voiture de Donovan dut s'arrêter à un barrage de la Garde nationale, à trois kilomètres de l'aéroport, mais les soldats les laissèrent passer lorsqu'ils virent l'insigne du CDC sur le pare-brise.

Bess s'était habituée à la vue de soldats en armes dans différents pays du tiers monde, mais leur présence semblait déplacée, presque obscène, dans cette petite ville américaine. Esteban avait imposé cette obscénité à tous.

— Verrouillez les portières, lança Donovan pardessus son épaule. L'hôpital se trouve dans la zone des émeutes.

— Que fait donc la Garde nationale ? demanda Bess.

— Ils sont trop occupés à faire respecter le périmètre de quarantaine et le gouverneur ne veut pas faire usage de la force. Ces gens sont déjà des victimes.

Quelques pâtés de maisons plus loin, ils pénétrèrent dans la zone des émeutes. Des vitrines éclatées, des vitres brisées. Des gens transportaient des postes de télévision, des chaînes hi-fi. Des feux brûlaient un peu partout.

— C'est ici que vous vouliez me voir parler aux gens, Kaldak ? murmura Bess.

— Je crois que je vais modifier quelque peu mon plan, répondit Kaldak.

— Non ! C'était une bonne idée. Arrêtez la voiture, Donovan !

— Pardon ?

— Arrêtez cette fichue voiture !

Bess déverrouilla la portière et sortit. La voiture de police s'immobilisa un peu plus loin dans un crissement de pneus.

Une vieille femme tendait la main vers la vitrine en éclats d'une bijouterie.

Mets au point.

Déclenche.

Un petit garçon débraillé sortait d'un magasin d'animaux domestiques en portant dans ses bras un bébé épagneul, tandis que, à l'intérieur, l'alarme ne cessait de hurler.

Mets au point.

Déclenche.

Kaldak se précipita à côté d'elle.

— Remontez dans la voiture. Si vous restez là, Donovan va avoir une crise cardiaque.

— Une minute.

Le regard de Bess était attiré par une scène qui se déroulait dans une ruelle donnant de l'autre côté de la rue. Deux silhouettes minces se penchaient au-dessus d'un feu vif et tout orange. Elle ne pouvait deviner ni leur âge ni leur sexe, mais ils étaient debout devant un bidon de pétrole rouillé, comme des prêtres devant un autel. Que font-ils ? se demanda-t-elle. Elle s'approcha.

Mets au point.

Déclenche.

Mon Dieu ! Ils brûlent de l'argent.

« Lorsque nous les verrons brûler ou déchirer les billets, la situation sera vraiment grave. »

Kaldak avait prononcé ces mots, dans un passé qui semblait désormais lointain. Impossible d'imaginer une chose pareille.

C'est pourtant ce qui était en train d'arriver.

Prends les photos. Montre-leur.

Mets au point.

Déclenche.

Bess, épuisée, baissa son appareil et revint vers la voiture.

— Vous croyez qu'il s'agit de faux billets ?

— C'est ce qu'ils pensent, mais j'espère que non. Ils les prenaient à mains nues. N'essayez pas de leur venir en aide, ils seraient capables de vous jeter dans ce bidon de pétrole, dit Kaldak.

— Il faudrait tout de même les prévenir.

— La police patrouille avec des voitures équipées

de haut-parleurs, dit Donovan. Il faut partir d'ici, car nous attirons l'attention de tous ces gens.

Donovan était nerveux, constata Bess. Elle s'installa et il remit le moteur en marche, soulagé.

— Vous m'aviez prévenue, Kaldak, murmura-t-elle en jetant un dernier regard par la vitre. Je ne vous avais pas cru.

— Je ne peux pas vous en blâmer. Je ne disais pas que la vérité, à ce moment-là. Mais je vous la disais chaque fois que c'était possible, ajouta-t-il après un silence.

— Quand vous pensiez que c'était pratique.

— En ce qui vous concerne, je sais que ça ne fait plus aucune différence, mais je vous promets que, à partir de cet instant, je ne vous dirai plus rien d'autre que la vérité.

— C'est trop tard.

— Ce n'est pas trop tard, insista-t-il. Pas si... Kaldak respira profondément et secoua la tête. Je sais. Ce n'est pas le moment. Oubliez ce que je viens de vous dire.

Elle essaierait d'oublier. Elle essayait déjà d'oublier Kaldak. Pourtant, il était là, à côté d'elle, il organisait tout, il la surveillait, il pourvoyait à ses besoins. Il était bien difficile d'oublier Kaldak.

Après leur arrivée à l'hôtel, ils firent un détour par la chambre de Donovan pour la prise de sang de Bess. Yael décida ensuite de s'assurer que toutes les mesures de sécurité avaient été prises et Kaldak conduisit la jeune femme jusqu'à sa chambre.

Il ouvrit la porte et lui tendit les clés.

— La chambre de Yael est à côté de la vôtre et Ramsey a posté des agents un peu partout dans l'hôtel. L'étage est rempli de gens de la CIA, mais n'ouvrez la porte que si vous savez qui se trouve de l'autre côté.

— Je sais. Ce n'est pas la première fois, je suis presque devenue experte en la matière.

— Votre séjour ici ne devrait pas être très dangereux. Personne ne peut entrer en ville sans laissez-passer et de Salmo n'est plus là pour vous menacer, dit Kaldak avec un sourire ironique. Qui pourrait vouloir tuer la nouvelle Mère Teresa ?

— La plaisanterie est un peu usée, Kaldak. Je vous verrai demain matin.

— Non ! Je ne reviendrai pas avant demain soir, au plus tôt.

— Comment ça ?

— Je vais dans le Kansas. Cody Jeffers a appelé sa mère, plus tôt dans la soirée. Elle lui a raccroché au nez, mais il essaiera certainement encore.

— Pourquoi ?

— Il est terrorisé, il ne sait plus à quel saint se vouer. Il ne lui reste que sa mère.

— Pourquoi Ramsey ne s'en charge-t-il pas ?

— Je n'y tiens pas. Si Ramsey capture Jeffers, l'affaire fera la une des journaux. Je veux qu'Esteban croie que Jeffers est libre.

— Que ferez-vous si vous le trouvez ?

— J'agirai selon. J'ai quelques idées, mais tout dépend de ce qu'il sait et de la façon dont il se montrera prêt à coopérer. Les lèvres de Kaldak se fendirent en un sourire sarcastique. Je suis très compétent pour ce qui est d'utiliser les gens, n'est-ce pas ?

— J'en sais quelque chose, dit Bess en ouvrant la porte. Appelez-moi. Je veux savoir ce qui se passe. S'il existe la moindre chance de coincer Esteban, je ne veux pas être tenue à l'écart.

— Vous pouvez m'accompagner, si vous le désirez.

— Je ne peux pas partir, vous le savez bien. Donovan et son équipe ont besoin de moi. Et maintenant, bonne nuit, Kaldak.

Bess entra dans sa chambre et referma la porte

avant de s'y appuyer, épuisée. Kaldak, comme d'habitude, se concentrait exclusivement sur son objectif, mais pour Bess la vie devenait compliquée et de manière fort singulière. Elle ne pouvait pas quitter Collinsville, si sa présence pouvait contribuer à sauver ne serait-ce qu'une seule vie. Le sentiment d'impuissance qu'elle avait éprouvé à Tenajo était encore trop présent à son esprit. Elle tenterait d'agir au mieux. Chaque chose en son temps.

18

Aurora, Kansas,
quatrième jour, 2 h 47

La petite cour de la maison de Mme Jeffers était envahie par les journalistes et les caméras de télévision. Un camion de retransmission par satellite était garé sur le trottoir d'en face. Kaldak arrêta sa voiture en contrebas, puis se dirigea à pas vifs vers la porte d'entrée.

Il se fraya un chemin à coups de coude parmi la foule des reporters et appuya sur le bouton de sonnette.

Pas de réponse.

Il sonna encore.

Personne.

Il appuya son épaule contre la porte et poussa de toutes ses forces. La porte céda et s'ouvrit brutalement.

— Nom de Dieu ! Vous êtes cinglé ? s'écria un journaliste. Vous allez nous faire virer d'ici ! Elle va...

Kaldak entra et claqua la porte derrière lui sans attendre la fin de la phrase. Le hall d'entrée était sombre, mais une lumière filtrait de l'une des chambres, en haut de l'escalier.

Il n'eut pas longtemps à attendre. Une porte s'ouvrit et Donna Jeffers apparut en haut des marches. Elle était vêtue d'une chemise de nuit et d'un peignoir et elle braquait un pistolet sur Kaldak.

— Je suis désolé, dit Kaldak. Je paierai la réparation de la porte.

— Sortez de chez moi.

— Il faut que je vous parle.

— Qui êtes-vous ? Un journaliste ? Un policier ?

— CIA. Puis-je monter et vous parler ?

— Quelqu'un de la CIA est déjà venu. Je vous ai déjà vu. Breen.

— Kaldak. Le nom de Breen était un petit mensonge, je le crains.

— Vous cherchiez Cody, se souvint Donna Jeffers en descendant les marches. Rien n'était encore arrivé et vous recherchiez déjà Cody.

— Je le soupçonnais d'être impliqué dans cette affaire.

— Pourquoi ne l'avez-vous pas trouvé ? Pourquoi l'avez-vous laissé commettre une telle folie ? Mes amis vont penser que j'ai élevé une sorte de monstre. Pourquoi n'avez-vous rien fait pour l'en empêcher ?

— J'ai tenté de le faire, répondit Kaldak en baissant les yeux vers le pistolet. Voulez-vous poser cette arme ? J'essaie seulement de vous rendre les choses plus faciles.

— Vous voulez capturer Cody, comme tous les autres.

— Je veux trouver l'homme qui l'a engagé et je veux que vous persuadiez Cody de coopérer. Beaucoup de gens cherchent un bouc émissaire. Ils prendront votre fils et vous avec.

Donna Jeffers garda le silence.

— Qu'attendez-vous de moi ? demanda-t-elle enfin.

— Lorsqu'il appellera, parlez-lui, mais faites vite. Il ne faut pas que la police ait le temps de localiser l'appel. S'il veut vous rencontrer, acceptez. Assurez-vous qu'il comprenne que la ligne est écoutée.

— Je ne suis pas sûre qu'il m'appelle.

Kaldak s'assit près d'une petite table où était posé un téléphone, dans le hall d'entrée.

— J'espère pour nous deux qu'il le fera.

La sonnerie du téléphone retentit quelques heures plus tard. Kaldak souleva le combiné de l'appareil du hall au moment même où Donna Jeffers répondait dans la cuisine.

— Ne raccroche pas, maman.

— Je ne peux pas te parler, dit Donna Jeffers. Tu es fou ? La dernière fois, je t'ai dit de ne plus m'appeler. Après ce que tu as fait, tu dois bien te douter que le téléphone est sur écoute ! J'aurai de la chance s'ils ne m'arrêtent pas. Tu as bousillé ma vie, espèce d'idiot.

— Je ne voulais pas faire ça, maman. C'étaient des faux billets, mais je ne savais pas qu'il y avait autre chose. J'ai besoin de ton aide. Il ne me reste que toi. Tu peux me retrouver là où nous avions fêté mon neuvième anniversaire ?

— Non ! Je ne veux pas me mêler de ça.

— S'il te plaît, maman.

Donna Jeffers ne répondit pas.

— Je t'attendrai. Je sais que tu viendras, dit Cody avant de raccrocher.

Kaldak ne put s'empêcher d'être surpris en voyant les larmes dans les yeux de la femme lorsqu'elle vint le rejoindre dans le hall d'entrée.

— Il est si stupide. Ils vont l'emmener en prison et ils le tueront.

Kaldak aurait voulu lui mentir, mais il s'en sentait incapable.

— L'opinion publique est plutôt déchaînée, en ce moment.

Donna Jeffers s'essuya les yeux et redressa les épaules.

— Je l'aime, vous savez, mais ils ne m'embarqueront pas avec lui. Vous pensez que je suis mauvaise, n'est-ce pas ? demanda-t-elle avec une lueur de défi dans le regard.

— Je ne vous juge pas.

— Peu importe ce que vous pensez. J'ai toujours agi de mon mieux avec lui, plaida-t-elle, tout en se dirigeant vers sa chambre. Je vais faire un brin de toilette et m'habiller avant de partir. Comment comptez-vous me faire sortir d'ici ?

— Par le chemin que j'ai emprunté pour entrer.

— Les journalistes nous suivront. La police aussi.

— Je les sèmerai. Ça prendra peut-être une heure ou deux, mais je les sèmerai.

— Pizza Hut ? interrogea Kaldak.

Donna Jeffers haussa les épaules.

— Tous les enfants aiment les pizzas.

Kaldak s'arrêta dans le parking où n'étaient garées que trois voitures et coupa le contact. Il était à peine onze heures et le restaurant était encore fermé.

— Il nous observe probablement à distance, dit Kaldak. Sortons. Il faut qu'il nous voie tous les deux. S'il arrive et s'il m'aperçoit dans la voiture, il risque de prendre peur et de s'enfuir.

Dix minutes passèrent.

Une automobile noire descendit soudain la rue à vive allure avant de s'arrêter près d'eux dans un crissement de pneus. La vitre avant descendit jusqu'à mi-hauteur.

— Qui est-ce ? demanda Cody. Pourquoi n'es-tu pas venue seule, maman ?

— Parce que toute seule je ne peux rien faire pour t'aider. Tu es allé trop loin, cette fois-ci.

— Qui est-ce ?

— Kaldak. Il travaille pour le gouvernement.

Cody commença à remonter sa vitre.

— Ne fais pas ça, Cody. Tu m'entends ? Tu ne dois pas t'enfuir. Je ne veux pas qu'ils te pourchassent et te tuent.

— Il m'a menti, maman. Je ne savais pas que les gens allaient mourir. Ils penseront que je suis comme lui.

— Dénonce-le, alors. Tu peux sûrement négocier.

— J'ai peur, maman. Je n'ai jamais eu aussi peur de ma vie. Je ne sais plus quoi faire.

— Je vais te le dire, répondit Donna Jeffers en désignant Kaldak du doigt. Tu lui obéis et tu auras une chance d'en sortir vivant.

— Je ne veux pas... Cody rencontra le regard de sa mère et s'affaissa sur son siège. D'accord. Que voulez-vous que je fasse ?

« D'accord. » Kaldak peinait à maîtriser son impatience. Il fit un pas en avant.

— D'abord, des informations. Je veux savoir tout ce que vous avez fait depuis le moment où Esteban vous a engagé à Cheyenne.

— Vous êtes encore là ? s'écria Yael en entrant dans la chambre de Bess. Vous ont-ils au moins servi à déjeuner ?

— Non ! Mais je mangerais quelque chose avec plaisir. Je n'ai eu droit qu'à un jus d'orange. Je suis sûre que les soldats qui gardent la chambre ont eu plus de chance que moi. Venez avec moi à la cafétéria, je meurs de faim.

— J'ai peur que deux petits problèmes se posent. Le premier, c'est que je préfère aller vous chercher quelque chose à manger. Il ne serait pas prudent de vous montrer dans un endroit public. Second problème : il y a dehors une foule de journalistes avec Donovan et ils voudront sans aucun doute vous parler.

— Je suis surprise que vous les ayez laissés approcher.

— Ils ont tous été fouillés. Vous voulez que je vous en débarrasse ?

— Non ! Je leur parlerai, mais venez à mon secours si je n'ai pas terminé au bout d'un quart d'heure, d'accord ?

— Je serai là, tel Lancelot secourant Guenièvre.

— Ne dites pas ça. Guenièvre a fini sa vie au couvent !

Yael répondit par un gloussement.

— Vous avez lu les journaux ce matin ? Ils me présentent presque comme une sainte. Tout ça est écœurant.

— Vous n'en mourrez pas. Si vous ne prenez pas de risques, bien sûr.

— Je n'ai aucune envie de mourir. Et si je mourais, Esteban serait le véritable gagnant, mais ça n'arrivera pas. Vous avez eu des nouvelles de Kaldak ?

— Pas encore, mais il m'a promis de me tenir au courant. Il ne nous laissera pas tomber, Bess.

— Vous croyez toujours ce qu'il vous dit ?

— Oui ! Vous devriez le croire, vous aussi.

— Vous croyez en Kaldak, je crois en Jessie, en vous, et surtout en un bon hamburger avec des frites, dit Bess en ouvrant la porte de la chambre. Je vais voir ces journalistes pendant que vous irez chercher mon repas.

Bess en avait fini avec la presse et venait de réintégrer sa chambre lorsque le portable de Yael se mit à sonner.

— Kaldak, lança-t-il en aparté à Bess, je vous l'avais dit.

Son sourire disparut peu à peu tandis qu'il écoutait Kaldak.

— Je ne pense pas que ce soit une bonne idée, Kaldak. Enfin, bon Dieu ! Tu m'as demandé de la protéger et maintenant tu me demandes ça ? Il est hors de question que j'amène... Le salopard ! Il a raccroché !

— Que se passe-t-il ?

— Il a découvert l'endroit où Esteban cache les faux billets, dans une ferme près de la frontière de l'Iowa. Il est en route.

Un frisson d'excitation parcourut le corps de Bess.

— Esteban...

— N'y pensez pas. Je ne vous y emmènerai pas.

Emily.

— Laissez Kaldak s'en charger, Bess. Vous êtes beaucoup plus utile ici.

Montre-leur les monstres.

Donovan avait encore quelques échantillons de sang en réserve. L'occasion était trop belle.

Elle allait tuer le monstre.

— Je veux y aller.

Yael secoua la tête en signe de négation.

— Ne dites pas non. J'y vais. Emmenez-moi, Yael.

— Sûrement pas, répliqua Yael en lui tendant son téléphone. Appelez Kaldak et dites-lui de venir vous chercher.

— Vous êtes ici, Kaldak est loin. Emmenez-moi.

— Comment pourrais-je y arriver ? Vous êtes la femme la plus célèbre d'Amérique !

— Vous vous êtes bien arrangé pour me faire sortir de chez moi !

— C'était différent. Il n'y avait pas de zone de quarantaine. Je ne peux pas non plus vous obtenir un avion.

— Trouvez une voiture. S'il vous plaît, Yael.

— Vous commettez une grosse erreur.

— Non ! Je dois y aller.

Yael demeura un instant silencieux avant de pousser un soupir résigné.

— Au diable les arguments ! Je suppose que vous avez raison.

Springfield, Missouri, 14 h 37

Il se passait quelque chose d'anormal. Jeffers aurait dû être là depuis une heure et demie.

Les mains d'Esteban se crispèrent sur le volant. Si Jeffers avait été arrêté, il l'aurait de toute manière appris par la presse.

Si Jeffers avait ouvert une des enveloppes, il était peut-être étendu, mort, sur le bas-côté d'une route quelconque.

Peut-être avait-il découvert ce qui se trouvait dans les enveloppes et avait-il été pris de panique ? Il s'était peut-être enfui, ce qui serait fort ennuyeux... Il n'était pas assez malin pour échapper très longtemps aux recherches.

Quelle que soit la raison de son retard, la situation n'était pas très grave. Il aurait certainement du mal à se débarrasser de Jeffers comme il l'avait prévu, mais l'homme en savait si peu...

Bien sûr ! Jeffers avait lui-même caché l'argent près du moulin, mais il suffisait de déménager les billets et l'homme ne représenterait plus aucune menace.

Oui ! Tout se passerait bien selon ses plans. Il lui fallait faire l'effort de se maîtriser et tout resterait sous contrôle.

Près de la frontière de l'Iowa, 15 h 48

L'air était agité par une légère brise et les ailes du moulin tournaient de façon paresseuse.

— C'est ici, dit Cody Jeffers. C'est l'endroit où j'ai déchargé l'argent. Je n'irai pas plus loin. Vous ne pouvez pas m'y obliger, Kaldak.

— Je ne vous forcerai pas, dit Kaldak en sortant de la voiture. Conduisez jusqu'au pont, trois kilomètres plus loin, garez la voiture et attendez-moi.

— Et si vous ne revenez pas ? Si quelqu'un me

voit ? Vous avez promis à ma mère que je serais en sécurité.

— Attendez-moi.

Kaldak observa le moulin et sentit les muscles de son estomac se crisper. Tant d'années de recherches pour arriver ici...

Aucune voiture en vue. Ça pouvait être un bon comme un mauvais signe : soit Esteban était déjà parti avec les faux billets, soit il n'était pas encore arrivé, ce qui laissait à Kaldak le temps d'organiser un piège. Il aurait préféré pouvoir arriver à treize heures au lieu du rendez-vous fixé par Esteban à Jeffers. Mais il n'était peut-être pas trop tard. Si Esteban s'était rendu à Springfield, là-bas à des centaines de kilomètres, son retard était normal.

Si. Peut-être... Esteban s'était malheureusement toujours montré imprévisible.

Avait-il volontairement manqué le rendez-vous avec Jeffers ? Sa voiture était-elle garée derrière le bosquet, un peu plus au sud ? Attendait-il tranquillement là, prêt à toute éventualité ?

Peut-être avait-il piégé le moulin, comme il l'avait fait à Waterloo ?

Peu importait. Il était trop tard pour revenir en arrière. Esteban était trop proche.

Kaldak se dirigea d'un pas décidé vers le moulin.

19 h 33

Un moulin à vent, songea Bess. Un joli moulin en pierre, brillant au clair de lune. La mort était à l'intérieur, empaquetée avec soin dans des enveloppes de plastique. Bess avait toujours aimé les moulins pour les avoir déjà beaucoup photographiés lors de son séjour en Hollande.

— Je ne vois pas de voitures, dit Yael. Kaldak n'est pas encore là. Je vais entrer en premier. Vous n'avez pas changé d'avis ?

Elle lui fit signe que non.

— Soyez prudent.

— Toujours, répondit-il en souriant.

Elle le regarda disparaître dans l'ombre. Un instant plus tard, il ressortit et lui adressa de grands gestes.

Elle courut à sa rencontre.

— Kaldak ?

— Il n'est pas arrivé. Yael tenait la porte ouverte et Bess pénétra dans le moulin obscur. Mais l'argent est là. Ça signifie que nous pourrons coincer Esteban. Je vais allumer la lanterne.

Une complète obscurité régnait à l'intérieur du bâtiment. Bess ne voyait rien, alors comment Yael avait-il pu découvrir l'argent ?

— Je m'en occupe, dit Esteban.

Bess s'immobilisa.

Esteban alluma la lanterne, de l'autre côté de la pièce. Il tenait un revolver à la main.

— Juste à l'heure, Nablett. Je viens d'arriver.

— Ce n'était pas facile de la faire sortir de Collinsville, dit Yael. J'ai eu de la chance. Je crois que j'ai droit à un bonus.

Bess le contemplait, muette d'horreur.

— Je suis désolé, Bess, poursuivit Yael. L'offre était vraiment trop généreuse pour que je ne la saisisse pas.

— Vous avez manigancé tout ça ? murmura Bess. Vous travailliez avec lui pendant tout ce temps ?

— Non ! Mais j'ai saisi l'opportunité lorsqu'elle s'est présentée.

— Il a pris contact avec moi et m'a proposé le moyen de quitter le Mexique rapidement et sans ennuis, dit Esteban. Il m'a aussi offert de me rendre un service contre un pourcentage de la rançon.

Bess avait envie de vomir. Pas Yael. Yael n'était pas l'un des monstres.

— Quel... quel service ?

— Eh bien, vous, naturellement.

Un meurtre. Il avait l'intention de la tuer.

— Yael m'a sauvé la vie.

— Oh, bien sûr ! Il ne tient pas à compromettre ses relations avec son gouvernement. Il veut s'en sortir les mains propres. Tant que vous étiez sous sa protection, il ne voulait pas qu'il vous arrive quelque chose.

— C'est sans importance, dit Yael. J'ai brûlé mes cartes en venant ici avec elle. Je vous l'ai dit, je crois mériter un bonus.

Bess parvenait à peine à y croire, tant la trahison de Yael lui semblait monstrueuse.

— Kaldak ne vous a jamais appelé pour vous demander de le rejoindre ici, n'est-ce pas ?

— Non.

Yael avait vraiment bien joué son rôle. Il savait qu'il lui suffisait de prononcer le nom d'Esteban pour qu'elle réagisse aussitôt dans le sens souhaité.

— Vous m'avez même proposé de rappeler Kaldak. Qu'auriez-vous fait si j'avais accepté ?

— Je vous aurais proposé d'appeler moi-même et je n'aurais bien entendu pas réussi à le joindre, dit Yael en croisant le regard de Bess. Je suis vraiment désolé, Bess, mais vous rendiez Esteban trop nerveux.

— Je n'étais pas nerveux. Ce n'est qu'une femme. Et maintenant que vous me l'avez amenée, je vais avoir le plaisir de l'éliminer. Ce sera pour moi une grande joie, soyez-en certain.

— Voulez-vous que je m'en charge ? demanda Yael.

— Vous vous inquiétez de votre bonus ? Non ! Elle est à moi, ne vous en mêlez pas, dit Esteban en pointant le canon de son arme sur Bess. Je rêvais de cet instant. Savez-vous que vous m'avez causé beaucoup de soucis ?

Esteban allait donc la tuer.

Une terreur affreuse s'empara de la jeune femme.

Elle ne voulait pas mourir. Il y avait encore tant de choses à connaître de la vie.

Elle ne mourrait pas. Il devait bien exister un moyen.

Réfléchis. Il faut gagner du temps.

— Je suis ravie de vous avoir causé tant d'ennuis et même si vous me tuez, ce n'est pas terminé. Ils ne vous paieront pas. Je leur ai donné assez de sang pour qu'ils trouvent un antidote. Ils le trouveront, demain, peut-être même aujourd'hui.

— Vous mentez.

— Non ! dit-elle en s'avançant vers lui. Pourquoi vous paieraient-ils ? Si vous distribuez vos billets à New York, personne ne mourra. Bess n'était plus qu'à un mètre d'Esteban. Sauf vous, dit-elle encore. Ils vous feront payer Collinsville. Une idée traversa soudain son esprit. Et les rats vous dévoreront, poursuivit-elle. Ils vous déchireront et vous arracheront les yeux. Ils vous mettront en pièces comme...

— Non ! cria Esteban d'une voix suraiguë. Menteuse ! Garce !

Bess allongea la main pour saisir le revolver.

— *Puta !*

Esteban la frappa avec son arme, de toutes ses forces.

La douleur.

La chute...

À travers un épais brouillard, Bess le vit ajuster son revolver.

Esteban !

Kaldak !

Kaldak apparut derrière Esteban et plongea entre eux pour le plaquer au sol.

Le son de la détonation fut étouffé par le corps de Kaldak. Il s'affaissa et le revolver glissa sur le sol.

Bess se précipita vers Kaldak.

Du sang... Du sang partout. Sa poitrine... Kaldak ne bougeait plus.

Esteban rampait sur le sol pour atteindre l'arme.

Elle l'atteignit avant lui. Ses mains se refermèrent sur la crosse. Bess pointa le revolver sur Esteban.

— Arrêtez-la, cria Esteban à Yael, derrière elle. Tuez-la !

Bess se figea.

— Vous vouliez vous en charger, dit Yael. Je ne pense pas devoir intervenir.

— Tuez-la ! hurla-t-il.

— Vous y tenez vraiment, Bess ? demanda Yael.

Kaldak. Emily. Danzar. Nakoa. Tenajo. Collinsville.

— Apparemment, je vois que oui, poursuivit Yael. Je vous suggère de descendre ce salaud.

Bess appuya sur la détente.

La balle traversa le front d'Esteban.

Elle tira une seconde fois.

— Ça suffit. La première balle l'a tué.

Bess se retourna et mit Yael en joue.

Il leva les mains en l'air.

— Je ne suis pas une menace pour vous, Bess.

— Vraiment ?

— Préférez-vous perdre votre temps à décider si vous voulez ou non me tuer, plutôt que d'essayer de sauver Kaldak ? Je pense qu'il est encore en vie.

Kaldak, vivant ? Il y avait tant de sang...

Yael s'agenouilla devant Kaldak, les mains sur sa gorge.

— Il est vivant.

— Écartez-vous de lui.

— J'ai aussi une arme, Bess. J'aurais pu vous tuer à n'importe quel moment.

— Esteban vous avait dit de ne pas vous en mêler.

Yael déchira un lambeau de la chemise de Kaldak et en fit une compresse.

— Vous me croyez obéissant à ce point ? Maintenant, venez m'aider. Il saigne trop.

Bess vint s'agenouiller auprès de Kaldak et maintint la compresse sur la blessure.

— Continuez à la maintenir pendant que j'appelle des secours, ordonna Yael.

— Faites vite !

Esteban était mort. Kaldak était vivant. C'était un miracle et elle ne le laisserait pas lui échapper.

Elle ne laisserait pas Kaldak mourir.

Les infirmiers installèrent Kaldak avec beaucoup de soin à l'arrière de l'ambulance. Bess s'assit à côté de lui.

Elle lança un regard à Yael, à l'extérieur de la voiture.

— Vous venez ?

— Non ! Les infirmiers ont prévenu la police. J'ai quelque chose à faire ici avant leur arrivée. Je vous verrai à l'hôpital.

Yael viendrait-il à l'hôpital, ou allait-il profiter de l'occasion pour disparaître ? Bess ne parvenait pas à comprendre les motivations de ses actes. Sans aucun doute, il s'était compromis avec Esteban. Pourtant, il aurait pu la tuer et il ne l'avait pas fait. Il avait tout mis en œuvre pour sauver Kaldak.

Les infirmiers fermèrent la porte arrière. Un instant plus tard, l'ambulance dévalait le chemin qui menait à l'autoroute.

Kaldak, d'une extrême pâleur, était inconscient. Bess sécha ses larmes et lui prit la main.

— Il ne faut pas mourir, Kaldak, murmura-t-elle. Tenez bon. Ne vous avisez pas de mourir.

Elle sentit l'ambulance vibrer avant même d'entendre l'explosion.

Elle se pencha vers la vitre.

Le moulin volait en mille éclats alors qu'une gerbe de feu jaillissait vers le ciel.

19

Lorsque Kaldak s'éveilla, il s'aperçut qu'on le conduisait au service des urgences.

— Esteban ? murmura-t-il.

La main de Bess se referma sur la sienne.

— Mort. Ne parlez pas.

— Vous... allez... bien ?

Elle approuva d'un hochement de tête nerveux.

— Quel assassin vous faites ! Vous n'auriez pas pu l'abattre, tout simplement ? Pourquoi lui avoir ainsi sauté dessus ?

— Il avait le doigt sur la détente. J'avais peur que... Un réflexe.

— Et vous l'avez laissé vous abattre.

— Ce n'était pas... ce que je voulais faire. Tout a été de travers. J'attendais Esteban. Pas le temps. Il est arrivé juste avant... vous...

— Je vous ai dit de ne pas parler. Vous voulez mourir, espèce d'idiot ?

Les yeux de Kaldak se fermèrent.

— Non. Je veux vivre.

— Comment va-t-il ?

Bess leva les yeux. Yael se tenait à l'entrée de la salle d'attente.

— Encore un hôpital, souffla-t-elle d'une voix lasse. Nous devrions trouver d'autres lieux de rencontre...

— Comment va-t-il ?

— Ils pensent qu'aucun organe vital n'a été touché, mais il a perdu beaucoup de sang.

— Il s'en sortira. C'est un dur.

— Oui, mais c'est aussi un sacré idiot. Il avait une arme et il ne s'en est pas servi. Il s'est laissé tirer dessus. S'attendait-il à de la gratitude de ma part ?

— Il n'a sans doute pensé à rien. Vous éprouvez de la reconnaissance ?

— Je ne sais pas. Je ne sais plus rien.

— Sauf que vous êtes heureuse de savoir Kaldak en vie.

Oui, Bess en était heureuse. Tout le reste flottait dans le brouillard. Elle s'appuya le dos au mur.

— Vous avez fait sauter le moulin.

— Ainsi qu'Esteban et les faux billets.

— Pourquoi ?

— C'était le seul moyen de s'assurer de la destruction de l'argent.

Bess lui lança un regard chargé de rancune.

— Vous collaboriez avec Esteban, espèce de salaud !

— Mon premier objectif était Habin. Il comptait exiger la libération de prisonniers palestiniens. Je devais m'entendre avec Esteban afin de l'éliminer. Ce fut un grand plaisir, ajouta Yael en souriant, de lui fournir la bombe qui a pulvérisé l'hélico de Habin et celle qu'il a donnée à Jeffers pour détruire l'atelier de fabrication des faux billets.

— Vous auriez pu empêcher Jeffers d'agir.

— J'ignorais les détails de l'opération. Esteban se servait de moi comme il s'est servi de tous les autres. Voyez-vous, mon pays ne peut se permettre de laisser en vie des gens comme Habin. Nous vivons jour et nuit sous la menace terroriste. Ma première femme est morte à cause de gens comme Habin. Il tourna vers Bess un regard glacial. Alors, j'aurais été prêt à sacrifier une centaine de vies à Collinsville pour empêcher la libération de ces prisonniers.

Kaldak avait dit un jour que Yael était plus conciliant, plus résigné que lui. C'était faux. L'homme qui parlait aujourd'hui à Bess était implacable.

— Vous semblez choquée, Bess. Souvenez-vous : je vous avais expliqué que nous avions tous nos priorités. Esteban était le premier sur votre liste, pas sur la mienne. Qui auriez-vous été prête à sacrifier pour atteindre Esteban, Bess ?

— Je ne pense pas que je vous aurais sacrifié, Yael.

Le sourire de Yael s'évanouit.

— J'espérais qu'il ne vous arriverait rien, mais je devais détruire les billets. Il n'existait qu'un seul moyen : suggérer à Esteban de monter un piège à votre intention. Si Kaldak m'avait fait part de ce qu'il avait appris de Jeffers, cette mise en scène aurait été inutile. À propos, la police a ramassé Jeffers près du moulin, il y a à peine une heure. Il ne cessait de hurler et de tempêter au sujet d'un accord passé avec Kaldak.

Bess se souciait peu de Jeffers.

— Vous alliez laisser Esteban m'abattre.

— Vraiment, vous croyez ? J'attendais juste l'occasion de me comporter en héros. Ni vous ni Kaldak ne m'avez laissé cette chance.

— Vous n'êtes pas un héros.

— Non ! Je suis un homme de priorités, répondit Yael en se préparant à partir. Je dois prendre un avion pour Tel-Aviv demain soir. Je passerai voir Kaldak dans la matinée.

— Vous croyez qu'il voudra vous voir ?

— Oui ! Il m'en voudra de m'être servi de vous, mais Kaldak comprend les priorités.

— Foutaises.

— Oh, si ! Croyez-moi. Personne ne tenait à éliminer Esteban plus que lui et, pourtant, il a pris le risque de le manquer, la nuit dernière. Il sait très bien ce qu'est une priorité.

Kaldak était assis dans son lit lorsque Bess entra dans sa chambre, au cours de l'après-midi.

— Vous devriez être couché, Kaldak.

— Je me sens bien, dit-il d'un air maussade. Mais ils refusent de me laisser sortir.

Kaldak était loin d'avoir l'air en forme, mais il y avait déjà un mieux. Sa poitrine et ses épaules étaient couvertes de bandages et son teint était presque normal.

— Ça vous apprendra à recevoir des balles de revolver. Yael est-il venu vous voir ?

— Il est venu.

— Il m'a dit que vous comprendriez, poursuivit Bess.

— C'est vrai.

— Eh bien, pas moi. Je me sens... trahie. Je pensais qu'il était mon ami.

— Il est votre ami.

— Les amis ne vous utilisent pas comme appât et ne vous tendent pas de piège.

Kaldak garda le silence.

— Je me fiche des priorités, s'indigna Bess. C'est injuste, il n'aurait pas dû agir ainsi. Et pourtant, je l'aime toujours. Ça aussi, c'est injuste.

— Que voulez-vous que j'y fasse ? Que je justifie ses actes ? Que je lui trouve des excuses ? Je ne peux pas et je ne veux pas. Nous vous avons tous deux manipulée et trahie. Aucun regret n'y changera rien. À vous de décider si vous nous pardonnez ou si vous essayez de nous chasser de votre vie.

— Essayer ?

— Vous y parviendrez peut-être avec Yael, mais pas avec moi. J'ai besoin de vous. Peu importe ce que vous pensez de moi mais je ne vous laisserai pas partir. Je vous suivrai s'il le faut. Je ne vous ennuierai en aucune manière, mais vous saurez que je suis là. Dieu sait que je suis bon chasseur. Un jour, vous aurez vous aussi besoin de moi. Je serai là.

Bess secoua la tête.

— Inutile de nier, Bess. Ça arrivera un jour.

— C'est possible, mais ce n'est pas en me harcelant que vous y parviendrez.

— Je ne vous harcèle pas. Je vous décris la situation telle qu'elle est. Est-ce à cause d'Emily ? poursuivit-il après un instant de silence. Vous m'en voulez encore au sujet d'Emily ?

— Non ! Plus maintenant. Vous ne saviez pas qu'elle m'accompagnerait à Tenajo. Je ne vous en veux même pas pour m'y avoir envoyée. Je peux le comprendre. Au diable vos priorités ! Vous êtes obsédés par elles, vous et Yael.

— Je suis encore plus obsédé par vous, Bess.

— Je ne veux pas être l'obsession de qui que ce soit. J'ai assez de mes propres obsessions.

Et Kaldak était sur le point de devenir la principale d'entre elles, songea Bess. Il avait dominé sa vie depuis le moment où ils s'étaient rencontrés.

— Ce n'est pas ce que je veux dire, Bess. Nous sommes bien ensemble.

— Vous voulez dire au lit.

— Oui, bien sûr ! Mais pas seulement. Vous le savez. Je... je tiens à vous. Je ne veux pas que vous sortiez de ma vie. Je veux rester avec vous, vivre avec vous.

Bess le voulait aussi. Elle s'en rendait compte peu à peu, lentement, mais de manière sûre. Elle voulait Kaldak plus que tout au monde. Mais ce n'était pas possible. Pas encore. Peut-être jamais.

— Voulez-vous me parler de Nakoa, Kaldak ?

Kaldak tressaillit, pris de court.

— Que voulez-vous dire ? Je vous en ai parlé.

— Vous ne m'avez rien dit de votre femme et de

votre fils. Vous ne m'avez pas parlé de David Gardiner. Ne prétendez pas que vous n'êtes plus le même homme. Ce sont les expériences que nous avons vécues qui font de nous ce que nous sommes. Je connais Kaldak. Je ne connais pas Gardiner. Je mérite de connaître les deux. Je n'accepterai pas moins de vous.

— Je vous en parlerai.

— Vous n'en avez pas envie. Pour l'amour du ciel, je ne veux pas vous arracher des confidences. Je voudrais que vous soyez capable d'assumer le passé. Si vous venez un jour me voir pour me dire que vous y êtes parvenu, alors peut-être nous aurons l'espoir de... Bess se leva de sa chaise. Ça ne nous mène nulle part. C'est encore trop tôt.

— Je sais que je représente quelque chose pour vous. Restez et nous y arriverons.

— Je ne sais même plus ce que je ressens. Je suis triste, en colère, j'éprouve envers vous de la reconnaissance, mais je...

— Je ne veux pas de votre gratitude. J'aimerais que vous... mais je prendrai la gratitude si vous restez avec moi.

— Il est encore trop tôt, dit Bess en gagnant la porte. Je ne sais comment réagir avec vous, Kaldak.

— Vous n'apprendrez rien par la fuite, Bess.

— Je ne fuis pas. Il me reste des choses à faire. Je dois continuer à travailler avec le CDC. Je dois aussi m'occuper de Jessie. Ensuite, j'irai chercher Tom et Julie au Canada, poursuivit-elle d'une voix qu'elle tentait de raffermir. Je dois leur parler d'Emily. Je ne fuis rien, Kaldak. J'ai ma vie.

— Pas moi. Pas encore. Mais j'essaie. Laissez-moi un peu de temps et j'y arriverai. Allez-y, sortez, dit-il d'un ton rogue, mais soyez sûre que nous nous reverrons.

Bess quitta la chambre d'hôpital.

Elle l'aimait et elle le quittait, au moment où il était

si seul. Que pouvait faire un homme lorsque s'évanouissait l'obsession qui avait guidé sa vie pendant des années ? Elle aurait voulu faire demi-tour et lui dire...

Non, c'était trop tôt pour eux deux. Ils ne pouvaient surmonter le poids de la peine et des regrets en un seul jour. Plus tard, peut-être.

Si plus tard avait un sens.

Épilogue

Mets au point.
Déclenche.

— Assez, tante Bess, implora Julie d'une voix plaintive. Je dois aller faire des courses avec papa. Je lui ai promis.

Julie détestait pourtant les magasins, se dit Bess, mais elle détestait encore plus se faire prendre en photo. Bess ne souhaitait pas l'ennuyer mais elle voulait offrir une photographie de sa fille à Tom pour son anniversaire.

— Encore une, c'est tout !

Julie oscillait au gré de la balançoire et ses cheveux roux, frisés, scintillaient au soleil. La composition était presque parfaite.

Julie se tourna vers la petite fille qui barbotait dans son bac à sable.

— Jessie est vraiment fatiguée, tante Bess. C'est pas vrai, Jessie ?

— Fatiguée. Très fatiguée, approuva Jessie.

— Tu vois, tante Bess ? insista Julie qui arborait un sourire satisfait.

Jessie adorait Julie et elle aurait volontiers prétendu que la lune était verte si Julie le lui avait demandé.

— Encore une, répéta Bess.

— Bonjour ! s'écria Julie qui s'adressait à

quelqu'un que Bess ne pouvait voir, juste derrière elle. Vous cherchez papa ? Il est à la maison.

— Non, je ne cherche pas ton papa.

Bess sentit son cœur lui manquer. Elle se retourna. Il était vêtu d'un costume bleu sombre qui lui donnait une allure élégante, civilisée. Mon Dieu ! Il était même superbe !

— Salut, Kaldak !

— Je peux m'en aller, maintenant ? supplia Julie.

— Oui ! Mais je veux d'abord te présenter M. Kaldak. Voici ma nièce, Julie.

— Comment vas-tu, Julie ? J'ai beaucoup entendu parler de toi.

— C'est vrai ? sourit Julie. Vous êtes un ami de tante Bess ?

Kaldak se tourna vers Bess.

— Le suis-je ?

— Oui ! Vous l'êtes, répondit Bess en souriant.

— Alors bonjour, monsieur Kaldak.

Kaldak se pencha vers le bac à sable.

— Jessie ? Comme elle est adorable. Bonjour, Jessie ! Je ne pense pas que tu te souviennes de moi ?

Jessie lui offrit un large sourire et lui tendit un seau de plastique rouge.

— Merci !

Kaldak tendit la main et toucha le petit anneau d'or qu'elle portait à l'oreille gauche.

— Je me souviens de cet anneau. Il est joli.

Jessie approuva et caressa la joue de Kaldak de la main.

— Joli.

Kaldak se mit à rire.

— Je ne voudrais pas te vexer, Jessie, mais ton jugement me paraît assez mal fondé.

— Peut-être pas. Elle est en général assez perspicace, dit Bess. Tu peux y aller, Julie. Enlève le sable des vêtements de Jessie avant de monter en voiture.

Julie était déjà dans le bac à sable et aidait Jessie

à se mettre debout. Elle la prit ensuite par la main avant de s'éloigner.

— Ce sont de beaux enfants, dit Kaldak.

— Elles sont extraordinaires.

— Plus d'un an, maintenant... Je ne pensais plus vous trouver ici. La photo d'enfant n'est pas vraiment votre spécialité.

— Ça m'a fait du bien d'oublier un peu ma carrière pour un temps. Julie et Tom avaient besoin de moi... Et moi aussi, j'avais besoin d'eux...

— Jessie ?

— Elle va vraiment bien. Elle poursuit sa rééducation, mais vous avez vu comme elle se comporte, elle se débrouille parfaitement bien. Les autorités mexicaines ont découvert que ses grands-parents étaient morts et elle n'a plus de proche famille. J'ai décidé de l'adopter.

— C'est une très bonne idée, Bess.

— C'est un nouvel univers qui s'ouvre à moi. Que faites-vous maintenant ?

— Rien de passionnant. Je n'ai assassiné personne depuis deux jours.

— Kaldak !

— Pardon ! En fait, je dirige un programme de recherche sur un nouveau virus que l'on vient de découvrir dans la forêt amazonienne.

— Encore des virus.

Kaldak haussa les épaules.

— Que voulez-vous ? C'est ma spécialité ! répondit-il en croisant le regard de Bess. Je crois que nous devrions dîner ensemble ce soir.

— Pourquoi ne pas rester ici et partager notre repas ? Ce serait pour vous l'occasion de faire la connaissance de Tom.

— J'aimerais être seul avec vous. Je voudrais vous parler.

— Me parler ? Et de quoi ?

— De l'air, des fleurs, et du temps qui passe...

Enfin, Bess, de quoi voulez-vous que je vous parle ? À votre avis, quel peut bien être l'objet de ma visite ?

— Dites-le-moi.

— Imaginez-vous à quel point vous m'avez manqué ? Comme vous êtes superbe !

— Je me sens bien. Quel euphémisme ! Bess se sentait flotter comme sur un nuage. Et vous ?

— Moi aussi. Et puis non, ajouta-t-il d'une voix rauque, ce n'est pas vrai. Je suis agacé, énervé et impatient au plus haut point.

— Ce n'est pas nouveau, Kaldak.

— Vous avez menti à Julie. Je ne suis pas votre ami.

— Vous le deviendrez, répliqua Bess en offrant à Kaldak un sourire lumineux. Je n'accepterais pas d'être amoureuse de vous si vous n'étiez pas mon ami.

Kaldak se figea instantanément.

— Je commençais à me sentir très impatiente, moi aussi, murmura Bess d'une voix qu'elle aurait souhaitée plus ferme.

— Bess...

Kaldak se rapprochait d'elle, à présent, et le regard qu'il lui adressait était tel... qu'il fallait qu'elle s'en souvienne, à jamais.

Mets au point.

Déclenche.